Daniela Castner

AFFEN GOTTES

Ein Feenmärchen aus dem Untergrund
Roman

Edition Falter/Deuticke

Die Edition Falter/Deuticke ist ein Gemeinschaftsprojekt von:
Deuticke Verlag und Falter Verlag
Herausgeber ist Franz Schuh
Umschlaggestaltung: Robert Hollinger unter Verwendung des Bildes »Irma Rossa - Die Bändigerin, 1918« von Paul Klee/VBK, Wien, 1993
Druck: Wiener Verlag, Himberg bei Wien
Printed in Austria
ISBN 3-85463-126-X

Daniela Castner ◊ Affen Gottes

Damit Du Dich
mal mit was
anderem vergnügen
kannst, als mit
quälenden Familien,
Dichtern, z.B. mit
Ganoven.

Mit herzlichem
Dank für alles
Daniela
26.10.93

Fiktive Romanhandlung
(Wedel, Hamburg, Gefängnis)

Personen

Anne Meister (47) Hausfrau, Mutter, Hobby-denkerin
Reinhard Meister (48) ihr Ehemann, Lehrer für Deutsch und Geschichte
Elisabeth Meister (9) beider Tochter
Katharina Lichtenstein (29) Bildhauerin, Reinhards Schwester
Stefan Lichtenstein (11) ihr Sohn
Harald Stöwer (32) Gefangener, ehemals Zuhälter, Geliebter von Katharina
Verschiedene Nebenfiguren, Liebhaber Katharinas, Gefängnisbeamte usw.

Reale Handlung
(Wedel, Hamburg, Justizvollzugsanstalt Fuhlsbüttel)

Personen

Leonore Füxle (40) Autorin bei einem Kleinverlag, zur Zeit als Stoffsammlerin im Gefängnis tätig, Ehefrau von
Richard Füxle (49) Lehrer im Untersuchungsgefängnis für Jugendliche
Gefangenenchor (zwischen 24 und 42, bestehend aus Otto, Bankräuber; Manni, Frauenmörder; Eckehard, Einbrecher; Klaus, Heiratsschwindler; Dieter, Raufbold)
Friedhelm Gesell (40) Räuber im Freigang, Geliebter von Leonore
Ulrich Wusinski (29) Raubmörder, zur Zeit in der Psychiatrie, Freund Leonores
Adelheid (24) Bekannte und Rivalin Leonores
Verschiedene Nebenfiguren, Gefängnisdirektor, Beamte, Friedhelms Freundin usw.

1

Fünf Uhr nach Hahnenschrei, ein Tag in grauen Strümpfen.

Wie Anne Meister, auch sie ein Oktobergesicht, doch selbst der Herbst hat noch gol dene Tage?

Zu denen der heutige nicht gehört, Anne, in unbewachtem Augenblick, war ihres Spiegelbilds gewahrgeworden und noch dazu bei Seitenlicht und solchem Wabergrau; da bleibt, wenns Spiegelein beginnt, dem Grabe zuzuschleichen - mein Hals! Weh, dieser Hühnerhals! - nichts als nur die Sterblichkeit, die Sterblichkeit der ganzen Welt.

Am dreißischten Mai is der Werltunterjank, mir leben nisch mehr lank; sie summt und schunkelt, den dunkelblond gefärbten Kopf ins Grab gekrümmt.

Doch alle Hände flink geschäftig, sie kocht sich den Morgenkaffee. Lüstern die Nüstern gebläht, Kaffee mit Kakao, und schüttelt voll Würde das welkende Haupt: Daß wir trotzdem immer weitermachen. Blind kriechende Zeiger, und drüben schnaufen die Kinder im Schlaf, als hätten wir nichts gewußt.

Doch bevor der schuldige Seufzer ihre (noch immer leidlich ansehnlich erturnte) Büste heben kann - Aufschrei: "Autsch", und leckt sich den Finger. Der heiße Wasserkessel, der Geist ist geistig nur im Leibe; das Nachlassen des kleinen Schmerzes ermuntert ihr verdüstertes Gemüte, und in die Thermoskanne tröpfelt der Kaffee, und im Zimmer locken die Bücher.

Wasn Segen: Lesen. Kein Grau, das am Fenster lauern kann, und keine grauen Haare; es strafft sich im Vorgenuß ihr hagerer Schritt. Disziplin! Vor allem im Kopfe! Heiterkeit des

Weisen Pflicht; hurtig Kanne, Becher, Milch aufs Tablett, zur Küchentür hinaus, ab ins 18. Jahrhundert, als Gott noch logisch war.

In Annes Zimmer.

Auch kein Zimmer des Zufalls. Hell, sandiges Ocker und mattes Orange, pudrig, schmeichelnd, sanft: Die Farben für die Frau ab 40. Einzig die Bücher kantig bunt.

Anne auf dem Lesebett, den altgriechisch gepflegten Leib - Diät, Gymnastik, Schlaf und Geschlechterverkehr befriedigend - rheumalind umhüllt, das Adlerhaupt scharf spähend ins Buch. Halb sieben, noch ist Ruhe im Haus, Herbstferien, da schlafen Kinder, Lehrersmann, nur über Anne vibriert hin und wieder die Lampe.

Katharina Lichtenstein, die Schwägerin, ertüchtigt ihren Leib. Ihr Tagewerk ist schwer, Bildhauerin in Granit, da braucht man tägliche Wirbelsäulengymnastik.

Die Adlerin drunter liegt, liest, notiert. Tiefe Befriedigung im Profil.

Es pocht.

Anne dehnt sich, hebt die Brille zur Tür, knurrt einladend.

!! Ja, das ist ein Eintritt! Ein Weib, kanaitisch - nein, silbrig. Groß, voll Saft und Kraft, lange, rotlockige Mähne, und ihre Freunde (viele Freunde) nennen sie: die Löwin. Sie steht, in hellblauem Arbeitsanzug, im Glanz ihrer 29 Jahre, und ihr Faustschlag wirft nicht nur Jünglinge und Greise um.

Auch Anne streckt die Arme, oh Mädchen du, mit dem Knabenblick! Ein langer Schritt, bald ist Katharina (sie arbeitet immer) beim Modellieren. Um sich einzuüben. Thema: Das weiblich Welkende. Die schlappe und die schlaffe Form.

Und längere, tröstende Diskurse über Schönheit und Individualität eröffneten den Tag. Und das Verhältnis von Sensus und Intellektus wurde emsig begriffen.

Da waren die Frauen dann bald auch bei den Männern angelangt.

Im Plural, für Katharina im Plural, und immer wieder ein Grund zu moralischen Bedenklichkeiten.

Sie windet sich aus den Armen der Freundin, setzt sich auf, läßt alle Blütenblätter fallen. "Der Michael gestern, der hat wieder derartig geheult -" sie rümpft die Nase über die zeitgenössische Vokabel, "bindungsunfähig, ich wäre bindungsunfähig! Ich, die ich allen meinen Freunden lebenslange Treue halte! Stimmt doch Anne oder nicht! Und natürlich grausam, egoistisch und narzistisch, doch trennen will er sich trotzdem nicht von mir." Staunend über soviel Männerunvernunft: "Will einfach nicht Schluß machen! Obwohl ichs ihm schon oft geraten habe. Bitte, Anne, was soll ich tun! Ich kann das nicht, ich WILL das nicht, nur einen Einzigen lieben -" sie wirft trotzig den Schopf in den Nacken, dehnt die beachtlichen Schultern, "viele sind schön -"

Anne hält geduldig die Augen geschlossen (dieser alltägliche Kindskram!), beendet routiniert die Leier: "Schön; ein jeglicher in seiner Art und niemand oder alle sind auserwählt. Wir kennen dieses dein frommes Liebeslied, Käthchen. Wir wissen, du liebst nun mal, freischweifendes Raubtier, nach dem Bild des Schöpfers selbst. Durchaus ein ehrenwertes Vergnügen, nur solltest du dir vielleicht deine Geschöpfe nicht grade unter den zahmen Haustieren suchen?"

Katharina ehrlich (?) bekümmert: "Aber der Michael ist so schön! Du müßtest ihn erst mal beim Vögeln sehn!" Sie öffnet die Arme, schließt die Augen, empfängt einen Gott. Doch andre Götter neben ihm. Zum Beispiel den poseidonischen Winfried, für Annes Augen ein ältlich-dickliches, recht plumpes Exemplar, Katharina aber preist die bunte Mannigfaltigkeit: "Im Bett ein Wassertier, zerfließt dir unter den Händen." Und Paul, der schroffe, spröde Paul, Bildhauerkollege, dem die Steine aus der Unterhose springen, (nix von den Geistern unteren Grades): "Jeder eine ganze Welt für sich, und ich soll mich mit einer einzigen begnügen?" Anklagend schüttelt sie die Fäuste.

Anne wundert sich und stets aufs Neue. "Käthchen, ich versteh dich nicht. Grade im Bett sind doch alle Männer wie einer. Natürlich müssen sie gut ausgebildet sein, mit Lust zur Lust begabt, dann aber -" sie wiegt abgeklärt das Haupt, "das Eigentliche spielt sich doch ohnehin nur in deinem Geiste ab, oder? Die leiblichen Veranstaltungen sind ja, wenn man nicht grade extravagante Bedürfnisse hat, seit Jahrtausenden eintönig dieselben." Sie streckt ihren Rücken, seufzt dezent, "weshalb ich dann auch mit einunddemselben Reinhard ohne sonderliche Verzichtübungen schon jahrelang auskommen kann. Im Grunde ist doch der Sex das Unindividuellste von allem am Menschen."

"Barbarin!" Katharina kreischt beinah auf. "Mein armer Bruder!"

Anne schiebt gleichmütig die Unterlippe vor: "Ein Haustier, dein Bruder, genauso wie ich. Und ganz zu unsrem Glück, könnte er's sonst aushalten mit diesem, meinem schlaffenden -"

Doch da hatte sich schon die Steinmetzfaust ihres schlaffenden Kadavers bemächtigt,

grimmig, daß Anne fast ins Japsen kam:"Mir aber sollst du einzig grad im Fleische sein!"
Und das ließ Anne sich mit Lust gefallen.

??!! - ??!!
"Oh Gott, diese Mütter! Euch sieht man wirklich jeden Morgen knutschen! Wir haben Hunger!" Entrüstet Elisabeth, neun Jahre alt, katzig bis in jede rötlichblonde Locke.
Katharina, wohlerzogen von den Kindern, angelt gleich mit langem Arm, holt sich das blonde Gezappel heran, "Dusseltier! Statt mitzuknutschen -". Und schon Stefan auf dem Buckel, mal sehn, wer stärker ist.
Anne windet sich ächzend aus dem Hamsterhaufen frei, mürrisch entweicht sie, überflüssig und ersetzbar. Der prallen Form gehört die Welt.
In der Küche aber fand sie süßen Trost: ihren Mann, ja, ihren. Ferien, mal ausgeschlafen und mit genügend Zeit.
Obwohl: "Du riechst wie immer nach Katja, Weib, MÜSST ihr denn derartig eng -" der mahnende Hausherr, Vertreter der Sittlichkeit der Sitte.
Anne, noch angewärmt, gibt sogleich ein bißchen Hitze an ihn weiter, da muß der Gatte schnurren, wie er das beste Teil bekommt, bekommen wird, und zwar sofort, er braucht nur zu nur wollen.
(Und es ist beruhigend anzusehen, was auch ne 47-Jährige noch alles mit ihren Reizungen bewirken kann, wenn sie versteht, sie raffitükisch anzurichten.)
Reinhard verstummt und genießt. (Im stillen seiner Schwester dankbar, die ihm so vorzüglich vorgearbeitet hat; Annes Adlernatur ist nicht ganz einfach zu inkarnieren.)

So mußten dann die Kinder allein mit Katharina das Frühstück zubereiten, und weils der erste Ferientag ist, Herbstferien, und alle zusammen am Nachmittag Drachen steigen lassen, sind die Kinder willig, in idyllischer Laune.

Und saßen später, alle fünf befriedigt kauend, beim Frühstück, und auch Stefan warf kein Glas um, und Lisa fand nichts an ihrer Mutter zu tadeln, im Gegenteil: "Du siehst heut schön aus, Mama, so richtig rosig." Stefan nickt rund: "Morgenröterosa, Anna, wien Marzipanschweinchen irgendwie, lecker."

Und dann ging das Telefongeklingel los.

Hier Elisabeth Meister, bist dus, Nicole? Nein, es war Raffael, der Fröschejäger, ob Stefan mal zu sprechen wär. Stefan, mit vollen Backen, Managerblick auf die Uhr, inner halben Stunde - Annekreisch, nein, in EINER Stunde - am Deich. Vergiß nicht den Casher, und zwei, bitte ZWEI Gläser!

Kaum, daß der eine wieder kaut, lupft es erneut die andere, Nicole und ich gehen zum Schwimmen.

Und frühstücken von jetzt ab nach der Uhr.

Reinhard ärgerlich (die beiden Frauen fröhlich, Ruhe in Haus und Werkstatt), aber daß ihr ja pünktlich zum Mittagessen daseid. Und dann mußte Katharina noch zweimal an den Apparat, bringt doch am besten gleich eure Drachen mit, Raffael, Nicole, Frau Bethge, Frau Möller, könnten die Kinder nicht gleich bei uns essen?

Also voll Haus. Und Reinhard, obzwar mufflig, kocht. Spagetti mit Tomatensoße. "Ihr hattet doch versprochen, daß wir gemeinsam kochen wollten, Stefan-Lisa?"

Na ja, die Kinder sind gut geschult, nehmen sofort zwei innige Plätze auf Reinhards Knieen ein, die Listenreichen: Lieber, süßer

Reinhard, liebes Väterchen. Und die Frösche wollen den Fahrtenschwimmer machen. Und morgen ganz bestimmt.

Die Eltern baden sich im Kinderlicht.

Die Schönheit selbst, die sich herniederließ, uns zweimal zu erquicken.

Um kurz die Familienverhältnisse zu verklären: Als Katharina plötzlich, plötzlich und unerwartet, und, um die Wahrheit zu sagen, schon damals ohne exakte Kenntnis von wem, als Katharina plötzlich mit 18 Jahren schwanger war, da hatten Reinhard und Anne die Hoffnung auf ein Kind schon aufgegeben und griffen sich den Neffen. Klar, kannstes kriegen, nur her damit. Und dann, als Reinhard das Kindelein wiegte, und SCHÖN sah er aus, da hüpfte es auch in Annes Adlerbauch, und Stefan hatte eine Schwester.

Katharina aber ward Wanderschaft auferlegt, DU bist die Mutter, miterziehen kannst du erst, wenn du dich selbst erzogen hast. (Annes Bedingung, sie stammt aus Königsberg.)

Vor einem Jahr hat Katharina (rudimentär erzogen) das väterliche Erbe antreten dürfen.

Steinmetzfamilie, aufgewachsen unter Schrotten, mit traditionellem Tod an Staublunge. Das kleine Käthchen hatte schon mit vier Jahren einen Hieb, daß es dem Vater die kranke Brust hob: DIE wird sich durchschlagen. Um die brauch ich mir keine Sorgen zu machen. Recht hatte er. Trotz Frühwaise. Oder grade deshalb? Der Bruder als Vater seiner Schwester -: Katharina ist ein Weib, und nicht nur angenehm fürs Auge.

Mit lockerer Hand ernährt sie sich und Kind, restauriert gotische Madonnen, für sich selber aber: Allzeit bereit, das Skizzenbuch.

Besonders jetzt. Die beliebte Dreiergruppe, Mann, zwei Kinder auf den Knieen. Das Runde und das Kantige.

Reinhard hatte die Brille abgenommen, um ganz kußbereit zu sein und hielt die stacheligen Wangen hin. Ließ sich alle seine Falten erzählen. Aber schlimm ist die, wenn du wütend bist. Eine richtige Angstmacherfalte zwischen den Brauen! Vorwurfsvoll die Schulmeisterfinger gehoben - kam der Blick auf die Uhr von den Frauen? Von Anne, die auch auf diesem Schoße Platz zu nehmen wünscht?

Bald sah man die Kinder wuseln. Stefan, in der Tierhaltung von gradezu akribischer Ordnung, die leider der Elisabeth fehlt, schon wieder die Bademütze vergessen, aber wehe, Katharina,du gibst ihr dann die Leihgebühr zurück! Das MUSST du lernen, Widerstand! Widerstand gegen die Verfüh-

Telefon. Diesmal für Anne. Herr Ritter, ein Lehrer im hiesigen Männergefängnis. Er wollte ja nicht, er wüßte ja, "Sie wirklich nicht überlasten, Frau Meister," aber ein wahrhaft dringlicher, ein ganz besondrer Fall, ein Harald Stöwer, ein außerordentlicher, ein sonderlicher Gefangener vor anderen, hochintelligent, Abitur und Fernstudium, ganz unbedingt, ganz not-wenig, er braucht eine Urlaubsadresse, braucht eine Betreuung.

"Sonst, Sie wissen ja."

Anne Meister mit Amtsblick, sie selbst, das täte ihr leid, ihre Kapazität sei ausgeschöpft, aber - erwägend schweift ihr Auge durch die Küche, bleibt hängen auf Katharina, faßt die Freundin näher ins Auge? Katharina Lichtenstein als ehrenamtliche Gefangenenbetreuung? Unbescholten, obwohl - Kunst im Knast? "Herr Ritter, ich überlege. Vielleicht - nein, ich selbst auf keinen Fall, ich darf mich nicht übernehmen, grade im Augenblick, ich bin wieder einmal bei meiner halbjährigen Rundfunksendung", (es dienert denn auch am Ende der Leitung?) "aber nein, nichts Höheres. Schulfunk. Auch darin, Sie kennen mich ja, alles mit Maß.

Aber ich denke da -" Katharina windet sich unter Annes Sinnen, "Ich rufe Sie heute noch an. Mittags, ja."

Reinhard und Anne betrachteten kalt die Schwester. die gibt sofort jeden Widerstand auf."O.k. ich machs." Und ächzte lange.

Wohnungssuche, Bewährungshilfe, Sozialamt, Ansuchen, Zettel, Telefon und Laufereien, sie fluchte ausführlich, man ließ ihr Zeit. Da sie sich fügte dem Schuldbewußtsein dieses Hauses (auch Rudi Dutschke war ein Pfarrerssohn): Was ihr diesem einen unter meinen -

So hatte auch Katharina sich einen der geringsten aufzuhieven.

Doch da sie nach dem Motto lebt, wenn schon denn schon, war sie bald so strotzend von Neugier, daß Anne nachgrade sozialtherapeutische Bedenken kommen wollten. "Bloß Vorsicht, Katharina! Nichts wirkt neurotisierender im Gefängnis, als romantische Verbrechermythologien. Robert, den Teufel, den darfst du drinnen nicht suchen." Penetrant eindringlich: "Verantwortungslos, Katharina!" Unerträglich ältlich ihr Besserwissergesicht, die Warnklaue der Vernunft.

Und Reinhard ergänzt trübe: "Die Psychologie hat alle intressanten Sümpfe ausgetrocknet, statt Reue heißts: Resozialisation. Das hörste schon am Wort, selbst die Frauenmörder sind nicht mehr das, was sie waren. Also schraub deine Erwartungen zurück, Schwesterchen, weltschaffenden Wahnsinn findest du dort im Gefängnis nicht mehr."

Anne eilig: "Und wehe, du willst den Wahnsinn -"

Ruckartig erhob sich Katharina, reckte sich mächtig: "Schluß mit euren Großvaterbedenklichkeiten. Ihr wißt, ich machs und jetzt erst recht, und was ich mache, tu ich ganz. Ihr dürft gern alles kommentieren, aber nur das, was ist. Fürs Mögliche hab ich noch keine Zeit."

Und strammer Abgang, bald konnten die Alten den Fäustel zünftig schallen hören. Zu Rochlitz in dem Wald, wo unser Knüpfel knallt, da fühl ich nichts als Lust in meiner Steinmetzbrust.

Und das Ehepaar, - um die braucht man sich keine Sorgen zu machen, nein? - plauschte dann noch ein Weilchen. Über IHRE Zunft. Das 18. Jahrhundert, die Aschenbahn, auf der die beiden joggen. Altmodisch gemeinsam. Und dann, mit geklärtem Kopf, war jeder für einige stolze Stunden bei sich selbst.

2

So also wird unsre Story. Sex und crime im deutschen Pfarrhaus.

(Moderner Roman, der wir sind, liefern wir den nacktarschigen Untergrund gleich gratis mit.)

Vierzig Jahre alt ist unsere Autorin, Leonore Füxle, drohend neigen sich die Sterne. In tiefer Wehmut faßt sie Posto vor dem Spiegel, Herr, lehre uns bedenken – sie fühlts zum ersten Mal – wie morsch die Knochen sind. Ab jetzt wächst nur noch das Wissen von der Vergeblichkeit. Zu Erde werden, zu Stein. Seelenlose Seligkeit des Anorganischen, das sich nicht selbst erkennen soll und grade darum ewig ist?

– Am Ende dann gibts Tränen. Daß niemand, niemals wieder, in alle Ewigkeiten nicht mehr wissen wird, daß Johann Sebastian Bach gewesen ist.

Und Ehemann Richard, erprobt im Einüben von Todestraurigkeit, eilt mit Decke und Kissen herbei, sein Weibchen einzulullen.

Schon 49 ist er und außerdem von Haus aus sterblicher als seine Frau. Statt mit Gespenstern vertrauten Umgang zu pflegen, arbeitet er als Lehrer, in einer Jugendstrafanstalt. Ein praktisch-melancholischer Mensch, der nicht nur gute Worte machen kann, er spendet auch anderen Trost. Bewährten.

Ach, aber ach, das ist es ja grade: das Bewährte. Bewährt bis an mein Lebensende. Liebster Richard!

Einmal noch, einmal noch? Nur ein winziges, einziges Mal noch, bevor die Erde mich verschluckt – aber was?

Arbeit, weiß der Ehemann, du mußt was Neues TUN. Die Frau in der Lebensmitte. Verhackstücken Sie sich endlich andersrum.

Und (Schluß mit den ewigen Stubenhockerstories): »Schreib doch mal nen Knastroman! Damit endlich auch ich beruflich von deinen Studien profitieren kann!« Gradezu vorwurfsvoll? Leonore schlug sich ans zierliche Gerippe, wie immer ist der Mann im Recht.

– Und außerdem und allererst: Der alte Topos, sie war begeistert, Knast als Bestimmungsgrund des freien Willens, au ja!

Hinaus in die Welt, hinein ins Gefängnis.

Leonore Füxle, glücklicherweise mit allen amtlichen Dokumenten versehen, die man braucht, um offiziell (und gegen Entgeld! 400 DM im Monat) jederzeit prallvolles Material sammeln zu können, hatte schnurstreichs alles Authentisierende veranlaßt. Betreuerausweis von der Fürsorge, seit einigen Wochen »Sozialtherapeutin«; drei Stunden wöchentlich Kaffeeklatsch mit Schwerverbrechern. Und ohne Aufsicht, allein im Zellentrakt.

Belebt diese angewelkten Wackelweibchen ja ungemein: Mörder, Hoffnung der Frauen. Wenns Leibchen schrumpelt, kommt der Teufel grade recht. Wenn de siehst, wie die hier drinnen aufblühn, Herbstzeitlose, unter all der aufgepflanzten Gier zum Absprung bereit. Und selbst noch der Schauerlichsten zu Ehren. Wie sie sich spreizen, wie sie tänzeln –

Andrerseits; kannste den Hühnern natürlich nicht verdenken, wer von uns würde nicht mal in nem Frauenknast alles wegarbeiten wolln. Nur diese Tugendlüge, sogar noch vor sich selbst! Schwimmen den ganzen Tag in ihrer Soße, die graue Muschi fühlt die hundertfache Gier mit Frühlingswonne, und obendrüber pütscherichste Heuchelei. Die edle Erlöserin, der wir auf ewig dankbar bleiben solln. Erzähle mir Lübe!

Ein Hoch auf die Schließerinnen, die genießen zumindest offen. Es IST ne Lust zu herrschen, aber ja doch, es ist ne Lust, das Raubtier demütig zu sehn, winselnd im Kreis herum, und vor jeder, wirklich JEDER Fotze muß es Männchen machen.

Nicht vor Leonore? Typus kleine geheimnisfreie Person von knabenhafter Nüchernheit, am allerliebsten mit dem Brüderchen im wilden weiten Wald verirrt? »WaswürdetIHRmachen, wennIHR mein Harald Stöwer wärt, mein gefangner Held?«

Und alle basteln fleissig mit an dem Roman.

Im Grunde – was meint Ihr! – wir sollten ihr einen Wirklichen besorgen. Wird ja sonst nichts Rechtes mit der Story. Wie soll denn so ein bürgerliches Gänseblümchen wie unser Lörchen – ZUHÄLTER! Was für ein Teeny-held, dein Harald Stöwer! Is doch gar kein gleichberechtigter Gegner, so'n Strizi, Mädel! Wildgewordnes Masöhnchen, die höchste Sorge, die er kennt, daß Mama ihm nicht sein Zipfelchen abschnipselt. Das is doch kein Lebensthema. Nee, Kleine, so billig entschlüpfst du uns nicht. Wir suchen dir Einen, Einen, um den es sich WIRKLICH lohnt.

Es gilt: die Verbrecherehre! Einer von ihnen, der sie tatkräftig Mores lehren kann. (Merkwürdig, daß keiner der Männer auf die Idee kam, selbst ihren Helden machen zu wolln?)

So suchten sie und fanden.

Gesell, Friedhelm Gesell. 12 Jahre hinter sich, Räuber mit Loddlerfahrung, dazu ne Sucht nach Mannweibern: wenn der sie nicht umlegt –

sie schlossen Wetten ab, drei Ja-, zwei Neinstimmen, »zwei Koffer, wenn er es schafft, sie wegzuarbeiten.« (Zahlungseinheit, Tabak.)

Leonore aber, ahndungslos wie immer, zockelte durchs Laub, der Weg zum Knast, das Land, das Katharina gehen soll, sie tastete es ab für ihre Füße.

Allerdings: Größenunterschied 26 cm, Katharina vermag auszuschreiten! 1.85 Gardemaß dem verehrten Weibsphantom. Denn – die Autorin selber, die trägt ein Pagenköpflein (Polycholor, Kastanienbraun), mit Kulleraugen durch die Welt, und man spricht zärtlich zu ihr und behütend. Bis man SIE hat sprechen hören, Logik und Semantik vom Mittelalter in die Neuzeit: »Mit irgendetwas mußt du die Männer erschrecken können, auf daß es dir wohl ergehe«, sie wiegt bekümmert das schüttere Frisürchen: »So sind sie nun mal, die armen Männer.«

Und – aber nein, sie trippelt nicht. Das Füchsle schnürt, die Ohren hochgespitzt und schnuppert.

Galgenberg.

Wasn romantischer Platz im späten Sonnenschein. Am Brunnen vor dem Tore, Kastanienbaum und Bank am Elterngrab. Das Zucht- und Arbeitshaus rostig backstein-neogotisch, bet und arbeit! ruft die Welt.

Und die Kastanienblätter fallen wie von weit, und manche fallen mit der Nase in den eignen Dreck. Die müssen dann den Hans hinter der Mauer machen, und das IST ein Fortschritt. (Obwohl es Denker geben soll, die das Vierteilen dem Resozialisieren vorziehen, weil es die Seele nicht so angreift, wie der humane Strafvollzug.)

Leonore Füxle kommt über den Platz geraschelt, Gedichte memorierend, wie häufig, wenn sie – (Ja, mit Zaudern seis gestanden, aber wäre unfair zu unterschlagen, daß Leonore, wenn sie arbeitet, und l`ame travaille toujours, Haschisch raucht: »Ich habe immer nur gekifft, um die geschundene Seele von den irdischen Bremsklötzen zu befrein!«)

Gefährlich ohne Bremsklotz also, in schwarzer Hose aus Viskose und rotbunter Jacke, warum hast du so weiche Schuhe an? Damit ich besser schleichen kann – machet auf das Tor.

Und beim Näherkommen offenbart sich die Attrappe. Aus mit Romantikschein; Panzerglas, das Pfortenhäuschen. Und bedrohlich das Warnschild; Achtung, Achtung. Füttern der Tiere verboten. Paragraf xy, so spricht der Herr.

Leonore strafft sofort ihre welkende Gestalt. Amtsperson mit Dienstausweis, that's me!

Aber Herr Siebert an der Pforte, der einzige Beamte, den Leonore gern mit Namen kennt.

Stimmt, n Anständiger, der Siebert. Deshalb nirgendwoanders als nur an der Pforte zu verwenden. Auf keinen Fall bei uns im Zellenhaus. Anständige sind Unsicherheitsfaktoren, das sagt die Anstaltsleitung auch ganz offen. Nur einer, der sich selbst nicht achtet, kann den Schließer machen, da gibts keine zwei Meinungen.

Ein Mann mit Ehre schämt sich –

Im Glashaus zum Steinewerfen. Kugelsicher, Ausweis durch den Schlitz, dahinter, blond verschwommen unter der blauen Mütze, Sieberts erfreutes Nicken. »Wie schön. Die Frau Füxle. Immer ein aufmunternder Anblick, die Jungs werden sich freun. Was haben Sie denn diesmal mitgebracht?«

Leonore zeigt in dezentem Stolz ihr Büchlein vor. »Expressionismus, wegen der wilden Sprache.« Und vertraulich bekifft neigt sie sich vor zur Scheibe, verführt von Sieberts Goldrandbrille spricht sie insiderisch ins ehrbar aufhorchende Beamtengesicht (eine Künstlerin, neulich war sie in der Zeitung. Pinneberger Kulturpreis oder so): »Ich warte ja immer darauf, daß plötzlich einer gepackt wird und selber loslegt. Mit Schreiben, verstehn Sie?« Versteht er nicht? »Wegen des Jargons, Herr Siebert, der Knastjargon ist ja von einer derartig strotzenden Saftigkeit – ne Frischzellenkur für jeden literarischen Kopf. Wenn man das nachahmen könnte – an Wiedergeben ist ja gar nicht zu denken!« Seufzt ärmlich, Siebert aber lacht. »Meinen Sie? Ehrlich gestanden, Frau Füxle, ich könnt mir das gar nicht echt vorstellen, eine Dame wie Sie und Knastjargon, wie Fremdwörter irgendwie.«

Leonore schmollt. »Nicht schmeichelhaft für mich, auch wenn Sie das so meinen wolln.« Beschwichtigt aber sofort gerührt, wie gehorsam er erschrickt: »Bitte, Frau Füxle, ich wollt Ihnen auf keinen Fall die Kompetenz absprechen, nie würd ich es wagen –«

»Sie haben ja recht, Herr Siebert, Fremd-Wörter. Immer die Mauer dazwischen.« Und grüßte hinter Glas, er drückte den Knopf. Summen, sie stemmt sich gegen die Tür, hinaus. Er aber blickte dem zeppelnden Figürchen auf dem Monitor nach, entsagend (doch nicht ganz ohne Erleicherung?); für so eine Dame muß man ein andrer sein. Hoffentlich...

Ein putziges Vorgärtchen, harmlos human der Pfad durch hagre Rosenbeete?

Die rote Ziegelwand. Gitterfenster, Sichtblenden, dahinter der Gewissenswurm. Buß und Reu knirscht das Sündenherz entzwei. Und Stacheldraht auf Dach und Mauern, und im Rücken der Wachturm. Bewaffnet.

Leonore hält mühsam ihre Füße an der Kandare, Schritt vor Schritt, bloß nicht die Hunde reizen.

(Daß die da oben, die Kerls auf dem Wachturm, auch nur, jeder für sich genommen, Mensch nach seinem eignen Maß – nein? Gewehre, das ist ja das Entsetzliche, sind immer nur anonym?)

Kein Blick also in den gierenden Fernsehschirm hinauf, finster tritt sie den Kies, marschiert die Front entlang. Und Treppe hoch und wieder Panzerglas. Durchsichtig bis in die Unterhose. Und Summen, Stemmen, Schritte, Nicken, ins Glashaus rechts, blau eine Uniform zurück, Summen, Stemmen, drinnen.

Und noch immer nicht im Zellenhaus. Aktendeckelzimmer, Besucherräume, den grauen Gang entlang, und links die Anstaltsleitung. Wartebänke an den Wänden, amtsschimmlig runtergekommen, obwohl ausdrücklich der Putz nicht von den Wänden bröckelt. Gelb, aber jeder sieht grau.

Es ist der Geruch. Aus dem Zellenhaus kommt er gekrochen, hinter der Eisentür am Ende lauert er, und immer, wenn von dort schamzerpört ein Mensch herbeischleicht, kommt der Stank mit ihm. (Männerfleisch, Mischung aus Raubtier und Aff.)

Leonore wickelt sich fester in ihr Parfüm. Ein eignes Knastparfüm, natürlich was Unterkühltes. Ausdrücklicher Wunsch der Gruppenmitglieder: wenn sie schon nicht bereit sei, optische Phantasien zu nähren, was ne verständliche Gemeinheit sei, dann habe sie wenigstens die Pflicht, Weiberduft zu hinterlassen. »In breiten Streifen gefälligst!« Sie hatte vorgeschlagen, ein Parfümfläschchen reinzuschmuggeln, da wollten sie nicht mehr mit ihr sprechen. Respektlos, keinen blassen Dunst vom Männlichen. Und so was will nen Knastroman – nein! Hatten die Mitarbeit verweigert. Im Namen des Mannes.

Also Leonore in Eau de Scherrer.

Den Gang entlanggeflogen. Wo man die ersten sehen kann, beglotzen. Abgewetzte Gestalten, die hinter Glas in den Besucherräumen einer stets wachsamen Öffentlichkeit ihr Gedärm bloßlegen. Besonders erbarmungswürdig das Bild Mutter und Sohn; diese armen, stummen, dummen Frauen, die dumpfe Frage im Tiergemüt, warum das grade mir? Und niemand, der ihnen bei der Beantwortung hilft – und dann hocken sie da, stumpf, ganz abgestumpft von Vergeblichkeit, und gegenüber hockt der Sohn. Kriminell. Ich nix wissen, wissen niemals, nix.

Leonore hält die Augen gradeaus gerichtet. Sie will diese Schreckensszenen von der Seite gar nicht sehn. »Reicht, wenn ich sie weiß.«

Aber – der Küchenkalfaktor. So jung, so schön, so umgetrieben – Oh! Leonore macht die hochnäsigste Miene, die ihr zur Verfügung steht (in diesem Fach allerdings vermag sie wenig), ein Blitz saust hin und her: so ähnlich, Ha-ra-rald, nur dunkle Lock-

Die Eisentür. Panzersicher, gerüstet für jeden Überfall und jeden Ausbruch. Pathetisch wie im Schauermärchen. Wer will, Herr, vor dir bleiben.

Leonore mäuschenklein wartet auf ein Schlupfloch, ein Schlüssel rasselt von der Seite herbei, sie wischt hinein, und donnernd wie im Kino knallt die Tür hinter ihr zu.

Im Spinneneisennetz. Mitten drin. Die fette Spinne lauert, aus vielen Wächteraugen stechend. Mißtrauen, Heimtücke, Verrat, die Fliegen zappeln. Und Angst, giftige Angst. Und Einsamkeit, sechshundertmal stinkende MännerEinsamkeit.

»Oh, Frau Füxle! Auch wieder mal im Lande?« Dreist grabbeln die fetten Glupscher des Sicherheitsbeamten über ihre entfleischlichte Gestalt und immer noch zuviel.

Darf der das? Muß der das? Ja, auch der, grade er, lebenslänglich bis zur Pensionierung. Wie dem tatsächlich der Sabber im Munde zusammenläuft, als er, hart neben ihr, dröhnend das letzte Gitter aufsperrt, und klirrend kracht es zu, wer das Wort vergessen hätte! Hinten nach die Schleimspur, widerlich, nicht mal als Stiefelknecht – vorbei.

Leonores beklommenes Stolpern rund ums Rondell, der auf blind gestellte Blick, und jeder hat sie im Visier. »Das ist das allergrausigste Verbrechen, die Pervertierung des Menschen unter das Tier!« Und bietet tapfer ihren Menschenkörper allen vorbeischleichenden Phantasien dar, lächelt wacker in jede graue Gesichtsplatte, die nach ihr zuckt.

Und einige zucken, es ist Feierabend, auf allen Fluren des »STERNförmigen Panoramabaus, ein Werk nach Modellen des 18. Jahrhunderts!«, schlurfen griselige Gestalten. »Humaner Strafvollzug«: »Freie Bewegung in Haus und Hof« sogar »Umschluß« ist möglich. Heißt, daß die Männer sich gegenseitg besuchen dürfen auf der Zelle, nach der jeweiligen Hilfsarbeitertätigkeit, geschäftigem Nichtstun, das die Arbeitsfreude wecken soll.

Dürfen: Sie dürfen sich etwas kochen, sie dürfen Fernseher haben auf der Zelle, sie dürfen eigne Kleidung tragen, und (das ist der Gipfel an Humanität!) einmal in der Woche, zwei Stunden lang, gemeinsam mit 30 anderen Gefangenen: ist Knutschen unter Aufsicht und im Takt gestattet. In der Kirche.

Trotzdem, das IST ein Fortschritt! Unten, im Süden, wo die Katholiken im noch brodelnderen Sumpf ihrer Vorurteile hausen (vom Osten schweigen wir ganz), da gehts den grausam langen Tag lang nur, immer an der Wand lang. Acht Quadratmeter, herrum im Kreis wiedelbum, und jeder kann dich jederzeit beobachten, du Gott siehest mich. Beim Scheißen, beim Wichsen, beim Heulen, im Wachen und im Schlafen. Und alle vierzehn Tage zum Besuch darfst du ne halbe Stunde lang die Scheibe küssen, Jahre, jahrzehntelang kein Weib im Arm –

Station Caesar Zwei, angekommen, endlich. Im stinkig schäbigen Flur erheben sich fünf kümmerliche Schatten. Sie haben gewartet.

Warten; Warten lernen, jahrelang. Auch ein Resozialisierungsziel. Und, das Himmelreich erwerben: werden wie die Kindlein. Ja, Pappi Anstaltsleiter, bitte Onkel Schichtführer, darf ich, bitte, bitte, darf ich.

Höfisches Händeschütteln im grau-gefangnen Licht, das allen hier die Fratzen käsig malt. (Ansammlung von Murkelmännchen? Oder murkelig geworden?)

Sie latschen in den »kleinen Gruppenraum«, eine Doppelzelle groß, sechzehn Quadratmeter. »Laß bloß den Vorhang zu, Leonore, ich ertrags nicht, dies verdammte Himmelblau, um diese Zeit war ich sonst immer in Italien.« Eckehard, der sich im früheren Leben (zehn Jahre her), sein Geld durch Landschaftsmalerei verdiente, Rialtobrücke bei Nacht, eben dort auf offner Straße feilgeboten, davon kann ein Mann sogar mit Familie durchaus leben. »Das Einbrechen, Leonore,« er lächelt fein verschlagen, »das war mehr so: die eigentliche Kunst, verstehst du? Das Abenteuer, is ja n irres Gefühl im Bauch – Ne Art Sucht auch, zugegeben, aber das ist ja die Kunst wohl immer, oder?« Nachts um halbeins, wenn Emma und Erna im Bettchen liegen, und der gute Mond durchs Fenster späht, wer macht sich heimlich auf die Strümpfe? Schuhu, schuhu.

Häusliches Geklappere, Geschirr, Kaffeepott und Tassen, dann wird nach außen die Türe geschlossen. Unsere Gruppe.

Und Leonore wandert reihum, die Küsse knallen.

Eckehard läßt aus schwarzem Spitzbart zwei Vampirzähne blitzen, und Leonore hat panisch zu kwieken.

Otto, ein betrügerischer Immobilienmakler, der hin und wieder auch mit ner Pistole fuchtelte, »ungeladen, versteht sich, ich riskier ja nicht ein Mal um die Sonne«, Otto küßt sie prinzipiell nur auf die Stirn: »Damit du nicht vergißt, wer hier der Größte ist! Kleine Weiber können niemals schön genannt werden, schon Aristoteles –«

Der Chorleiter. Ne gute Schulbildung, spricht auch französisch. Er bleckt die Zahnlücken, streicht sich die Stirnglatze, dehnt seinen, zugegeben, sehr durchtrainierten Body. Und drückt sie an sich, daß sie japst.

Klaus nimmt sie ihm protestierend ab, küßt mit Andacht ihre Hand, bettet sie tröstend ans Herz: »So redet Otto, du weißt es, weil er – und jede Nacht! – von dir nur träumen muß, wie gut du wieder riechst.« Professioneller Schützer der Witwen und Waisen, auch Heiratsschwindelei in den Akten.

Da muß Manni eilig eingreifen: »Vorsicht, Klause, hüte deinen Nachtschlaf, Lörchen ist ne verheiratete Frau und außerhalb der Ehe Jungfer. So eine muß man anders nehmen –« Aber da hat ihn

Leonore schon umgriffen, küßt ihn ins Bartgestrüpp, er lehnt sich kurz an sie; müde sieht er plötzlich aus, erschöpft. Er hofft nur noch quia absurdum. 15 Jahre, anschließend Einweisung in die Psychiatrie. Einer von diesen: »Die Bestie von Bergedorf! Endlich ist die Bestie gefaßt, die in der Nacht vom 3. auf den 4. März in der Neuengammerstraße die Verkäuferin Irene Degenbach (53) überfiel und mit 20 Messerstichen brutal ermordete. Der kümmerliche nur 1.62 kleine Mann (24) war gefaßt worden, als er in auffälliger Weise am Tatort umherschlich.«

Und strömende Körpersäfte, der Gerichtssaal überquellend.

Jetzt, seit dreizehn Jahren, versucht er durch transzendentale Meditation sein Ich zu erfinden: »Ich beweise mir meine Allmacht inzwischen lieber im Dienste der Kräfte des Lichts. Ich meditiere, und meine Mutter ist ein armes, jämmerliches Luder, ein mißbrauchter Behälter, nix weiter. Bewußtlos, ohne Schuld, und so war ich. Jetzt aber – ich entkomme ihnen. Der einzig Freie hier im Haus bin ich. Ich lebe. Im Hier und Jetzt.« Manni hängt die schmächtige Gestalt an Leonore (ungewaschen leider, sie duldet brav), die Männer scheppern geschäftig mit den Tassen, gönnen ihm die kurze Rast.

Dann aber Dieter. Der Jüngste, sechsundzwanzig (die anderen um vierzig), Landsknecht, der einzige traditionelle Typus. Und wieder, immer, verzweifelt. Seine Frau. Und am fürchterlichsten: seine Tochter. »Sechs Jahre alt, sie LIEBTE mich!« Die tätowierten Arme schießen durch die Luft, mächtige Arme, mit mächtigen Fäusten, er trägt wenn irgend möglich armfrei, nur Lederwams.

Gleichmütige Blicke der Kumpane auf den ohnmächtigen Hünen: »Da mußte durch, Junge, das ist so, erlebt jeder hier drinnen. Länger als drei Jahre, außer Müttern und Huren hält das keine länger aus.«

Vor dieser Wahrheit muß Dieter flüchten, auf Leonores Schoß, den dicken Kopp an ihre dünne Schulter, mütterwarm. Sie wiegt ihn hilflos, bald fährt er wieder aus. All seine Verdienste zählt er auf um die dicke fette Wachtel. »Wie die gestunken hat! Wie aufm Fischmarkt, ungelogen! Hatte ne Krankheit, konnte nichts dafür, aber manchmal hab ich ihr direkt Parfüm reinkippen müssen, damit ich überhaupt noch lecken konnte! Und WIE ich die bedient hab! Von vorn, von hinten, in der Mitte, diesen ganzen riesig schwabbelnden Fleischkloß,« er walkt in wogenden, spratzenden Massen, daß es die andren (Leonore eingeschlossen) gruslig schaudert, der Mann hat

Mut: »Unter zwei, drei Höhepunkten ging da gar nichts ab, ich bin ausdauernd, ich hab mich trainiert, sag ich euch! Und wie die Alte immer juchzte – Und jetzt –« Pranken vors Gesicht, es rüttelt ihn so fürchterlich, und Leonores Busen viel zu klein. Diskret werkeln die Männer an der Bastelkiste rum, für solche Notfälle gibts immer was zu fummeln, Kasperpuppen für die Puppenspielgruppe im Haus.

Bis Dieter den verheulten Kopf mit einem Ruck in den Nacken schmiß: »Aber das sag ich euch, das weiß ich, das hat sie mir selbst, und PLÄRREND gestanden beim letzten Besuch: der Neue –« er drischt ihn nieder, Otto ergänzt gelassen, »vermag nicht im allerentferntesten so herrlich sein Brot in ihren Ofen zu schieben wie DU! DIETER!«

Da nicken alle. Ein kleiner Bahnbeamter, dieser Neue, wie soll denn der – Klaus fachkundig: »Solche Bahnbeamten wissen niemals, wo der Kitzler sitzt, und wenn sie`s ihm tausendmal erklärt. Diese spießbürgerlichen Kapaune, die aus lauterer Liebe sich ekeln vor der Lust – keine Sorge, Dieter, deine Alte wird sich nach dir verzehren, wenn ihr Beamter auf ihr rumrutscht, darauf kannste Zyankali nehmen.«

Das IST ein Trost, und für ein kurzes, diese Gruppensitzung lang, konnte Dieter wieder grader sitzen.

Nun aber war Leonore am Zug. Was gibt es Neues in der Welt, los, Mädel, berichte.

»Oh je!« Otto langt sich ans Hirn, »wie immer! Nichts! Absolut nichts! Die ist draußen und sperrt sich freiwillig weg! Wie willst denn du, Mädel, so einen wie den Harald Stöwer überhaupt nur am Hemdzipfel erwischen! Reineweg aus dem Kopf?« Die Männer lachten herzlich und lange.

Obwohl – Eckehard, und doch ziemlich verrunzelt: »Sag mal, finste das nichtn bißchen dolle anmaßend, Lörchen, daß du dir einbildest, mit so minimalem Fleischkontakt auszukommen? Ein Mal in der Woche drei Stunden, und dir ist nichts Menschliches mehr fremd? Du glaubst wohl, weil de Latein sprichst, verstehst du nen Zuhälter auch? Einfach so, in seiner Idee?«

Und alle maßen sie plötzlich mit derart arroganten Blicken auf und ab, daß sie veritabel bis unter die Ponies errötete.

Ein klein bißchen ließ man sie schmoren, dann erbarmte sich Manni: »Unser Lörchen strebt eben nach Weisheit, Jungs, und die findest du nicht auf dem Marktplatz. Nur –« und mahnend zur armselig glühenden Idealistin: »Ne Kiezpartie mußt du schon machen, das ist ja wohl das mindeste.«

»Au ja«, Dieter jauchzt, und Otto fällt ein, »nachher alles haarklein berichten, damit wir prüfen können, ob du ÜBERHAUPT IRGENDETWAS zu sehen bekommst!«

Und weil sie grad so schön am Zuge sind, gibts noch ne Strafarbeit. Friedhelm Gesell. Schon in der Urlaubsregelung. Damit du gleich fühlst, wie das WIRKLICH ist, wenn einer rauskommt.

Klaus schickt lockend hinterdrein: »Der will auch schreiben, der Gesell, is sogar ne Zeit lang als Loddl gegangen, aber von Grund auf ist er Räuber. Ein ehrenhafter Mann, hat ne nette Kleine – überhaupt ein Beherrschter, du mußt dir nicht einmal Sorgen um deine Tugend machen mit ihm.« Und faßt sich ans Bein, Ottos Tritt war durchaus derbe.

Vollkommen unnötig, Leonore ist ganz unbefangen voraussichtslos wie stets. (Induktion, was kommt, soll immer nur das Rechte für mich sein; verraten kann mich niemand!)

Klaus erhebt sich ächzend aus seinem Sesselskelett: »Am besten, ich hol ihn mal her, dann kannst du sofort losarbeiten mit dem Material.« Und scheinheiliges Nicken rundum, elegant hinkt Klaus von dannen.

Eckehard sperrt gewaltig gähnend seine Zahnlücken auf: »Aber jetzt mal raus mit deinem Büchel. Damit wir kontrollieren können, womit sich so ein Spinnchen wie du in ihrem Winkel die Zeit vertreibt.«

Und alle lehnen sich zurück, genießen unschuldsvoll Leonores Vortrag. Ein Gedicht für schwere Jungs.

Und dann gabs tatsächlich ne echte Diskussion, es lacht das Pädagogenherz. Und der Autorenmund. Otto: »Die Sprache ist einmalig, da gibts keine zwei Meinungen. Wenn auch leicht nachzuahmen, einfach immer aus Substantiven Verben machen und umgekehrt. Aber schamzerpört ist prima! Obwohl die Sichtweise – genau der Bahnbeamte von vorhin. Ich hab das aufm Kiez n bisken anders im Gedächtnis. So schamzerpört war das gar nicht, im Gegenteil? Wenn meine Erinnerung mich nicht trübt, Jungs?«

Dieter öffnet breit den Mund, doch Eckehard schüttelt schneller den Spitzbart. »Kann dir nicht beipflichten, Otto. Huren hab ich nie besonders geil gefunden. Als Kumpels ja, einmalig sogar, aber zum Wegarbeiten? Nummer 17?« Und lacht auf (die andren rücken näher): »Einmal, da war ich so sechzehn, das hat mich kuriert. Ich trapse so aufm Kiez einher – n ganz unwissender Bengel, spitz natürlich bis in jedes Hirnfäserchen, denkst ja nichts andres in dem Alter –« hochfahrend, »das ist die allergrößte Schweinerei hier drinnen, daßde regelrecht degradiert wirst zum Pickeljüngling. Is doch kein Thema für nen ausgewachsenen Mann, den ganzen Tag lang –« die andren ungeduldig, »weiter, die Story, Moralisieren kommt nachher!« Eckehard lehnt sich behaglicher zurück: »Na, latsch ich also übern Kiez, kurzum, ne Alte macht mich an, ich mit. Für umsonst, mögen die ja, son grünen Bengel. Wegen der Unschuld, is ja klar. Na, ich sag euch! Zwar so ne ganz schöne Mutter, groß, lange Beine, und Titten hart wie Gummibälle –« Otto kundig: »Warn vielleicht auch welche, Silikon, da hab ich auch mal eine –« »Schnauze, erst mal Eckehard.« »Also wie die sich hingehauen hat, Eingeweide aufgesperrt – also ich – aber weg konnt ich ja nich mehr. Sollt ich sie lutschen, und die, oben, raucht noch dabei! Und als sie dann unter was für einem Getöse, grelle Lache, ihren Abgang hatte, ich dann rüberdurfte, stehen tat er mir ja komischerweise trotzdem und gewaltig! – da sagt die mir doch nachher, das hätt sie gebraucht, 16 Türken, und alle ohne Gummi, vor mir!«

Als das Gebrüll sich gelegt hat, Manni. Zupft sich bedächtig den Ziegenbart, spricht geruhsam: »Ich habe Türkenblut getrunken, ich habe viel zu mir genommen in meinem Leben, ich bin nicht weiser geworden.«

Doch jetzt, endlich! DIETER! Sein Landsknechtsbeitrag. Wie er einmal ein ganzes Bordell für sich und seine Freunde drei Tage lang gemietet hat, na gut, nur einen Tag, aber trotzdem. Siegesfest, nach nem geglückten Bruch, die Frauen tanzten nackt mit Flasche – schon will er aufsteigen vom Sofa, schon hält er Brüste, Ärsche in mächtigen Händen, »Nix Mutterschöße, die Weiber sind nicht nur zum –«

Die Tür platzt auf. (Diese schweren Eisentüren kann man nicht behutsam öffnen.)

Aber trotzdem versteht Klaus die Formen zu wahren. (Sein Schwindlername: Klaus von Säckingen.) »Bitte, Friedhelm, vor mir.« Noble Handbewegung, alle straffen sich sofort.

»Leonore, darf ich dir vorstellen, Friedhelm Gesell. Von Leonore Füxle –«, wölfische Verbeugung im Hintergrund, »hast du ja schon gehört. Er hat vor, ein bißchen was zu schreiben und möchte gern von deiner Fachkompetenz profitieren.« Und neigt sich, neigen sich all.

Befangen? Leonore? Der erste Blick: Hände hoch! Die scharfen Falten knorren, grau buscht Herbstkalt. Ein Mann, ein Mord und ja und nein. Unbrauchbar, Mädchenleer.

Trotzdem beugt sie sich gewinnend über den Tisch, reicht dem übertrieben markanten Heldenschnurrbart ihr Geknöchel hin.

(Die Gruppe reineweg Augen.)

Friedhelm Gesell im Baß (Harald, Bariton), aber verblüffend poliziert, bittet nur knapp um ihre Telefonnummer, »wenn Sie gestatten, ruf ich Sie mal von draußen aus an. Ich möchte nicht die Gruppensitzung stören.« Beruhigendes, generöses Gebrabbel, laß dir nur Zeit, Junge, wir kennen sie schon lange genug.

Leonore fummelt, ziemlich unaufgeregt? gar nicht erregt? völlig gelassen? Stift und Papier aus der Jackentasche, schreibt in großer Schluderschrift Name und Telefonnummer auf. Gleichmütig reicht sie den Zettel übern Tisch, gleichmütig nimmt er ihn entgegen?

Als er gegangen war, und er ging bald: plötzlich alle Männer mürrisch. (Selbst die beiden, Manni und Klaus, die auf Leonores Tugend geschworen hatten.) Nicht einmal durch das Versprechen aufzuheitern, daß sie am Wochenende mit Richard, ihrem Mann ne Kiezpartie –

Otto verächtlich: »DU und Kiezpartie, Mädel! Mit Ehemann an der Seite? Erbarm dich, was willst DU schon groß erleben? Die Seuche spreiten? Du doch nicht! Du lebst, ganz schnuckelig und süß und bieder mit deinem Männe im Hamsterhäuschen, und damit du dich nicht aus Langeweile weghängen mußt, denkst du dir Teeny-stories aus. ErLEBEN tust DU nichts!«

Manni hebt den Oberlehrerfinger: »Du solltest mal lieber Yoga machen, was Geistiges, was WAHRHAFT Geistiges!«

Und plötzlich stritten ihr alle die Fähigkeit ab, überhaupt einen Mann zu schaffen.

»Frauen bestimmt, das meinetwegen, Männer aber?« Selbst Klaus wiegte bekümmert zweifelnd sein Haupt.

Nun ist Leonore in diese Hinsicht von unverschämter Hybris: »Ich werd euch meinen Helden ZEIGEN, ihr werdet ihn kennenlernen!« Und warf derart jupitergleich den Bubikopf ins Genick, daß die Männer ihr fast schon verziehen hätten. Auch kleine Frauen können zürnen.

Dieter bietet gutmütig die Versöhnungspranke: »Aber du mußt wenigstens selbst mal zu ner Nutte gehn. Hinterm Vorhang, DIE beiden Blauen muß dein Alter locker machen, Investitionskosten, ohne saftige Stellen verkauft sich kein Buch, Leonore, niemals.«

Ist das ein Vorschlag? Alle, Leonore voran, waren begeistert und befriedigt.

Doch als Leonore davongeweht war –

Das Schweigen tappet schwer herab und lastet.

Ja, nachher. Gibt einige, die nur, weil es dieses Nachher gibt, lieber auf alle Gruppen verzichten. Es ist der Kontrast. Drei Stunden in der Woche Mensch unter Menschen, die übrige Zeit aber – das merkste nachher deutlicher.

Und dann natürlich doch. Ein Weib. Nicht Irgendeine, Eine mit Gesicht.

Und jeder weiß das vom andren; nicht mal deine Fantasie haste hier drinnen für dich allein.

Deshalb: nichts wie auseinander. Sonst gehste in die Luft, und das wird mit Kellerloch bestraft.

Sie schlappen in ihre Zellen, schließen sich ein. Jeder für sich.

Und zählen ihre Zeit.

3

Sonntagmorgen im Hause Meister.

"WAS MORGEN!" Anne brüllt: Elf Uhr, und die geliebten Anverwandten flätzen immer noch in Schlafanzug und Strubbelhaar am Küchentisch und ohne reinliche Ausnahme, alle vier. Aschen in die Eierbecher, krümeln auf den Fußboden, zerkatschte Apfelgriepsche, schmaddrig, schludrig, schmierig, schlüpfrig -

Anne schüttelts. Straff und strack, sämtliche Vorschriften zur Leibeserhaltung exerziert, sie hatte sich mit dem Bimsstein geschrubbt! Ganzkörperpeeling, glatt wie polierter Granit. Und - duftend! Chanel Nr. 15, ein Parfüm, glühend unter Eis, versuchen Sie meine Damen!

Der letzte Versuch. Ja, Reinhard hatte - in demselben urbequemen Frotteeschloppi, in dem er jetzt unschuldig am Schmutztisch flegelt, ein schlapper, dunkelblauer Teddibär, dem die Sägespäne ausgeronnen sind, schon lange! - trotz des neuen Duftes, "hm, wie gut du riechst, Anne", Kuß auf die Schnuß, er hatte sich gestern gemütlich zu Bette gelegt, Brille auf die Nase: Das Buch, die spannendere Wirklichkeit. Und Anne duftete vergeblich.

Und über sich hatte sie Katharinas juchzende Begeisterung an den Leibeskünsten des poseidonischen Winfried belauschen müssen. Die Reinhard nur ein amüsiertes Brillenschütteln entlockte: "Heijaho, wieder mal da oben! Wer ists denn heute nacht?" Mürrisch knurrte Anne hinter ihrem (resignierten) Buch hervor: "Dieser fette Brillenhengst", und der dünne hatte dabei die Füße zu seinem Eheweib unter die Decke gestreckt. Sonst aber nichts.

Oh Anne! Sie hatte mehrmals pflichtgemäß den ewigen Satz memoriert, daß nicht die Gegenstände, sondern unsere Meinungen von ihnen Ursache unserer unordentlichen Leidenschaften sind - leider, in diesem Fall - im Schlaf hatten sich die Gegenstände gegen sie erhoben, und sie boten nicht den verdrüßlichen Anblick dieses schwarzmelierten Morgenmuffis dort am Tisch!

Dem auf dem Schoß die Tochter prangend thront, Schmuse, Buse, kleine Suse, und wie sie zappelt, wie sie gickert, gleich hat sie das Milchkännchen umgestoßen. Und an der andren Ecke muß Anne Katharina lümmeln sehn und schnurren hören, wie der kleine Bursch Verstecken spielt in ihren Locken, Bronze und Gold, die Hülle, die Fülle. Und als jetzt Reinhard tatsächlich auch noch frischen Kaffee ordern kann -

Anne bricht los. (Die vier am Tisch nehmen augenblicklich Haltung an, aber sofort!)

Der Frauenkeif. Wie alle sich von ihr bedienen lassen. Immer, IMMER und überhaupt! (Hastiges Abräumen des Küchentischs. Vier geduckte Gestalten.)

Vor allem: Überhaupt. Und immer und nie!

Katharina, hellblau kriechend mit Schaufel und Besen unterm Tisch, Reinhard gebückt am Abwaschbecken, Lisas beflissenes Feudeln auf dem Tisch herum, und Stefan steht stramm mit Trockentuch. Die Stirnen gesenkt, die Schultern hochgezogen, es gibt kein Recht auf Widerworte.

Anne, in grimmigem Vergnügen, läßt die Kröten aus dem Munde platschen, dem geräumigen Munde, griechisch is sich heute nich. Wie diese ganze disziplinlose Schlumpumpenwirtschaft eine rücksichtslos brutale, hinterlistig gemeine, ja bestialische Vergewaltigung ihrer, Annes, ureigenster OrdnungsNatur ist, und daß immer sie, die Allesversteherin, die Allesverzeiherin - "Ich spucke auf die Ehre, allwissend zu sein! Damit IHR euch getrost um nichts im Haus zu kümmern braucht! Anne wirds schon richten! Dumm will ich sein, klein und blöd, ich will bedient werden, wie ihr!" Und ihre Stimme bibberte.

Was dem Unschuldigsten unter den Verklagten endlich die Möglichkeit bot, sich anzupirschen. Stefan, der Geordnete. Er legt das Handtuch beiseite, eilt, das klapprige Hutzelweiblein zu umfangen. An seine starke Kinderbrust mit ihm. "Ännchen, liebes süßes Ännchen! Kannst du doch früher sagen! Wir sind ja bereit. Siehst du doch." Und weist auf die Knechte, die schüchtern nicken. Ergeben, diensteifrig, eben bereit. Einzig Elisabeth, was Kiebiges im Blick, mit dem sie unterm hellen Zottelhaar hervorlugt, wirft trotzig die Lippen auf?

Anne aber sieht nur tröstlich den Gatten dienern. Der allerdings in dieser Haltung eine einigermaßen traurige Figur abgibt, in blauem Schlotteranzug; dennoch - Verheißung um den Mund?

(Man hatte ihn tatsächlich am Nachmittag sehen können, im besten weißen Hemd, in Annes Lieblingsjeans, den kneifenden, lesend, natürlich, aber was! Von sich spreitenden Lenden, geöffneten Pforten, schlüpfrigen Röschen - wie man im Hause Meister für jeden Fall mit passender Lektüre ausgerüstet ist. Einübung zum ehelichen Bocksprung.)

Als jetzt aber Reinhard sich seinem Weibe naht, voll Scham - oh ja das gibts, grade mit 47 - verbirgt sie ihr Erröten an seiner Brust. (Wie, wenn diese ganze Keiferei nur Wirkung der Hormone wäre? Prämenstruelle - oder gar wechseljährig? - miese Laune? Auch Reinhards Stoßgebet seit zwanzig Jahren lautet, hoffentlich kommt bald die ausgeglichne Zeit, Altweibersommer, Menoende.)

Hurtig entwichen die anderen.

Lisa, muksch, beschwert sich draußen bei der Tante: "Daß die Mama aber auch immer so plötzlich loszetern muß! Und wenn sie tausendmal recht hat! Ich hasse die Ordnung! Und auch die Vernunft, jawohl! Ich, wenn ich groß bin, ich will viel lieber sein wie du!"

Katharina perplex, ob sie denn so unordentlich und unvernünftig, ja, findet Elisabeth und hopst begeistert. Stefan aber faltet streng die Brauen: "Nö, Katja, das mußte zugeben, daß DU nicht vernünftig bist! Und wenn du Hundert Millionen Preise kriegst, die beste Bildhauerin der Welt, klüger ist die Anne trotzdem."

Recht nachdenklich, zerknirscht auch, marschierte Katharina nach oben, bald hörte man Wasserrauschen, und alle putzten und strafften sich, und nachher gehn wir an die Elbe, Strandgut sammeln.

Draußen dann - na ja. Der Mensch braucht bekanntlich ein reichlich Maß an Blindheit, um froh zu sein. Außer er entwischt dem ganzen Kram von Gut und Böse und wird einfach Sammler. Wie Katharina und die Kinder. Auch aus TOTEN Krebsen läßt sich noch was Schönes machen, grad aus denen.

Für das Ehepaar aber: der Hundekackstrand. Und grade wegen der Pracht, mit der sich das Panorama aufspreizt, Eintritt eine Mark. Unendliche Weite, riesiger Himmel, das breite Band des Flusses, und wie unsre Vergangenheiten alle so heißen. Und Sonnenschimmerschein und muntre Wellenkinder, kringeln, haschen, fangen sich, lassen kokette Spitzen rieseln, kichern, hüpfen hurtig über Stock und Stein, und droben prangt im Seidenkleid, so groß und so ganz lieblich klein und ewig - Nix, gar nix, hat sich ausgemuttert. Die Elbe: Leichenbrühe. Simpel verseuchte, tote Leichenbrühe.

Von links, da stinkts, und malerische dicke weiße Giftwolken am blauen Himmelszelt, von rechts, da trötets, muß i denn, muß i denn zum Städele, Volkskunst aus Plaste für Touris; Reinhard schüttelt es wieder einmal derartig: "Das Beste, man bleibt im Haus. Nix sehen, nix hören, Tür zu."

Doch ehe er die große Menschheitsklage anstimmen konnte (und STUNDENlang), hatte ihm Anne flink die Brille abgezogen, pflanzte sich vor ihm auf, verschloß ihm den Mund, und lange. Bald hielt er tapfer dagegen, strengte sich, eingedenk seiner nächtlichen Verfehlung, redlich an, seine Pflicht zu genießen.

Und wieder wehe. Überschnappend aufkreischend Kindergeschrei, Familienelend, nicht einmal im eignen Hause ein Fortschritt an Humanität zu vermerken. Lisa wälzt sich im dreckigen Sand, wild schnappendes Maul, über ihr röhrend ein Neanderthaler.

Reinhard und Anne (nirgend wird Welt sein, Geliebte, als innen?), die Eltern stehn brüllend am Hang, Katharina galoppiert, schon hat sie den Sohn am Schlaffittchen, reißt das zappelnde Bündel auseinander, wobei Lisa, ratsch, noch hurtig einen scharfen Biß an Stefans Schulter plazieren kann.

Im Henkergriff der Steinmetzfaust, demonstrativ kläglich unter dem Weisheitsschwall des Vaters, zählten sich die Bälger bleckend ihre Wunden vor, eins zu eins, Faustschlag gegen Schulterbiß? Ist das ein faires Angebot?

Endlich war der Vater beim Schlußwort angelangt, das in dem Satze gipfelte: Nur in der Erkenntnis ist Tatort der Freiheit. "Und frei wollt ihr doch werden, oder nicht?" Und das wollen sie und geloben, sich strebend zu bemühn, den Zank- und Gierteufel unter ihre Herrschaft zu bekommen.

Und dann rannten sie davon, so weit wie möglich weg von aller Freiheit: "Und wenn wir Lust haben, dann prügeln wir uns, aber so, daß die das gar nicht merken können, ja?" Au ja, Stefan reicht voll Anerkennung der Gefährtin seine Hand. "Aber keiner von uns darf petzen."

Die zurückgebliebenen Erwachsenen seufzten lange auf. "Das wäre ja wieder ein Sonntag geworden! Kleist ist nichts dagegen."

Kleist; da hatten Meisters Redestoff, Bedenklichkeiten und Katharina was zu lachen. "Wasn BILD! Auf den Knien meines Herzens! Schreibt der an Goethe! Da stellt sich jeder doch sofort -" ne Blechdose vor, zerbeultes Herz, und hier kniet rostig ne Lenkstange im Gestrüpp? "Genau so!" Katharina bückt sich, das Arbeitsthema des heutigen Nachmittages steht fest, kniendes Herz.

Nachmittag? "Mußt du nicht heut in den Knast?" Das erste Mal. Und die Ermahnungen wollten kein Ende nehmen.

"Schwester, in diesem Fall ist Voraussicht geboten." Und treue Berichterstattung, der große Bruder wacht. "Das ist kein Kinderspiel da drinnen." Und haben plötzlich derartige Büttel- und Vollzugsanstaltsgesichter, Katharina wandte die Augen ab, mürrisch versprach sie, was die beiden hören wollten: Vorsicht und Besonnenheit, mein Gott, endlich, ja!

Aber am Nachmittag. Viertel nach fünf, Herr Jensch, Abteilungsleiter von Harald Stöwer, hatte Katharina bestellt. "Um diese Zeit sind die auswärtigen Besucher abgefahren, da haben wir ein Zimmer frei."

Katharina forschen Schritts durchs Laub gestapft. In Jeans, hellblauem Herrenhemd, die Ärmel hochgekrämpelt (Arme wie ein bekannter Diskuswerfer), in kinderbunter Weste, das Hexenhaar, vor dem die Männer zittern, stramm geflochten bis fast zum schmalen Popo. Die Augen, grau, nur flüchtig umtuscht, Neugier funkelnd hinterm Wimpernbusch.

Das gläserne Pfortenhäuschen kann sie nicht schrecken, SIE hat nie was zu verbergen, den Warnspruch an der Mauer, Achtung, Achtung nimmt sie verächtlich gar nicht wahr. Zwei Sprünge hoch, ein Schulterdruck, der glotzende Beamte hinter der Scheibe. "SIE!? Zu Harald Stöwer? SIE sind das?" und stiert.

Katharina SCHIEßT ihm einen Blick zurück, daß er sofort die Klappe hält, eilig den Zettel ausfüllt, den Türknopf drückt.

(Andrerseits, war da nicht auch Besorgnis im Gestier? Stöwer ist doch wohl kein Frauenmörder? Mörder, wie schaurig - heilig? Verbrecher, Lieblingskind Gottes.)

Sie folgt dem Beamtenkinn übern Hof: "Die Treppen hoch, der Kollege weist Sie dann weiter."

Auf dem Monitor starrte er der rüstig ausgreifenden Weibsperson hinterdrein, maulaffenfeil, dann telefonierte er eilig nach oben: "Du, Hinner, da kommt eine, also ich sag dir! Als wennse aus ner Illustrierten rausgesprungen wär. So ner ganz teuren, kennste, wo die Weiber schon wieder unordentlich werden. Beine bis zum Kinn. Und so eine, eine, die alle haben kann, bis zum Justizminister hoch - so eine, stell dir vor: zum Stöwer! Schweinerei, daß der sogar hier drinnen noch - Wo der die Hühner nur immer herbekommt! Die - ne Hure?" Er wunderte sich ausgiebig.

Katharina aber schritt fürbaß, hielt sich grade, so gut sie nur konnte. Zischt die Luft nicht schärfer durch den krüppeligen, scheinheiligen Vorgarten, kreischen die Krähen nicht verlorener? Es sind die Luken, die vergitterten Luken, blind kragend aus der roten Backsteinwand. Nicht einmal sehen, schauen -

Ausgesperrt von allem Recht aufs SCHAUEN! Sie ächzte auf, und wie de dich sofort schuldig fühlst, irgendwie. Immer im Visier. Ob die da oben jetzt das Gewehr auf mich angelegt haben? Stolz warf sie den Zopf in den Nacken, trotzte den glotzenden Monitoren, auf EUER Pathos laß ICH mich nicht ein. Stolperte aber sofort über nen spitzen Stein, verwirrte sich im Beingestrüpp; an den Überwachungsmaschinen kollerndes Gelächter. Auch nur ein Hürchen, wie alle andren immer; und spielten, na klar, an der Waffe.

Sie raffte ihre Gliedmaßen an sich, ein zorniger Blick im Kreis, von Mauer zu Mauer, Wachturm zu Wachturm, von einer verglasten Lemure zur andren. IHR könnt mir gar nichts tun, IHR nicht!

Und tritt die Treppe krumm, Glas und Summen, ein Blaumann springt von der Seite herbei und weiß auch schon gleich, wohin sie muß, beflissen zeigt er den Weg: "Dritte Tür rechts, in den Besucherraum, Herr Jensch kommt sofort."

Grinsendes Gesichtsgrau, wie die Wände, die sind aber gelb.

Krachend die Gittertür, semeli, simseli -

Gestank. Als wenn auch die Luft gefangen - freie Gottesluft, diese Russen, und Verbrecher heißen Unglückliche für sie. Ob das Gefangne sind, die Wand entlang? Schamvoll senkt sie die Augen, wie de dich gleich als andre siehst, als Bessere. Fühlste richtig piexen, die Blicke im Rücken. Ohnmächtig scheu, machtlos gierig. Wahnsinn, jahrelang nicht vögeln, und ich jetzt, wie anmaßend: Betreuerin.

Geschlechtsneutrale, weibliche Betreuerin, damit er sich nach jahrelanger - was Er wohl - hoffentlich kein Einbrecher, das ist so ein mickriges - ehrbar haut sie sich aufs Maul, Tür drei.

Sichtfenster, dahinter Ikeamöbel, ein Tisch, drei Holzsessel, sachlich freundlich. Und selbstgemalte Bilder an den Wänden, Bildchen, korrigiert Katharina, so nett und süß und zahm und fromm, sieht so das Paradies der wilden Kerle aus? Das Schnuckelkätzchen vorm Kamin? (Wie Er wohl aussieht?) Und will zum Gitterfenster treten, ein Späh in den dämmervollen Spazierhof hinunter, von unten winkt es hoch?

Die Tür wird aufgeworfen. Ein Mann, Mitte vierzig, Halbglatze, biedres, offenes Gesicht - auch DER vergrößert seine Augen? Na, SO schön bin ich - ein Bier wie ein Handschlag, "bitte nehmen Sie doch Platz, Frau Lichtenstein." Und mustert sie - gütig gradezu?

"Ich weiß, Sie kommen nicht unvorbereitet. Die Schwägerin von Frau Meister. Eine wirklich zuverlässige und kooperative freie Mitarbeiterin mit großer Erfahrung. Natürlich sind Sie uns überaus willkommen, ganz selbstverständlich. Allerdings - in diesem speziellen Fall wäre uns - Sie entschuldigen bitte - eine weniger attraktive Frau offengestanden lieber. Harald Stöwer -"

Jensch gab sich nen Ruck und mitten rein. Die Tat. Zuhälterei, Nötigung zur Prostitution in Tateinheit mit schwerer Körperverletzung. "Drei Monate hat die Frau im Krankenhaus gelegen." Wenn er auch unbedingt zugeben will, daß Harald Stöwer sich gebessert haben - "KÖNNTE, sogar das Abitur hat er hier drinnen nachgemacht, und das ist keine Kleinigkeit, das will ich nicht leugnen. Und Kurse an der Fernuni, aber - noch im letzten Jahr einschlägige Damenbesuche, sie wissen ja, die Katze läßt das Mausen nicht. Vor zwei Jahren hatten wir eine Sozialarbeiterin im Haus, ein tüchtiges Mädchen durchaus, aber ein Insasse, auch ein Zuhälter - wir haben sie auf dem Kiez wiedergefunden. Und rettungslos verloren. Ich will Ihnen ja nicht zu nahe treten, aber es ist meine PFLICHT, Sie zu warnen!" Und blickt mit Beschützerfreundlichkeit an ihr auf und nieder.

Nun aber Sie! Grad, daß sie nicht ihre Weste von sich warf, aber kampfbereit die Fäuste geballt, und sah derart wüst aus der Bluse - Jensch fuhr zurück. Er war beeindruckt. Ja, das muß er ihr glauben, daß sie aber auch GAR KEINE Neigung zu Selbsterniedrigung und ähnlichen weiblichen Tugenden habe.

Fast hätte er sich die Hände gerieben, als er Stöwer holen ging: So eine gönn ich ihm, dem arroganten Schnösel, DIE wird ihn schaffen! Vielleicht, daß einzig so eine - (er selber hat kein Abitur?)

Katharina aber: ZUHÄLTER! Kleine, dumme Mädchen zwingen - eklig, mickrig, lächerlich. Schmotzen auf Kosten - nee, das wirklich nicht! Wenn ich doch bloß, wenn ich doch nicht - warum hat der das denn nicht gleich gesagt, der Ritter, ich wär doch niemals, NIE! Na warte! So ein Kümmerling! Nix Timur, edler Brecher des Gesetzes, der keine Grenzen kennt! Ein mieser, kleiner, erbärmlich doofer Wicht, ein -

Tür auf. In Katharinas funkenstiebenden Blick trat ein -

(Nun gut, Mäßigung. Obwohl - entspricht doch ganz einfach nur den Tatsachen: der ganze Raum erfüllt! Unsäglich herrliches Männertier. Tarzan, auch Achill, das edle Vieh. Schulterlange schwarze Locken, schwarz funkelnde Augen, und dieser einzigartig männliche Schmerzenszug um den großzügigen Mund, für den, oh Katharina!, sie so empfänglich ist vom Vaterbusen an?)

Sie mußte sich zwingen, daß es sie nicht vom Sessel hob.

Er aber in der Tür, steht er perplex? Das erste Weibchen seiner Art?

Nicht -chen. Scharfe Krallen, ihn anzuspringen, aber sofort. Erst Recht, weil er so hinterlistig schön ist!

(Was Herr Jensch, der sie einander vorstellte, mit Genugtuung vermerkte.) "Ich lasse Sie dann mal allein. In anderthalb Stunden, ja?"

Die Tür fiel zu.

Katja und Harald, mit vorgelegten Lanzen, begegnen beide sich, zween Donnerkeile, die aus Gewölken ineinanderfahren. Doch diesmal ists nicht Katharina, die endlich niederstürzt zu seinen Füßen.

Ganz müde sieht er plötzlich aus. Die breiten Schultern hängen, schwer schleppend am Loddl wendet er sich halb zurück zur Tür.

Im Bariton: "O.k. ich gehe. Ich sehe, Jensch hat Sie instruiert. Zuhälterei, das dämlichste Verbrechen." Doch, die Hand schon am Türgriff, er schlägt sich die Faust vor die Stirn (Faust! Stirne!! Oh!!!), "was ne schwächliche Idee! Dämlich, zum kotzen dämlich, Betreuerin, ICH! Aus therapeutischen Gründen! Widerlich erniedrigendes Sozialpädagogengewäsch. Und ich, ich bin drauf reingefallen!" Spuckend: "Betreuerin! Damit der arme, kindisch zurückgebliebne Bubi schön langsam lernen kann, wos langgeht mit den Damen, ja? Und ich, Waschlappen ich, ich - wegen der Urlaubsregelung! Die beiden Jahre -"

Und fährt herum, daß es Katharina aus dem Sitz reißt. Sie stehn sich gegenüber, und sie ist fast so groß wie er.

Dolchesausen, bis er zischt: "Was erdreistest du dich, bürgerliche Schnepfe, du! Rechenschaft fordern, als Racheengel, ja? Weil alle Männer winselnd dir zu Füßen liegen, meinst du, du kannst auch mich zu Boden zwingen, was! Verbrecher, der in DEINEM Schoß jaulend um Vergebung fleht!" Höhnisch verzerrt sein stolzer Mund, und das steht ihm gar nicht: "Machtgeil, nichts als machtgeil wie du bist!"

"Machtgeil?" Katharina in arrogantester Verachtung, "MEINE Macht muß ich mir nicht an Schwächeren beweisen, erst recht nicht an größenwahnsinnigen Knirpsen wie du einer -" hielt aber doch schleunigst die Klappe, mit DEM Blick kann man ganz Schleswig-Holstein niederbomben.

Dann (tiefes Durchatmen beiderseits), jetzt greift er zum Taschenmesser: "Meinswegen größenwahnsinnig, du aber, du lügst. Wie alle Weiber lügen. Spielst dich auf als moralische Instanz, in Wahrheit aber - Was machst du HIER? Ne neue Variante? Letztes Reizmittel fürs übersättigte Gemütlein, jedem Emänzchen ihren Knacki unterm Bett. Harmlos natürlich, Rotzkäppchen, der reuige Sünder, so zähmte ich den wilden Wolf!?"

Katharina zuckt lässig die Achseln: "Dein Blödsinn gilt nicht mir." Und schlendert provokant zum Sesselchen, locker gleitet sie hinein, schlägt die langen Hosenbeine übereinander, erwartungsvoll den (allerdings nur mentalen) Zeichenstift gezückt. "Und sonst? Was hast du sonst noch anzubieten?"

Den Loddlblick? Zog er sie aus von Kopf bis Fuß? Spöttisch hielt sie sich hin, an mir, Schatzi, wirst du so schnell keine Schlappheiten finden, wenn ich sie dir nicht zeigen will! (Das Überbein am linken Fuß, zum Beispiel.)

Die Augen glitschen ihm ab, er kuckt ihr ins nackt triumpfierende Grinsen. Flüchten oder Standhalten?

Er aber, er rafft sich zusammen, herrlich baut er sich auf, trotzig im Kontrapost, (Apoll erschießt die Töchter der Niobe): "Ich soll bereuen? Was denn! Daß ich genommen hab, was sich mir in den Weg warf? Daß ich geTAN habe, was sie wimmernd erbettelten von mir?" Ein Auflodern, daß es Katharina den Spott von den Lippen schreckt: "Ich war auch gerne Zuhälter und WIE! Ha, wenn sie meinem Griff entgegenzittern, im Kampf zwischen Geilheit und Schamgefühl! Wenn ihr letztes bißchen SELBSTÄNDIGKEIT" (und das preßte er derart gehässig aus den Zähnen, Katharina ließ alle Waffen sinken. Vorbereitet, erstklassig vor-) "und BEWUßTSEIN sich aufrafft, und sie, da sie nicht mehr trotzen können, mich auffordern, wo sie Widerstand leisten müßten, ja, da ist Leben, da hat man ein Genügen, ein überfießend Maß." Und knirschend, in ihr fasziniertes Zuhörergesicht, "ja, SO darfst auch du genießen, das höhre Töchterlein, hinterm Panzerglas der Kunst geborgen spannst du ab."

Leonörchen! So also sieht dein Traumgeliebter aus, süßes Füxle du! Tarzan, der in Jamben von der Reue sülzt. Auch dein Herzlein erzogen in der Oper. Andrerseits – hier drinnen ist ja alles möglich. Um nicht auszurasten, lernen manche sogar das Gesetzbuch auswendig. Ich bin der Herr, dein Gott. Und der käut eben seine Bums-

geschichten wieder, literarisch dekoriert. Klar, daß sie das kitzelt. Oh, Lore! Als wenns nur eines Hühnchens bedürfte, nen Mann glücklich zu machen. Doch darin hast du gut gewählt, Mädel, der Zuhälter allein auf dieser Welt, das ist der ideale Weiberheld. Das Weib: Mittelpunkt der Welt. Von der Pieke auf gelernt. Nur der verstehts, euch ewig hohlen Nüssen bis in alle Abgründe hinein das Maul zu stopfen.

Katharina aber? Ertappt und umso großspuriger den Schnabel aufgerissen: "Vielleicht solltest auch du es mal mit der Kunst versuchen? Zum Holofernes wird es sicher langen. Wenn dir diese Rolle reicht. ICH allerdings glaub nicht, daß die Götter den Menschen um der Vögelei willen geschaffen haben. Erst recht nicht -" verächtlich schnippt die Steinmetzfaust, "für eine solche." "Für eine solche! Was weißt denn DU! Du bist ja viel zu stolz, viel zu egoistisch - Zärtlichkeit und brutale Dominanz", er blitzt sie lauernd an, "damit kriegt man JEDE! Unterwerfung, das IST eure Lust!"

Katharina hebt abgebrüht die mächtigen Schultern: "Ich hab davon gelesen. Langweilig oft. Doch nicht mein Trip."

"DEINER nicht!" Er läßt einen Blick über sie niedergehn, daß die Erde zittert, Katharina aber streckt sich, gähnt aufreizend dezent. "Deiner nicht, DU also bist die Freie, was? Die neue freie Frau, die nicht mehr lieben muß? Die Frau, die nur noch ficken kann. Die Hure, die's umsonst macht, ficken um des Fickens willen?!"

"Hab ichs mir doch gleich gedacht," Katharina mit unkleidsam geschürzter Lippe, gemächlich aus ihrem Sitz zu ihm hinauf, der immer noch lächerlich pathetisch steht: "Genau das, der Zuhälter als sittenstrenger Vertreter der Spießbürgermoral. Warum verachten Sie denn Ihre Einnahmequelle so altmodisch verklemmt, Herr Stöwer? Die nebenbei auch Ihre Lebensquelle ist. Es sei denn, Sie wären vom Geiste gezeugt."

Er aber, plötzlich, plötzlich platzt er los, lacht, so gutmütig, so ansteckend, lacht, und dann wackelte das ganze Zimmer. Sie schämten sich ordentlich voreinander, wie blöd man aussieht, zerplatzte Visage, aufgerissner Mund (von draußen späht es blau hinein?), endlich ließ auch er sich in den Sessel fallen, abgewandt voneinander, versuchten sie lange vergeblich, ihre zerfetzten Züge zu glätten.

Dann aber - und wieder so plötzlich - sie starrten einander an in kindischem Schreck. Beide die Hände abwehrend hoch - und reden auf einmal los, was völlig Sinnloses, ruckedigu, ruckedigu.

Katharina kneift die Augen zu, mach ich nicht mit, mach ich nicht - schickle, schäckle, Bohnenspeckle, was mich ängstet, das ist weckle - und Augen auf - oh! Dreimal oh und weh! Sein todtraurigschöner Blick.

Ganz dünn ihr Stimmchen: "Aber was sollen wir denn jetzt machen miteinander, Harald Stöwer?" Und rührend zutraulich auf einmal: "Was sollen wir nur miteinander machen? Ich weiß überhaupt nicht, was jetzt passieren soll?"

Er hastig: "Erzähl doch von dir. Von dir da draußen. Du bist Bildhauerin, hat Ritter gesagt?" Er glänzt erwartungsfroh, sie dehnt sich arglos. "Ja, in Granit. Urgestein, weißt du, vom Mittelpunkt der Erde. Und sonst, hab einen Sohn, der zwölf ist, und Geld verdien ich mir, sehr lehrreich, deshalb leicht, mit Restaurieren und Kopieren. Das ist alles. Und wenn du noch wissen willst, wie ichs mit Männern halte: Ich mag sie gern und habe einige sehr gute Freunde."

Au weia. Der Arme. Einige sehr gute Freunde, und er der einzige, der nicht abbeißen darf von diesem leckren Kuchen. Den er doch am allerliebsten ganz allein verschlingen will. Nicht wenig sadistisch, gutes Lörchen! Wem mußt du's denn so grausig heimleuchten, Kind?

Wie er jetzt dasitzt, so verloren - Katharina will schon tröstend die Hand hinüberstrecken - es bollerte gegen die Tür. "Besuchszeit zu Ende!" Sie fuhren hoch, wirres Augengefuchtel. Ganz ratlos beide, Harald mit belegter Stimme: "Was soll ich denn machen, deiner Meinung nach? Bereuen lernen, ja?" Und so gar nicht trotzig mehr, Katharina errötete. "Ich weiß nicht, vielleicht, ich glaub, ich will -"

Da stand schon der Beamte in der Tür, professionell schwerhörig. ("Ich will ja nich immer denen ihr Liebesgezülze anhören müssen, schließlich is man auch nochn Mensch.")

Und sehen will er auch nicht, Stöwers flatternde Lider: "Kommst du denn wieder? Trotzdem?" Sie verwundert: "Natürlich, bestimmt. Und wenn du willst - schreib mir doch. Ich antworte sicher."

Sie drückten sich zwei kalte Pranken, schwielig die Ihre, seine glatt; und auseinander, umdrehn, abmarschieren, Flur entlang.

Am Ende wandten beide sich zurück, was, wer, und Gitter scheppern hinterdrein.

Und das Gewirr im Kopfe -

Doch was tut Katharina? Gleich an der nächsten Ecke? Telefon. Rein ins Telefonhäuschen, her mit dem Gegengift. Der Steinmetz-Paul. Gehört zum ältesten Bestand, auf seine Nächte ist Verlaß. Wenn der sein Quantum "Schnabus" intus hat, versteht er jeden Winkel in ihr sachgemäß und kundig zu ergründen. (Plastiker, die einzig unmittelbaren

Liebhaber der Welt.) "Du, Paul, hast du heut abend für mich Zeit? Ich hab ganz dringend Lust. Ja, wenn du willst, ich besauf mich auch mit dir. Gerne!"

Und nestelte erneut im Portemonnai, die besorgten Alten. Kinderdienst tauschen. "Liebste Anne! Wenn ich schon mal in der Stadt bin. Ich hab rasende Lust ne Sause mit Paul -" "- -?"

"Nein, nicht so aufregend. Er kann den Holofernes auswendig. Erzähl ich euch morgen, ja?"

Und ab in die Stadt.

Harald aber -

Oh Harald! Der erste Blick, der segnende, der sie mit aller Glut der Liebe überströmen soll – KNAST. Jetzt sitzt er. Sie aber geht. Einige Freunde. Und er rennt in der Zelle auf und ab, zwei hin, zwei her. Von wegen Bild, das hört im Herzen auf zu sein. Schön wärs. An diesem Bild wird jetzt stundenlang gepinselt, bis er jede Locke auswendig kann, par coeur. Und jede Sommersprosse abgeschleckt. Und jedwedes Wörtlein gewogen.

Strafjustiz, Lörchen!

Und die hinterhältigste Gemeinheit von allem war natürlich dieser zutrauliche Blick gewesen: »Was sollen wir denn jetzt aber machen miteinander?« Mit-Ein-Ander! An diesem Wort und diesem Blick hängt nun sein ganzes Männerglück?

Aber so schnell gibt sich ein Harald Stöwer dann doch nicht geschlagen, Leonore. Er läßt sich einen kommen, aber klar. Her mit nem Puppenjungen. Und so einer ist ausgebildet, meine Liebe, besser als die beste Hure. An dem arbeitet er sich ab, oder –

Zugegeben, versucht er sich abzuarbeiten. Seine Haare, sein Geruch, selbst wenn er das erlesenste Parfüm – grad, daß Stöwer sich soweit beherrschen konnte, den Jungen nicht mit Tritten aus seiner Zelle zu jagen. (Nachher, versteht sich.) Soweit reichte eben noch die kultivierende Macht des Bücherregals über der Pritsche. Doch Brüllen. »Raus, aber sofort!« Dabei hat der arme Kleine wirklich sein Bestes gegeben und mit Gefühl, mit echtem. Daß Stöwers Röh-

ren – bis in die Nachbarzelle, wo sie vom Skatkloppen hochblicken: »Nanu, der Stöwer? Ich denk, der macht nur noch in Geist?«

Fürs Poesiealbum, so schön. Wie Katharina –

Doch Katharina - was riecht der Paul so komisch heut? Nach Marmorstein, und Marmor stinkt, wenn er geschlagen wird, nach Leiche. Kristallisiertes Knochenmehl, Berge hoch. Und aus der Unterhose springen ihm die Schrotten raus. Kalk im Mund, tote Tiere. Und "Schnabus"; das einzige Buch, das er gelesen hat, Berlin, Alexanderplatz. Nicht auszulernen! Heute nacht aber - Stein, Steine, am Steinigsten, selbst im Bett noch.

Am nächsten Morgen, ganz futsch, wie die Nacht vergangen war.

Sie saßen mit platzenden Schädeln am Küchentisch, nur am Geruch noch feststellbar, daß sie's getrieben hatten, alles andre futsch.

Als Katharina mittags zu Hause angelangt war - mit kaltem Waschlappen ins Bett. Vernehmungsfähig erst um Fünf.

"Na ja, was soll ich sagen?" Sie schleudert die Mähne in den Nacken: "Und wenn er noch so schön zitiert, aber ne Judith, die das Übermännchen sucht, die bin ich nicht!" Und dann sagte sie: "So unselbständig, unedel, irgendwie."

Und dazu konnten Reinhard und Anne nur beifällig nicken. Obwohl die Bürgerpflicht verlangt, daß grade einem solchen sich die Hand der Nächstenliebe entgegenstrecken muß. "Mutterproblematik", sie wiegten psychologisch die Häupter. Giftige Mutterliebe, vergiftet in ewigkeiten-langer Sklaverei; die Ketten von Ursache und Wirkung, Grund und Folge scheppern hohl.

Weswegen dann Reinhard, Kinderdienstplan hin und her, die quakenden Geschöpfe in die Betten stopfte. (Damit die beiden Frauen noch ein bißchen mit den Mutterketten rasseln können, ohne a parte rei zu schaden.) Dort blieb er eine schöne Weile, zwei duftende Gestalten auf dem Schoß: "Erzähl doch ein bißchen, bitte, vom kleinen, kleinen -" "Vom kleinen Emil Herder." "Der immer an seinen Vater geschrieben hat, dein getreuer Bruder Emil."

Drüben aber, in der Küche, nachdem die Frauen pflichtschuldig lange, oh Menschheit, deiner Leiden - Anne neugierig: "Und wie sieht er aus, Harald Stöwer?"

Die Frage fuhr der Katharina unter die Haut. Und ihr Erröten Anne ins Gekröse. Anstarrn, Augen zu.

Bevor die entsetzte Weise den Blick wieder ausfahren konnte, war die junge Dumme schon mit allen Händen fuchtelnd über ihr. "Unsinn, Anne, denk bloß nicht, daß ich - ich werd mich zu beherrschen wissen. Nein, nicht, wirklich Unsinn. Du kennst mich, Anne. NIE! Ich doch nicht! Niemals! Du kennst mich, nur aus moralischen Gründen, ich versprechs!"

Anne grade nicht beschwichtigt, Katharinas Moral geht durchs Auge. "Aber, wenn er aber kein Zuhälter mehr bleiben will? Was dann?!" "!! DANN !!" Feinsliebchens Rosenwangen, die glüheten so rot, es ward mein Kind befangen, in schwerer Liebesnot?

"Nein, Anne, ich versprech dir. Und überhaupt. Du weißt, ich bin Realist, er sitzt ja im Knast." Und das ist ein Segen, ja.

4

Leonore Füxle an der Schreibmaschine.

Kein sonderlich erquickender Anblick. Gestreng bebrillt, die Haare hochgezwirbelt, cremeglänzend das Denkeringesicht; nutze die Zeit, die Haut ist schnell dahin.

Harald Stöwer schreibt einen Brief. »Liebe Katharina Lichtenstein. Und sehr geehrter Herr –«

Telefon trillert. Intressant, die Störung?

»Hallochen«, im Baß, Friedhelm Gesell. Ob er sie besuchen – Natürlich soll er kommen, natürlich kann er bei ihnen schlafen, natürlich, natürlich.

Au fein, sie freute sich diebisch, trial and error, da kann ich gleich den Harald überprüfen. Und Stöwer schrieb nen langen Brief.

Als dann Richard von der Arbeit kam, sie hopste ihm entgegen!

Nun war der aber keineswegs erfreut: »Ein Räuber, grade ein Räuber. So anstrengend, wie penetrant ehrsüchtig die sind. Und noch dazu hier schlafen! Der schläft doch nie! Muß zwanghaft jede Sekunde in Freiheit nützen, ich aber hab morgen Frühdienst!«

Wie Leonore schmeicheln kann. Und schmollen. Wenn sie EINmal ins pralle Menschenleben – Richard knurrend: »Ich denk, die Wirklichkeit ist nur eine Karikatur unsrer großen Romane?« Mürrisch ließ er sich ins Bette lotsen: »Vorschlafen«, doch die Aussicht auf ein besonderes Abendessen und die Einsicht, »ist ja nicht DEIN Besuch, sondern meiner!«, zogen ihm endlich die verdrüßlichen Knoten vom Gesicht, bald konnte man ihn ratzen hören.

Und Leonore kochen sehn. Mit grünem Tüchlein um die Haare gegen den Geruch, geschäftig schaltend und waltend. Eier und Schmalz, Butter und Salz, sie stampft Kartoffeln, schnipselt Gemüse, rührt die Soße. (Vegetarisch, wegen der Depressionen im Fleisch.)

»Hmm, wie es duftet, wieder mal«, Richard, ausgeruht leckrig, sofort kriegt er was auf die Finger, »daß du selbst noch in meinen Töpfen rumrühren mußt!« »Grade in de-« Leonore kann auch kreischen, »los, deck den Tisch!«

Und als es nun klingelt, auf die Sekunde genau, Leonore noch immer in Hausmütterchengestalt, Richard öffnet.

Charles Bronson an der Tür! (Richards hausherrlichem Lächeln Erleichterung beigemischt?) Kein Harald Stöwer in schwarzem Lockenrieselhaar. Die scharfen Falten knorren, grau buscht Winterfell.

Leonore scheut sich auch überhaupt nicht, den Gast in Küchenkleidung zu begrüßen und mit dem Ellbogen, die Hände kochlöffelbewehrt, »setzt euch schon mal an den Tisch. Ein paar Sekunden noch, ich muß nur schnell die Walnußsoße –«

Walnußsoße, darauf läßt sich durchaus eine gehobene Konversation errichten. Auch Friedhelm ißt kein Fleisch mehr, seit er Yoga macht. »Lebenslänglich bis zur Todesstrafe in Ketten an der Mauer stehn, lange genug hab auch ich den Metzger gespielt, wird Zeit, daßn Punkt gesetzt wird.« Ehrbares Nicken rund um den Küchentisch. Und rührend seine linkischen Bewegungen beim Essen. (Daß du dich ja anständig benimmst, wenn du bei bessren Leuten bist!)

Leonore muß gleich ein Shitzigarettchen drehn, trotz und grade wegen erzieherischen Brauenhebens, er soll sich ja heimisch fühlen können, Richard! Wir sind ja keine Wachteln, oder?

Doch siehe da: Friedhelm raucht kein Haschisch! »Entschuldige Leonore«, mit dem Nachtisch, Obstsalat, waren sie auch beim Du, »aber wenn ich in Urlaub bin, da ist sowieso alles immer so übertrieben, da drauf noch Haschisch –«, einverständig nicken die Vernünftigen, aber dem Mädel wolln wir trotzdem gönnen, ein bischen über die Stränge zu schlagen, ja?

Und räumten männlich ab, indes sie ihre Zigarette wuzelte, dann schlenderten sie ab in Leonores Zimmer.

»Schön hast dus hier«, der Räuber mit kundig schleichendem Blick die Bücherwand entlang. Hängt fest an orangenen Bänden. »Den mag ich, den Fritze, vor allem seine Gedichte.«

Leonore – zuckt sie zusammen? Richard blickt taktvoll hinaus auf den zerlumpten Birnbaum, er kennt ihre Abneigung gegen plumpe Vertraulichkeiten; selbst aber freut sich das Lehrerherz, »hier häng ich denn auf krummem Aste«, und Friedhelm feixt belesen, »wo bin ich doch, ach weit, ach –«, EIN norddeutscher Seufzer, alle drei. »Selbst noch im Knast, in Italien da bekommste dein tägliches Viertel Wein, das Menschenrecht auf Rausch, das ist im Süden eine Selbstverständlichkeit.«

Leonore sprang, holte Gläser und Flasche herbei, sie flegelten sich auf den dicken Berberteppich, außer Schreibtischstuhl und Liege für den Denkschlaf gibts keine Sitzgelegenheit im Fuchsbau. Doch entgegen aller Nötigung zu entspannender Körperhaltung: der unvermeidliche Männertanz ist dran. Starr, mit aufgerichteten Bajonetten, schwerfällig klirrend im Kettenhemd, Humanitätsbüttel gegen freischweifend gepanzertes Raubtier, polterten die Kerls umeinander herum.

Hände hoch! Wo ist dein Arbeitsplatz. Auf unsrer Seite oder drüben. (Leonore schenkte ein, machte versöhnliche Gebärdungen, wurde aber für diesmal nicht beachtet.) Die Männerehre.

Richard milde: »Ich kenne deine Argumentationen, Friedhelm, seit Jahren schon, von Anfang an. Macht per se ist bös und schlecht.« Er streicht sich die grauen Schläfen, müde: »Aber es gibt nichts zu rechtfertigen für mich. Ich streite nicht mehr um Prinzipien, das ist mir zu pubertär. Ich lebe nach dem Motto: Lieber ein Tropfen auf den heißen Stein als gar nichts. Verstehst du?«

Friedhelm versteht? Pragmatiker auch er? »Selbst ich steh schließlich nicht mehr auf Draufhalten nach all den Jahren. Unrealistisch, die Feinde putzt du niemals weg.« Und geheimnisvoll: »Die sitzen ja nicht draußen, drinnen,« er schlägt metaphysisch gegen die Räuberbrust, »hier mußt du sie bekämpfen!«

Erfreutes pädagogisches Nicken, andererseits – lauernder Insassenblick, »aber, wie hältstes aus, immer diesen?« Auf und zu, und zu und auf, der Schlüssel rasselt.

Richard hebt die Brauen, zuckt die Achseln: »Ich bemühe mich, höflich zu sein, Friedhelm, und möglichst immer!«

Die Feinde stülpen sich nach außen? Leonore – doch darauf ist keine Rücksicht zu nehmen. Im toten Winkel hockt das Weib.

Friedhelm läßt, müde auch er und heuchlerisch höflich?, die Mauer fallen. »Stimmt schon, Richard, der einzelne ist mehr als jede Institution. Grade drinnen, im Guten wie im Schlechten.« Er streckt sich, biegt geübt die Wirbelsäule, gönnerhaft: »Zünd DU nur deinen Jungs immer wieder mal ein Lämpchen an, müssen wir ja im Grunde gar nicht wissen, für welche Finsternisse, kleine Knechte, die wir sind. Ich mach Yoga, war auch so ein Licht. Mit nem Lehrer von draußen. Ein großes Licht.« Und generös erteilt er Richard die Absolution: »Wolln wir die Dinge nicht so abgeschnitten sehn. Im nächsten Leben wirst DU mein Objekt, und ICH zerleg dich unterm Miskroskop.« Und bedeutend allgemein: »Alles verändert sich, durch alle Gegenteile, wir müssen uns ja doch geschehen lassen. Du stehst immer nur genau auf deinem Platz.«

Sagt der, 12 Jahre lang im Knast an seinem Platz, und immer noch sitzt er, noch sechs Monate, bis zum Frühling. Leonore staunt begeistert.

Richard aber lacht: »Auch die Philosophie ist in gewissem Sinn etwas Individuelles, du, Friedhelm, hast genau diejenige, die dich glücklicher macht. So auch ich.«

Und damit reichten sie sich spöttisch die Hände, grüß dich.

Nun erst, endlich, kommt die Zeit an Leonore, die, leicht schielend, wem von beiden sie den Apfel der Athena reichen soll, im Schneidersitz am Stuhlbein lehnt.

Oh Schreck, jetzt trifft die Prüfung sie. Los, raus aus dem Mauseloch. »Schluß mit dem Sülzen. Lies doch mal vor, Leonore. Aus deinem Roman. Deshalb bin ich schließlich hier.«

Friedhelm befahl. Mißtrauisch, streng? Was kann son verzimpertes Hausmäuschen in ihrem verhätschelten Bücherverstand schon Wahres wissen aus dem Löwenkäfig!

Beflissen schnattert Leonore, an die Frage ist sie gewöhnt: »Das würd ich mir niemals anmaßen, von drinnen schreiben zu wolln. Ich schreib von draußen, nur als Geliebte.«

Was Friedhelm erst recht die Zweiflerstirne krauste: »Du als Geliebte? Entschuldige bitte, aber –« verächtliches Mustern rundum, pensionsberechtigt von der Wiege an, mit lebensversichertem Elb-Blick? Er betrachtet sie nicht ohne Anteilnahme: »Als Pädagogin vielleicht, obwohl du auch dafür ja viel zu wenig siehst, aber als Liebende?«

Doch Leonore errötete so reizend auf Knopfdruck unterm Pony, daß Friedhelm, auf der Stelle besänftigt, etwas von Chakra murmelte, und von höheren Bewußtseinsstufen, zu denen auch sie sich hinaufarbeiten könne, er, Friedhelm, sei zu jeder möglichen Hilfe bereit.

Richard aber zürnte. Auch seine Hausfrau hat ne Ehre. Es gebe wohl schließlich ein Anrecht auf verschiedene Wahrheiten, erst recht auf verschiedene Imaginationen.

Verschiedenheit, an dem Wort vermochten sich alle drei wieder einig zu denken. Jeder nach seiner Pfeife, Gott tanzt nach allen Melodien, immer anders wahr.

Auch nach Leonores? Mit einer wunderbar herrischen Kinnbewegung, die der Prinzessin erschreckend ins Unterleibchen fuhr, forderte Friedhelm eine Textprobe.

So sehr sich Leonore jetzt auch graulte, ohne Widerwort gehorchte sie. Brille auf die Nase henkeln, tapfer entblößt sie ihr Arbeitsgesicht, trägt vor mit schütterer Stimme:

»Brief Harald Stöwers aus dem Gefängnis, nachdem er Katharina zum ersten Mal gesehen hat.

Liebe Katharina Lichtenstein.

Und sehr geehrter Herr Jensch, der Sie diesen Brief ja lesen müssen, weisungsbefugnisgemäß. Damit Sie bei der nächsten Abteilungsleiterkonferenz gehorsamst melden können: Der Stöwer! Stelln Sie sich vor der Stöwer! Endlich, wir ham ihn an der Angel. Hockt in der Zelle, schreibt Briefe, haha! Lesen Sie, Kollegen, lesen - Herr Jensch, ich grüße Sie! Die sozialpädagogische Kur schlägt an, nicht wahr, kaum weht betreuerisch ein Rockzipfel, schon hopst das Karnickel freiwillig ins nächste Gefängnis?

Obwohl ich ja ohnehin ein Mustergefangener bin, wie dir, Katharina, sicherlich sofort nach meiner Charakterbestimmung: "Zuhälter" lobend mitgeteilt wurde. Ich nutze jede Chance, jedes in Frage kommende Angebot, studiere brav in meiner Zelle, verwalte sachkundig die Bibliothek, weiß meine Privilegien zu schätzen und bin deshalb natürlich beinahe gesetzestreu - aber!

Die Werte, Katharina; Herr Jensch, die Werte!

Ja, wenn sie das könnten, diese rührend gutwilligen Sozialpädagogen, ihren Traum von heiler Welt auch in unsre Triebe zu schleusen! Eia Wieglein, Wieglein mein, und pulle, pulle Gänschen. Courths-Mahler, das soll auch unsre Sehnsucht werden, dann sind wir geheilt.

Ich aber (unberechenbar, Herr Jensch, Sie wissen ja, daß Sie nix wissen), ich bin der Sublimation auf den Schoß gekrochen und sitz nun, Säugling an der Mutterbrust und laß mich wiegen -

Nervig, Katharina, ich weiß, und sicher auch maßlos eitel, aber diese gesetzlich verordnete Schamlosigkeit widerstreitet derartig dem guten Geschmack, heißt, der Vernunft -

Ich wollte DIR schreiben und bin nun, bums, mit dem Kopf gegen die Mauern gerannt, da mußte ich zuerst mal AUA schrein und die Faust gegen die Mauern recken. Nur noch zum Schein, aus simpler Gewohnheit, auch darin funktioniert der Sozialisationsauftrag fabelhaft, die Knöchel schlägt man sich nur am Anfang blutig. Jetzt lange nicht mehr.

Also Katharina, ein Brief aus dem Gefängnis.

Jetzt ist es zwei Uhr nachts und endlich alles still um mich herum. Auch ne erlesene Methode zur Verinnerlichung, ohne Ohropax flippst du hier drinnen aus oder stumpfst gänzlich ab. Den ganzen Tag lang gröhlt der Lautsprecher, Herr XY zum Abteilungsleiter, Herr XY - Herr! Und nach Feierabend dröhnt aus jeder Zelle ein anderer Schlager.

Na ja. Endlich sitz ich hier an meinem Tisch. Und schäme mich. Ja, gibts, schämen. Daß ich dir schreibe, dafür schäme ich mich. Das hatte ich mir extra vorgenommen, bloß nicht abfliegen, nur weil irgendjemand von draußen kommt, bloß nicht schreiben. Und ich bin wütend, daß ich mich nicht beherrschen kann, daß ich wie alle andren bin, daß das Herdenbedürfnis nach Seelengemeinschaft jetzt auch mir das Maul aufreißt. Hallo, Herr Jensch, mein Seelenschauspiel.

Du da draußen - ?

Und ich, von aller Wirklichkeit entwöhnt, außer der des Traumes, na, ich bin immer noch ganz aufgewühlt.

Das ist auch so was Erniedrigendes, daß man so altjüngferlich wird im Knast, ohnmächtig selbstmitleidig, hypochondrisch. Zum Narzißmus verurteilt, als wenn wir von dem nicht ohnehin genug besessen werden. Wenn ich irgendwas begriffen hab hier drinnen -

nein, Herr Jensch, ich halt das Maul.

Nur das für dich, Katharina, trotz allem, die echten Schwulen hier drin sind beneidenswert. Wegen des: - Danach.

Wir andren schreiben dann eben Briefe, KONTROLLIERTE Briefe, an eine ausgedachte Frau. Kastriert von jeder Wirklichkeit, die Perversion als eigentliche Strafe.

Vorrede, Vorrede, viel zu lang, ich weiß, aber mir ist so vieles noch eingefallen, auch eine Knasterrungenschaft, man phantasiert so übergenau und erinnert sich - Wiederkäuer, schöne Grüße, dein Gewissenswurm.

Damit das erst mal dasteht: natürlich hast du mich sehr beeindruckt. Vor allem mit deinem gradezu brutalen Stolz und deiner Offenheit.

(Andrerseits - du bist, ich muß es sagen, unter deiner ganzen Kraft und Stärke auch ein Kind. Ein sehr lustiges, vergnügtes Kind, weshalb dir auch niemand jemals wirklich was anhaben kann, stimmts?)

Von deiner Schönheit soll ich wohl nix sagen. Tu ich aber trotzdem, grade weil Herr Jensch drauf lauert. So ganz anders als die

Frauen, die ich bisher kannte. Die waren immer nur hübsch.

Und jetzt könnte ich natürlich alles auf die Frauen schieben, denn auch ich bin wehleidig, und wie! Das Kleinherzige, Kriecherische, das Unterwürfige, widerlich Schwache an den Frauen hat mich immer ganz rasend gemacht.

Aber - du verlangst ja REUE von mir. (Herr Jensch, hören Sie, Frau Lichtenstein verlangt Reue von mir!)

Ich will nicht auf dem Wort rumreiten, du hattest ja selber Schwierigkeiten, es auszusprechen. Und sicher kennst du Goethes -(will ich mit meinen Lesefrüchten protzen? Das ist auch so was Beschissnes, das Ressentiment. Seit ich die Schule mach, halten mich viele, ich selber eingeschlossen?, für einen, der den Bütteln in den Arsch kriecht. Weil "Bildung" humanisiert; habt IHR ne Ahnung! Wie ich den "humanen Strafvollzug" hasse für seine giftig-verlogene Heuchelei, andrerseits -)

Aber, Katharina, mit der Reue. Früher, wenn ich mal nicht besoffen war, meistens war ich besoffen, da hab ich mir immer eingebildet, ich wäre Lude geworden, ums Ihnen zu zeigen. Ihnen, meinem Vater, meiner Mutter und all diesen feigen Beamtentypen, die ein mickriges Knickerleben führen und ihre Kinder zwingen wolln, genauso impotent und alt zu sein. Damit sie selbst nicht merken müssen am Kontrast, wie wenig sie doch leben. Mein Vater zum Beispiel, der hat mit Sicherheit in seinem ganzen Leben weder sich selbst noch meine Mutter befriedigen können. Weshalb sie dann schließlich an Krebs verreckt ist. Und alle schrien, der Junge ist dran schuld. Krebs, das sollte auch mein Lebensziel sein.

Trotzdem die falsche Brille, daß ich glaubte, aus Protest sei ich Lude geworden. Weil das nämlich gar kein Protest ist, sondern die musterknäbliche Erfüllung unsrer Ideale.

Die, die uns hier verurteilen, von wenigen Ausnahmen abgesehn (und das sind dann meist die lieben Pädagogen, die uns umkrempeln wolln, bis wir ihnen, hündleinklein, brav aus der Hand fressen und nicht mehr beißen), die, die uns hier strafen - und das schreibe ich, WEIL mein Brief gelesen wird von einem, der dich warnt: Vorsicht, Zuhälter! - was glaubst du, was der tun würde, wenn er sich traute! Wenn er könnte! Neidisch, die sind ja nur neidisch auf uns. Was glaubst du, wovon die träumen, mit kalter Gattin stumm im Bett! Die ehrbaren Ehemänner, die hab ich in meinem Gewerbe kennengelernt und WIE genau! Dreckje Unterhosen unterm weißen Hemd. Alles pure Heuchelei, und wir sitzen dann als Alibi für all die Braven, ohne deren Schmuddelei es uns gar nicht geben könnte! Was sind denn unsre höchsten Kulturgüter, nach denen alle streben! Weiber und Geld, Geld und Weiber.

Aber - ich wollt ja über Reue schreiben. Bereuen, das will ich nicht. Oder wenn, dann anders, als du wahrscheinlich erwartest. Tut mir leid.

Für die Zukunft - siehst du, als du da so eisig spöttisch wurdest, (mein lächerlicher Auftritt als Holofernes), da hab ich gedacht, diese Frau hat das erlebt, auch erlebt: Die ganz banale Enttäuschung, wenn man im anderen was Großes sucht, auch weil man selbst was Großes abgefordert kriegen will, und dann findet man nur was Kleines, rattenhaft Alltägliches, und es wird auch nur was ganz Kleines von einem verlangt.

Huhn sein oder eben Hahn. Denn das hab ICH erlebt, die Weibergier nach Sklaverei.

Und DAVON will ich weg, nie wieder bewußtlos getrieben der Dummheit den Vollstrecker machen will ich. Und vielleicht, wenn ich dich nicht allzusehr belästigt habe - Ich freue mich auf unser Wiedersehn.

Harald Stöwer." - - -

- - -

Ganz zaghaft hebt Leonore die Brille vom Papier und –

PLUMPST in Friedhelms Augen.

Friedhelm hatte sich räuspern müssen, und er antwortete und sprach: »Du kannst MÄNNER machen!« (Bedeutungsvolle Pause, in der sie Gelegenheit hatte noch tiefer zu erblassen), »im Schreiben und im Leben.«

Die Prinzessin mußte die Augen schließen; dem Räuber zu eigen?

Darüber stellten jetzt alle drei sofort ein Getümmel an. Harmlos quatschen, bloß hastig alles ins Gewöhnliche zerreden.

Sie diskutierten kriminalpädagogisch. Der Knast als Vorschule zum Denken. Vom Nutzen der Einsamkeit. Tief hinab in seine Seele steigt der Gefangene. Allein mit sich und seiner Untat lernt er dieselbige hassen, und wenn sein Gemüt noch nicht durch das Schlechte ganz verderbt ist, werden ihn in der Einsamkeit Gewissensbisse bedrängen?

Friedhelm läßt die Zähne (die dritten Zähne) blitzen unterm Schnurrbartstrauch: »Naiv, gradezu unschuldig naiv. Im Gegenteil! Nix Gewissensbiß in einsam, dunkler Zelle. Da wird gewixt, nix andres als gewixt, ob leiblich oder geistig bleibt sich gleich. Nee, Leonore, darin hast du vollkommen recht, das Gewissen, das muß von außen kommen bei den meisten. Durch ein Weib.«

Und verlangte eine Kurzbiografie von Katharina, »junges, kräftig-lustiges Kind?« Er leckt sich die (nebenbei doch ziemlich küssliche) Unterlippe.

Grollte nachher aber sehr: »Sadistisch bist du gar nicht, Leonore? Soll er weibisch werden? Warten lernen? WIE lange willst du ihn noch eingesperrt halten? Zwei Jahre? Mädel,« er schüttelt vorwurfsvoll sein erfahrenes Haupt: »Du bist nicht nur dumm, du bist auch gemein. Rachsüchtig, meine Liebe. Wenn so einer, und noch dazu drinnen, vom Lieben erwischt wird, und sie, draußen, die freie Frau – der hängt sich weg. Auf sicher.«

Ja, aber – was dann?

Friedhelm grient (und hat plötzlich nen derart kiebigen Lausbubenmund): »In den Übergangsvollzug mit ihm, Leonore, Sonderanstalt für Triebtäter. Und sofort ne Therapie, am besten beide. Das heißt,« mahnend, »wenn du sie heil rauskommen lassen willst, immerhin sind Kinder da.«

Und amüsiert sich, wie konfus jetzt das Lörchen fuchtelt: »Aber ne Therapie – der Harald will doch grade KEINE! Seele umkrempeln, domestizieren –«

Friedhelm läßt die Achseln kreisen (nicht sehr athletisch; ich handle mehr im Kopf): »DEIN Problem, Mädel, wie du ihn verführst. Doch WENN du schon nen Herdenmenschen zum Helden machst, dann mußte auch dafür sorgen, ihn zurechtzustutzen für die Herde. Du willst doch nicht den Justizler spieln beim Schreiben, ihn hinrichten, damit die Gerechtigkeit siegt? In diesem Fall –« er verschränkt bedauernd die Arme, »da könnt ich dein Freund nicht werden.«

Leonore saß beschämt, ihr Harald Stöwer, ein Herdenmensch?

Gütig reicht ihr Friedhelm die Versöhnungshand: »Warum auch nicht? Auch Herdenmenschen ham ein Anrecht auf Heldentum, vor allem aus weibischer Sicht.«

Da, endlich, fährt der Ehemann dazwischen. Sein kläglich zerknirschtes Weibchen! »Räuber sind nicht unabhängiger als Zuhälter, Friedhelm. Nur gehts ihnen mehr um Papa als um Mama. Den großmächtigen Vater in der vollgeschissnen Unterhose sehn, bibbernd aus Angst vor eurer Pistole. So wie ihr gebibbert habt. Das freie Verbrechen, an dem ihr euch berauschen wollt, ist nichts als kindisch-phallische Illusion. Jedes Verbrechen hängt sklavisch am Gängelband des Gesetzes.« Und beschwichtigend, wie – beide? – auffahren wolln, »einzig in der Erkenntnis ist Tatort der Freiheit, sagte so nicht auch dein Reinhard Meister, Leonore?«

Sie, durchs eigne Zitat bestochen, senkt die Augen, mühsam besinnt sich auch Friedhelm auf seine Gurus, gibt widerwillig zu: »Zum Teufel, daß du Recht hast, Richard.«

Und hebt trotzig den Kopf, von Mann zu Mann: »Daß ich dir dafür jetzt nicht die Fresse polieren muß, und DICH in vollgeschissnen Hosen sehn –«, Richard lässig, »die ich auch hätte, natürlich schreckt mich nichts so sehr wie körperliche Gewalt –«, Friedhelm, drohend? »Weiß ich, weiß ich viel tiefer als du, ihr Sozialen seid ja nur drinnen, um die eigne Angst zu bannen. Trotzdem, Leonores Typ hat recht, grad im Gefängnis kannstes lernen, stimmt: Tatort der Freiheit, die Phantasie.«

Und sieht so kühn und einsam aus – ein Blick auf die Uhr, es ist halb drei, die Krüge Gottes fließen über – und plötzlich befand sich Leonore in Friedhelms Schoß.

»Daß du so lange, 12 Jahre lang, so lange Zeit –«, es rüttelte sie jämmerlich. In Friedhelms Schoß.

Der bestürzt, ganz ratlos, ganz verwirrt zum Ehemann hinüber, dort beruhigendes Fuchteln. Kann passieren; wenn sie trinkt, nimmt sie alles NOCH idealer, das geht vorbei, bald wird sie schlafen.

Und Friedhelm wischt ihr die Tränen mit seinem Taschentuch ab (er ist dieser Typus, immer ein saubres Taschentuch dabei), er blickt ihr gerührt ins verheulte Gesicht: »Auch wenns oft schwer war, aber ich bin ja nicht verkommen da drinnen.« Sie schaut so gläubig trostbedürftig zu ihm auf, er muß ihr schwören: »Es war nicht umsonst. Wirklich nicht! Sonst wär ich ja nicht hier. Bei dir!«

Und dieses Wort ließ sie für ein Kurzes noch einmal aufrecht sitzen, dann, mit Plötz, holterdipolter, raus. Vom Alkohol gefällt. Weg war sie, im Bett.

So gern sich auch Richard ihrem Abmarsch angeschlossen hätte, der Eheerhaltungstrieb hielt ihn wach. Warnend erklärt er sein Weib. Überschrift, der kleine Vampir. Die ganze Welt ein riesiges Labor, eigens vom lieben Gott für Leonore eingerichtet, um ihre Hirngespinste experimentell überprüfen zu können.

Die Männer lachten, waren sich einig, sehr niedlich zwar, doch gänzlich jenseits.

Friedhelm, anerkennend: »Sehr verdienstvoll, Richard, daß du in der Lage bist, es mit ihr auszuhalten, meine Hochachtung, wirklich.« Sie nicken sich zu, ein Händedruck, dann durfte Richard noch dreieinhalb Stunden schlafen.

Friedhelm aber – »auf einmal warst du da, Leonore. Neben mir, bei mir. Muß dein Astralleib gewesen sein, wirklicher als jede Wirklichkeit.«

Die schnaufte, schwer besoffen, im Ehebett.

Nicht mal das Weckerklingeln riß sie hoch, und die Männer mußten ungeküßt das Haus verlassen.

»Ich steig am Dammtor aus, Richard, muß erst heut abend wieder drinnen sein. Meine Kleine erwartet mich. Karin, ein frisches, pfiffiges Mädel.« Die Männer grinsen gemeinsam, Richard atmet durch, vernünftig: Frischfleisch gegen grämliche Gedanken.

Als aber mittags im Hause Füchsle das Telefon schnarrte:

natürlich, Friedhelm.

Danken. Ich danke dir. Und ich dir auch. Daß du so LIEBEN kannst.

Klack, zugeschnappt die Falle. Plangemäß, Triumpf.

Das war ne Gruppensitzung dann, zwei Tage später. Lörchen ganz silberbleich. Und Klaus war gesprungen, ein dickes Briefpaket abgeben, beim Gesell. Und WIE die wartete, unsre Kleine. Alle bekannten Anzeichen, zerstreute Rede, irrer Blick. Und ihr Gebibbere, als Klaus ihr die frohe Botschaft brachte: »Er wird nach der Gruppe auf dich warten, bei uns im Flur.«

ER! Konnteste richtig sehn, wie ihr sich die Haare sträubten, kalte Schauer. Regelrecht leid tun konnt eim die Arme.

Andrerseits der Gesell in seiner Zelle – auch kein Spaß. Und noch dazu den schönen Harry vor der Nase.

Die Sekunden tropften. Wir taten unser Bestes, sie abzulenken, aussichtslos. Und eiskaltes Händchen beim Abschied; Manni war fast versucht, sie zu segnen.

Doch wie sie dann im Flur voreinander stunden – der Blitz leuchtete bis hin zu uns.

(Wir müssen gestehn, wir glotzten betreten. Einander an, nicht DORThin. Und nachher hätts fast ne Prügelei gegeben. Eckehard gegen Otto: »Das war doch DEIN gemeiner Einfall, Miesling!« Der

verteidigte sich wortreich, was Rattiges in der Fratze, sie wär schließlich ne erwachsne Frau! »Und außerdem – es geht ja ums BUCH! Oder wollt IHR nachher wieder nur irgendsoein Therapeutengequatsche zu lesen kriegen? Na, also: Am EIGNEN Leibe, ohne das läuft nix Tatsächliches!«)

Die beiden standen da, das rote Blut am Boden rollt. Herzschlagen durch den ganzen Gang. Sekundenlang. Dann hatte er ihr irgendwas in die Hand gedrückt, nen Zettel, Pfand der Liebe? Ein Blick wie ein Herzstich, sie staxte, unser tapfer zerbrechliches Lörchen, nach draußen. Gut nur, daß kein Beamter – oder etwa doch? Nein unbehelligt kam sie durch die Schleuse. Und der Gesell verschwunden, als wenn nichts gewesen wär.

Andrerseits – Stoff. Und das ist die Hauptsache oder etwa nicht!?

Nun aber! Mit schwankem Schritt im Herbstgeraschel – kommt ein Vogel geflogen auf meinen Fuß –, den Zettel in krampfendem Fäustchen. Dämmerung, Erinnerung, mit siebzehn noch Bäume; und verstohlen späht sie hinter sich, nein, kein Spion zu sehen.

Da stürzt die Ungeduld mit ihr davon, nicht mal zur S-Bahn kommt sie mehr, so glühend brennt der Zettel. Sie rennt zur nächsten Ecke, rein in die erleuchtete Telefonzelle, Hand auf, glättet hastig das Papier, lugt, liest:

Ein Gedicht.

»Vom Fliegen.
Der Wind bläst sanft die Wolken fort
und zeigt den klaren Himmel.
Meine Gedanken sind mit dort,
entfliehn hier dem Getümmel.

Ich schwebe auf den Winden sacht,
so herrlich ists zu fliegen
und nicht mit der Motorenkraft,
nein – nur mit Segelflügeln.
Die Schnelligkeit mit den Motorn,
sie mag ja Freude bringen,
für mich jedoch kanns langsam gehn,
dann kann vor Freud ich singen.

Ein Blatt im Wind schwebt elegant
so leicht und so vollkommen,
der Wind, er trägts von Ort zu Ort,
ihm ist kein Ziel genommen.
Gleich diesem Blatt so gehts auch mir,
der Wind, er wird mich leiten,
ich nutze ihn für meinen Flug
hier durch die Ewigkeiten.«

Plumps. Kalte Asche, stinker Rauch. Nix fliegen. Zerbrochen zappelte das Voggelin auf dem verdreckten Boden der Telefonzelle, tandaradei. Kein Wörtlein, kein winziges, armes Wörtlein für sie!

Sie schämte sich zum Gotzerbarm. Ihr Brief! Ihr eigner – oh Schmach! Hatte sie ihm nicht – wohl zwischen den Zeilen, aber doch ganz unverbrämt vertrauensselig – oh Pein!

Und noch dazu – der tiefste Jammer – kitschig, der Räuber ist zum Grausen kitschig! Die letzte Zeile des Machwerks hatte sie hastig ausbessern müssen, um sie überhaupt registrieren zu können! Nix »durch die Ewigkeiten!« Auf dem Wisch, im Originaltext, hatte sie lesen müssen: Hier, durch die schnellen Zeiten! So was Nichtssagendes, Oberflächliches, das wagt er IHR! Wo er doch nur ein einzig Sätzchen hätte schreiben müssen, hier stehe ich, ich kann nicht anders, ich liebe dich, amen! Statt dessen – dieser eitle, verlogene Hund!

Rüde stopft sie den Fetzen in die Manteltasche, schüttelt den Dreck von den Flügeln, stampft einsam hinaus, in herbstlich fahle Weiten.

Karikatur! Oh Harald!

So trampelt sie dahin, ein Weib der Schmerzen und der Qual. Verschmähet, und noch dazu von einem Unwürdigen!

Später allerdings in der S-Bahn, im Erste-Klasseabteil, mit ihrem Leid allein, da erhob sich das Andererseits. Ich suche dich in deiner letzen Öde.

Demütiger fingert sie den Zettel hervor, IMMANENTE Interpretation heißt die Aufgabe! Was wollte sich der Dichter mit seinem Text sagen? Daß er frei werden soll, grade im Gefängnis? Sie interpretierte auf Nietzsche komm raus, bis er von ihrem Wind gehoben endlich, an der letzten S-Bahnstation, mühselig zu ihr getorkelt kam. Auf wehen Schwingen, die SIE heilen soll.

Dennoch, Richard sagte sie nichts von diesem Schreiben. Versteckte das Papierchen in ihrer Unordnung, wo sies vergessen darf.

Und saß verkümmert an der Schreibmaschine, die Welt ist nur, was nicht der Fall ist: Harald!

Aber – das Telefon. Natürlich sein Baß (ungeniert durchs pflichtgemäße Horcherohr, der diensthabende Beamte schätzt Friedhelms Männlichkeit, gewährt ihm Diskretion, läßt ihn allein): »Leonore verzeih. Ich hab dir da was mitgegeben – hat nichts mit dir zu tun, meine Liebe. Ein altes, kindisches Verslein, vergiß es. Da hab ich noch nicht deinen Brief verstanden. Ne Prüfung, ich wollte dich in deiner Liebeskraft nur prüfen. Ob du mich lieben willst, auch wo ich dämlich bin. Hats wehgetan?«

Aber nein, wieso denn. Friedhelm beschwört sie beharrlich: »Ich hatte noch nicht deinen Brief gelesen. Und auch nichts sonst. Ich hab nicht gewußt, daß du so mutig träumen willst!«

MUTIG! Mit diesem Wort war sie zurückgewonnen.

Und dann schwuren sie einander – ewige Geschwisterschaft am Telefon.

Und als sie aufgelegt hatten: Seid umschlungen! Mutig! Der Mann, der herrlich einsame Wolf, gesteht ihr das Recht zu, ihn immanent zu verstehn! Von drinnen! Mutig! Er, der Mutigste von allen!

Es ist eine Ehre.

Und dieser Ehre will sie sich würdig erweisen.

Das Leben rauschte: An der Schreibmaschine.

5

Katharina bei der Arbeit.

Hellblauer Overall, die wilden Locken hochgewurschtelt, in eine dieser amerikanischen Radlerkappen mit grünem Schirm gezwängt, drunter gesprenkelte Haut, Linola-Schutzcreme staubgetupft - und erst die Steinmetzbrille! Mit Pflaster umwickelt, abgedichtet; wenn Schrotten durch die Werkstatt und ins Auge fliegen.

Tick tack, tick tack, der Knüpfel knallt. Auch hier das gute Leukoplast am Stiel, liegt griffsicherer in der Hand.

Breit steht Katharina, Granit mußt du immer senkrecht haun, und mit kurzem Eisen.

Granit. Schwarz glimmernder Granit! Ergußgestein, spritzt, daßdn Schutzschild tragen mußt beim Kloppen. Und Handschuh, nur die Fingerkuppen frei. Allein Diabas ist härter.

Schlag auf Schlag, kraftvoll wie nach Takt -, ja, Takt. Im Hintergrund, banausig schallend durch die grau beglitzerte Werkstatt, Musike. Und Katharina fäustelt frisch: "Kommt ein schlanker Bursch gega-angen..."

Doch Anne ists, die kommt. Spitzig erscheint ihr Gesicht in der schweren Eisentür. Mißmutiger Späh hinein; aus dem Chaos schöpfen, aus dem Dreck. Gerümpel, Strandgut, Grabsteine, Ablagerungen selbst aus der väterlichen Zeit noch, "doch alles an seinem Platz, ICH weiß immer, wo ich suchen muß." Eisenteile an der Decke aufgehängt, am Fenster der Ton für die Kinder, die "Brotmadonna" vorne bei der Tür, und die Mitte immer frei fürs aktuelle Stück.

Durch die verschiedenfarbigen Staubschichten balanciert Anne zum Tonbandgerät, "blond von Locken oder braun -", stellt rigoros leise.

Erst jetzt bemerkt Katharina die Freundin, läßt Knüpfel und Schlageisen sinken. "Anne? Was ist? Was plierst du mich denn so - Muß ich mich graulen? Ich bin mir keiner Schuld bewußt!" Da zieht die Anne mürrisch aus der Jackentasche einen Brief, nen dicken Brief, mit Doppelporto?

Und Katharina schnappte zu! Knallt das Werkzeug auf den Bock, reißt sich die Brille runter, greift nach nem Spitzeisen, schlitzt am Umschlag.

"Liebe Katharina Lichtenstein. (Und sehr geehrter Herr Jensch...

..." Auch Anne spinxt ganz unverholen mit in diesen Brief. Weisungsbefugnisgemäß. "Courths-Mahler, das soll auch unsre Sehnsucht werden, dann sind wir geheilt." Hier hob sie das erste Mal die sozialpädagogische Braue.

Zu spät, Katharina war längst drei Zeilen weiter: "Nervig, Katharina, und sicher auch maßlos eitel, aber diese gesetzlich verordnete Schamlosigkeit -" - "EITEL! Was ihn das kosten muß! Und noch dazu vor Jensch!" Ihre Blicke funkelten von seiner männlich-tapfren Offenheit. Aufrichtig und heuchellos. Schön! Er ist auch WIRKLICH schön!

Und Anne japste, wie die Freundin glühte, schon hoffnungslos? Jede Warnung hoffnungslos vergeblich. (Ach, hätt ich doch nicht, wie konnte ich nur, ich hab sie tatsächlich überschätzt!)

Die aber - reduziert auf ein einziges Wörtlein: DU!

"Ich will DIR schreiben und schäme mich dafür. Du, da draußen - ? gradezu brutale Offenheit, Stolz, und ich bin immer noch ganz aufgewühlt. So ganz anders als die anderen", groß, Rausch und Heimat ohne Sklaverei? "nie wieder bewußtlos getrieben der Dummheit den Vollstrecker machen und vielleicht -" Da war dann selbst Anne umgefallen. Käsig, einer Ohnmacht nahe: Und außerdem noch schön - !!! um die Freiheit ihres Liebchens ists geschehn. Punkt. Wenn ich an den Ufern des PENEUS meine Ruhe wiederfinde, werdet ihr mehr von mir hören, wo nicht - Warum fällt mir - unseliger Einfall!

Und verworrene Blickwechsel und nochmaliges Lesen und groß Getümmel. "Du bist, unter deiner ganzen Kraft und Stärke auch ein Kind. Ein sehr lustiges, vergnügtes Kind, weshalb dir auch niemand jemals wirklich was anhaben kann, stimmts?" Vor allem dieses: Stimmts? - Das fuhr der Katharina seltam süß und ungewohnt - erkennen, und Abram erkannte -

Das große Mädchen schlotterte, grad, daß sie noch mechanisch zwei klapprige Stühle abfegen konnte, Sitztuch für Anne und andere saubere Gäste über den Einen gebreitet, hinplumpsen, Lagebesprechung. Schluß mit der Musike.

Und Katharina kann gar nicht mehr grade schauen. ICH ne Judith, die das Übermännchen - ICH doch nicht! Andrerseits: nie mehr bewußtlos der Dummheit den Vollstrecker -, darin MUß ich ihm doch helfen! Oder etwa nicht!?

"Gut, Katharina," und das war Annes Schlußwort gewesen, nach zwei aufgeregten Stunden ganz in Haralds Bann, "aber eines versprichst du, so schnell wie möglich, am besten noch heut, du MUSST seinen Arbeitsplatz aufsuchen! Meintwegen früheren, aber -" Und so ein todernster Blick,"du hast einen Sohn!" Katharinas Zaudern kleinlaut. "Du meinst?" "Ich meine ja. WISSEN, worauf du dich einlassen willst. Auf einen Mann, der die Frauen für ihre DummheitsGeschichte bestraft. Das "Kleinherzige, Kriecherische", das MUSST du sehn! Auf den Kiez. Heut abend noch. Und gründlich. Mit irgendwem, du hast doch da einen - "

Ja, Hartmut. Jurist im horizontalen Umkreis. Der kennt sich aus.

Zaghaft war sie zum Telefon geschlichen; Hartmut aber freute sich. Überhaupt, daß sie anruft, er zählt eher zu ihren randständigen Liebhabereien und nur mit Präser, wegen seiner Liebesweise, die der ihren gleicht.

Heute abend noch, ja, Anne, zu Befehl.

Später dann kloppte sie wieder, daß der Stein Funken sprühte, grimmig auch, "wer bin ich denn! Ich bin ja nicht gezwungen! Und wenn sein Brief noch so, noch so -"

"Gradezu brutale Offenheit". Da schwillt die Steinmetzbrust?

Blödsinn. Frei will ich sein und bleiben, mein treuer Herr und - so heißt das Lied doch gar nicht?

Am Abend als es kühle ward:

U-Bahnhof St. Pauli. Niedrige Halle, blaugekachelt, abwaschbar. Gedränge, und schon ein Gröhlender mittendrin. Du kannst mich trallala, du kannst mich trallala, du kannst mich trallala auch mal von - und zeigt unaufgefordert einen Hintern, zum Grausen.

Katharina schuddert in der Fremde. Harald meine Zuversicht?

Hartmut! Mit langem Stapf ist sie bei ihm. Bricht ihm die Rippen, zaust ihm die Haare, er ist um einiges kleiner als sie, und älter.

"Na, endlich mal wieder! Ich hatte schon gedacht, du wolltest mich vergessen?" Er schiebt sie zur Treppe, "laß dich bewundern, Liebes," und legt zwei verstohlene Hände um ihren Popo. Im Ledermini, Beine bis in alle Himmel, weinroter Flauschpullover, Locken rieseln; Applaus die ganze Treppe hoch.

Bis sie ihm kurzerhand den Mund zuküßt: "Nachher, Hartmut, später, als erstes will ich was SEHEN!" Läßt ihre Augen blitzen, ich bin so trei. Wenn der Vadder mit der Mudder auf St. Pauli geht, heijo, kiekens do. Zunächst ein Pornoshop, und bitte den ersten am Platze. Und trabt an, als wüßte sie genau, wohin es gehn soll. WILL antraben: Hartmut bleibt stehn.

Klar, hat er sich das anders vorgestellt. Geil und sexy. Gibt ja nix Abturnenderes als Jugend forscht. Mit Notizbuch in der Tasche, in das sie lerneifrig unsre sexuellen Lüste einträgt, die sie »Macken« nennt. Informieren will sie sich, aber bitte nicht zu gründlich, nur reineweg wissenschaftlich. Bloß nicht dort, im Grunde, wo auch ihr der Saft fließt. Wos Tier schreit, und kein Mensch mehr ist. Wo man befreit ist, befreit von diesem elend-unzulänglichen Menschsein, lebenslänglich in der Liebeszelle.

Aber – nix da: Huhn sein oder besser Hahn, das IST ne Freiheit, aber ja doch!

Und das leugnet Katharina nicht, im Gegenteil. Bittend umarmt sie ihren Begleiter, verspricht ihm all ihre gackernden Freuden: "Heut nacht, natürlich, bestimmt. Jetzt aber, bitte, jetzt -" noch einem Kuß hält sie stand, auf der Straße, im Getümmel, um Konzentration ehrlich bemüht, dann gibt Hartmut auf."O.k. ich seh schon. Dein Wille geschehe, wie immer. Nicht Genuß, Erkenntnis sei die Parole des Abends." Und hakt ergeben seine Finger in ihre, er ist bald fünfzig, färbt sich die schütter-blonden Haare, da muß man dankbar sein.

Also im Eilmarsch zum "Siebenten Himmel", durchs gaffende, drängelnde Volk, flanieren is sich nicht, Diensttempo, "wo sagst du, Hartmut? Da drüben?" Sie teilte die Massen;

ab, gleich durch die Mitte, hinein. Katharina stramm voran.

Zwei Salbengesichtler an der Tür fahren verschreckt zurück; die Sittlichkeit der Sitte? Erleichterung, als Hartmut hinterhergejapst kommt; aha ne Emanze mit heimlichen Wünschen hinter moralischer Fassade, hallochen, Dr. Hartmut Nentwig. (Anwalt, und Stammkunde zu besonderen Konditionen.)

Ein langer Laden, abwaschbar auch hier, im Neonlicht. Zeitschriften die Wand entlang und in der Mitte. Spärliche Mannsgestalten, Katharina senkt taktvoll die Wimpern, wie die sich jetzt genieren müssen. Weshalb einige natürlich sofort dreist werden wolln, doch da steht Hartmut für, schirmt sein Mädchen ab. Meine.

Hastiges Prüfen der Auslage.

Wie herrlich glänzet mir die Natur auf buntem Glanzpapier entgegen. Greifen Sie zu, meine Herrschaften! Votzen in allen Formen und Farben! Heute rot und morgen braun und übermorgen lila. Das löchelt, das schleimet - Katharina auch eine?

Die sie jetzt zusammenzwacken muß, Leonore, auf sicher! Zumal in einigen ja auch was drinsteckt, oder? Und wenn du 1000 mal Aristoteles zitieren willst, über die Unansehnlichkeit der Geschlechtsteile, deren Anblick nur dem triebvernebelten Auge begehrenswert erscheinen kann – Katharinas eignes Teilchen tropft, und ob sies auch mit noch so viel Befremden spürte!

Gibs zu, Leonore!

Auch Dr. Nentwig erspäht mit Lust ihren sich verhängenden Blick. Geheimzeichen hin zum Salbichten, "Jungfraunquelle" nickt der Mann, schon wird Katharina an Hartmuts Hand einen Gang hinuntergeführt. Weißlackiert, Ajax Allzweckreiniger. Türen rechts und links, über einigen glüht ein rotes Lämplein.

Eintritt 10 Mark (Sonderpreis), es öffnet sich : ein Doppelklo. Gekachelt bis zur Decke, sterilisiert mit Sagrotan, zwei weiße Plastikhocker, Kleenex, Onkel Doktor. Jede Seuche ausgeschlossen. Machen Sie sich frei.

Die Fernsehmaschine flimmert, die beiden nehmen Platz, Augen vorn.

Jungfrauenquelle:

Ein Mädel, das ein unbefangnes kleines Tierchen darstelln soll. Blondgefärbt mit rosa Schleifchen, ein Plüschmäuschen im Bett. Piepsstimme, Schmollmundi. "Onkel Felix, lies mir doch eine Gute-Nachtgeschichte vor." Von draußen, markig, "dazu bist du jetzt wirklich schon zu groß," (Katharinas zweifelnder Blick auf den Gefährten, der glotzt, greift sich ihr Knie), das Mädel legt die Kleidchen ab. Dann mach ichs mir eben alleine. Bätsch. Und auf dem Bette, schwuppdiwupp, räkelt sich das Ding; und grätschet so niedlich und spreitet so nett, durchaus nicht unzierlich, und die Hand hüpft auf und nieder (Katharina schiebt seine von ihrem Knie: "Macht mich verlegen, bitte nicht." Bevor Hartmut noch dagegen sprechen -), ins Mädchenblumengärtchen tritt ein Mann.

Sine gratiis natis, struppig, ruppig, dabei ehrbar. (Statement einer Pornoschauspielerin: "Die Männer mögen das nicht, wenn die Darsteller schön sind, weil sie sich sonst nicht identifizieren können, beschissen, wie sie selbst aussehn.")

Wodurch nun allerdings der Film aufs Äußerste an ästhetischer Qualität einbüßte. "Nicht mal n anständiger Faun läßt sich aus so einem machen." Und das Oho und das Aha und Rangetapse, plumps auf den Boden, Gekikkere rosarot, "oh ja, ich will." Und im Rubbeldiedupp ante portas, ein Grapsch, ein Zungenschlag, und rin mit dem Dicken, und wenn wir beede weenen. Oh, tut das gut, au ja, mach weiter so, aber heut geats guat, aber heut geats guat, Zipfi eini, Zipfi aussi, aber heut -"

"Also Hartmut! Da gehst du ja weit unter dein eignes Niveau!" Katharina baß erstaunt. "Du hast geglaubt für MICH!?" Ihr Lachen gradezu entrüstet.

Und IST ja beleidigend! Total danebengegriffen, Kerl, du kannst doch so einer nicht mit dem Osterhasen kommen! Lauhahn, du! Grade solche, machtvoll am Granit, ein bißchen Peitschenknall und Mösezwicken? Als Päckchen verschnürt, griffbereit an Stöwer, viele Grüße, dein Fleischsalat. Grade die Emanzen, WENN Porno, dann Maso! Einmal wolln auch sie am Boden liegen dürfen und Staub fressen, weiß doch jeder!

Grade war noch ein zweites abschreckendes Männerexemplar ins Flimmerzimmer reingestampft gekommen. Und unter Quieken und Gezappel, au ja, au fein, und haariges Gestrüpp allenthalben, knorpelige Innereien, Lungenhaschee mit Würstchen - "Daß die Menschheit nicht schon lange ausgestorben ist, wirkt angesichts eines solchen Films ja überaus verwunderlich", Katharinas Befremden fand kein Ende.

Als es aber dann aus zwiefachem Gerüssel - Katharina schüttelt sich: "Wie Rotze ins Gesicht. Und was für ein Gesicht, wirklich zum Reinschlagen. Aus Ekel, der ganze Film ist ja aus EKEL - GANZ anders, das muß man ganz anders -"

Und dozierte sich zur Tür hinaus, das Krankenhaus entlang: der Pornofilm als Erziehungsmittel zur Liebeslust, zum schöngeformten Trieb; sie konstruierte schon an den Bildern. Ein Liebespaar. Himmel und Erde im Gewitter.

Natürlich, drunter macht sies nicht. Dudu, nur du allein. Aber das ist es ja grade! Diese Liebesideale selbst sind ja das Perverse. Individuum! Erfinder dieser anmaßenden Heldenpose: Weiber. Auf daß die mickrige Frucht ihrer Leiber einzigartig sei, und in der gan-

zen Welt. Hure Gottes, mit schön geformtem Trieb. Widerwärtig, wie dieses Käthchen ihre Locken schwenkt, moralisch überlegen, individualisierter, kultivierter, humanisierter – und der grinst noch, Hartmut, dieser Mutterknecht, und möcht heut nacht in ihrem Schmalzfilm mitarbeiten!

Stolz war Katharina nach vorne geschritten, blickte mitleidsvoll über die kläglichen Gestalten hinweg, die mit verdrucksten Mienen den Glanzpapiermädchen in der Möse popeln, wartete, daß Hartmut den Spaß bezahlt. (Wir rechnen nachher miteinander ab.)

Blätterte zerstreut - nein, bald nicht mehr.

Sie starrt, sie stiert. Ach mein Sinn, wo willtu endlich hin, aaach mein Sinn, wo willtu - wohin - und spieen ihm ins Angesicht und schlugen ihn mit Peitschen. Und legten ihm ein Stachelhalsband an und führeten ihn hinaus, und im aufgerissnen Arsch ein Riesenplastikpfahl und wüst verzerrte Schächerinnen - "KATHARINA! Aber so was mußt du nun wirklich nicht - "

Grade das. Harald? Das Kriecherische - der Laden dröhnt von ihrem Herzschlag.

Ach, der guten Seele gehn die Augen über. Und der Tölpel steht bestürzt, Tränentropfen, die an mein Fenster klopfen. Dabei sinds Tränen des Hochmuts. Ich danke dir, daß ich nicht bin – Gott schaut dir, Käthchen, beim Begatten zu?

Doch Hartmut (auch Stöwer?, wir alle, na klar) ist Pfarrerssohn, sein Vater schon starb den klassisch-süßen Tod: in den Armen einer Buhlerin. Sünde, Käthchen, SÜNDE!

Die läßt sich widerstandslos ins Freie führen; erleichtert wird hinter ihr die Tür geschlossen, solche Unschuldsemanzen verstören die Kunden.

Und staxte schwer bedrückt neben Hartmut durchs nackte Geflirre, nickte zu Tode betrübt bei seinem Vortrag. Über die Sündenvergebung in der Pornografie. Daß es eben darum geht, ohne die Last der Liebe kopfunter in die Lust, Tier sein dürfen, ohne Gut und Böse, oder grade Böse; ach, er ist Pfarrerssohn.

Katharina trübe. Was hatte der Arme fürn blauen Ball im - und hat ein Kleeblatt in dem Munde, oh weh, die Taube der Versöhnung schwebt nicht über diesem Untergrund aus Plastikfleisch.

"Das Geld, Hartmut, wenn nicht das Geld wär." - verhält den Schritt: im Gewühle eine Frau, charmant, wie charmant; wippt auf den Turnschuhn, scherzt und lacht, - die verhandelt also mit einem Kunden? Wenn so eine - "rattenhaft alltäglich"?

"Aber grade das Geld, Katharina, grade das Geld ist doch die Erleichterung, daß du das nicht verstehn willst!" Hartmut verzweifelt nachgrade an ihrer Intelligenz: "Schon der heilige Thomas sieht die Exculpierung in der Bezahlung. Für beide Seiten. Daß man wenigstens HIER mal keine Rücksicht nehmen muß, das will ich, und wenn es das Ekelhafteste wäre, HIER darf ichs verlangen, Geld sei Dank." Und packt sie schmerzhaft am Arm: "Oder würdest DU einen erhängen, aus reiner Nächstenliebe, weil er nur am Galgen nen Orgasmus kriegen kann?" Wütend, wie ungläubig sie zu ihm niederschaut: "Buchstäblich, Katharina, ganz wörtlich. Ich kannte einen Staatsanwalt, dem ging nur am Galgen einer ab. Bis er dran umgekommen ist. Weil die Hure, die ihn sonst immer bediente, in Urlaub war. Und ihre Vertreterin nicht rechtzeitig Schluß zu machen wußte. Ich hab das Mädchen verteidigt, Katharina, Freispruch. Die hat ihr Geld verdient, mehr als redlich!"

Wer soll das bezahlen, wer hat soviel Geld, wer hat soviel Pinke, Pinke -

Die Zuhälter. Goldkette, Maßanzug, Rollex und der große Schlitten. Soeben rollt einer heran, ists Harald, der großspurig aus dem Fenster lehnt?, mit glitzernder Hand einem Mädchen winkt, das stöckelt herbei, ganz wie im Kino, wir sind immer im Kino, der Podex wackelt.

Doch auch zu diesem Komplex hat der kundige Freund (Tröstliches!) zu sprücheln. "Viele Luden werden ja regelrecht abgerichtet von den Prostis. Da trifft son sechzehnjähriges Bürschchen irgendwo, beim Baden eine Frau, son kleiner, greinend Verwaister, der in der Frau die große Mama sucht. Dafür ham die Huren natürlich ne Schwäche, niemand ist so pubertär romantisch, so kindisch sehnsüchtig wie ne ausgepichte Hure - und schon ist das Elend geschehn. Große Liebe, auf beiden Seiten natürlich, sie immer in Panik, er könnte was merken, jeden Wunsch liest sie ihm von den verhungerten Kinderaugen ab - na, dann denk dir das Erwachen. Die Geliebte eine Hure. So ist manch einer schon abgestürzt, einige."

Katharina wills gern glauben. Wie gerne, ach, wie gerne... Fühlt sich auch plötzlich gradezu bigott, der arme Hartmut, wie der sich immerzu verteidigt.

Sie reißt sich am toleranten Riemen, strafft sich sachlich, alles soll Material für mich werden. Titten, Ärsche, Bauch und Möse, Pimmel, bis ins Jenseits hinein - Jenseits, ja grade Jenseits. Doch bevor sie mitten unter den Voyeuren mit einem Vortrag über die Tantriker loslegen kann, hat Hartmut eilig ne Idee. "Salambo, DAS werd ich dir zeigen. Das hat Niveau und Witz. Das wirst du (Priapus hilf, (hoffentlich!!!!!!)) mögen."

Sie schöpften neuen Mut. Beide. (So mies und winzig - Holofernes! Wenn man im anderen was Großes sucht, und dann findet man nix als Geld und taubes Fleisch), sie schüttelt sich, marschiert voran. Und Hartmut, eine kleine Schlottrigkeit, tippelt hinterher.

Zur großen Freiheit. Blendend schöne Frauen erwarten Sie - allerdings mußt du dein linkes Auge hurtig schließen, da huscht ein Mädchen, hochgeschlitzer Rock, BH, es bibbert. Blaugefrornes Winterfleisch, das ist die Liebe der Matrosen, fiderallallallala.

"Immer herein, meine Herrschaften, nur immer herein, ja, Sie doch auch, die beste Schau von St. Pauli", und lockt nicht nur von Mann zu Mann: "Bloß keine falsche Scham, meine Damen, Sie sind doch nicht prüde -", im Zeichen von Aufklärung und Emanzipation, auch der guten Hausfrau steht ne Wichsvorlage zu, aber natürlich.

Katharina bemühte sich sehr, alle tantrischen Vorurteile an der Garderobe abzugeben, folgte, geleitet vom kameradschaftlichen Nicken des Koberers, des insidigen Freunds: "Die lieben tapfere Frauen, solche wie du, die anständig versaut sind."

"Versaut?" Katharina stutzt an der Pforte: "Du findest mich v e r s a u t ?" "Aber ja doch!" Zärtlich drückt Hartmut ihren Arm, "das lieb ich doch grade so an dir, daß du so wundervoll versaut bist!" Hastig beschwichtigend, wie sie schon wieder erstarrt, "kannst ja auch sagen "unverklemmt", is doch nur ne Redensart, wir alle reden so, hier auf dem Kiez."

(ALLE?) Katharina greint, alle. Sprachbarriere - andrerseits: Tapfer - sie gibt sich nen Ruck, hinein ins samtig Rosenrote.

"Hier zahle ICH, kein Widerwort", "ein Halber", Katharina liebt ihn gradezu, wie süß er sich freut, dazuzugehören. Fünfzig Mark pro Nase.

Und Türe auf.

Mutterkuchen. Als ich noch Prinz war von Arkadien. Ein stehendes Bild, nein, drehendes.

Hartmut führt sie zwischen den Tischchen hindurch, zieht sie nieder.

Vier Frauen nackt, in anmutsvoller Pose aufgeklappt, über ihnen vier andere, die Lippen geöffnet, sanfte Zungen lang. Als ob.

Katharina atmet auf. Geformt, griechisch, ein Vasenbild.

"Lesbos" verkündet denn auch der Lautsprecher, "Insel der Seligen", sogar für die Bildung -

Das dreht sich und bebet und windet und wirrt, das locket, das lecket, das grätschet und schwirrt, das koset und toset so lange, und Schluß, Applaus, Gesange.

Katharina streckt sich. Im weichen Licht, einheitlichen Rythmus, Barbiepuppen, nicht aus Fleisch und Blut.

Geruhsamer ließ sie die Blicke schweifen, seriöse Anzugsherren mit ihren Damen, auch junge Männer, langhaarig, da vorn, gleich in der ersten Reihe, na ja, Neugierde wohl, genau wie sie selbst.

Und zwischendrin, bemerkst du erst gar nicht, die sind ja fast nackt, im Tanga, mit Stöckelschuhn, hübsch, der runde Popo, so golden überschimmert; Katharina hat fast schon die Hand ausgestreckt. Die Hartmut ihr drückt: "Na?" "Ooch, gar nicht so schlecht."

Songeinlage, Tanzbegleitung, Federn wehen, Beine fliegen, nett gegossen.

"Ein Bier", Katharina lehnt sich zurück.

Oh, auch Männer erscheinen auf der Bühne. Zum Reigentanz. Drollig, die zappelnden Dödel im Takt zur Musik. Mädchen eilen, knieen nieder, öffnen lackierte Lippen, schlucken die Bammelenden weg. Einer der Burschen kratzt sich unterdes gelangweilt am Kopfe, dennoch, nach drei Minuten: "Auferstanden ist er, welcher lange schlief", und es ist wirklich toll, beides, Zitat und leibliches Erscheinungsbild; auch Katharina klatscht ehrlich anerkennend in die Hände. "AH! SALAMBO!"

Wisper zu Hartmut: "Regelrecht ironisch, also durchaus -" Wie das? Plötzlich, ihr schlägt das Herze höher, BACH, Tokkata und Fuge, mehr davon bitte. Der Vorhang zerriß, Mönche tanzen Ringelreihn, nun aber schon zu eignem Chorgesang: "Brüderlein, komm tanz mit mir," und raffen die Kutten schwenken die Prümmel; Katharina lacht. "Richtig putzig." Wie alle Hausfraun um sie lachen.

Nun aber, Schluß mit lustig. Eine Nonne tanzt herein, nen Riesenphall im Arm, ein Hops und zack, runter mit dem heiligen Gewand, Beine breit, längeres Gerubbel. Und das Lächeln im Frauengesicht obendrüber erscheint Katharina nicht mehr humorig, sogar gegequält?, da hat die Frau nen Sprung getan und liegt auf einmal vorn, mitten im Publikum auf einer Rampe, ("Schnüffelbalken", fachmännisch Hartmut), räkelt sich, spreizt sich, zeigt her eure Möschen, zeigt her euren Po, und immer dieses festgepappte Grinsen im Gesicht, - und schon hat einer der Zuschauer vorn, der Junge da, der hat ja schon die Hand, Hand reingestopft in sie, gnaupelt in ihr rum. Die aber, sie, sie grätscht ihm entgegen? Immer das Grinsen, sein Kopf verschwindet zwischen ihren Beinen, sie windet sich und feixt und winkt, der Nächste bitte, tatsächlich, der Langhaarige, ein andrer springt gar auf die Rampe, reicht seine Brille beiseite, irgendeinem Genossen im Fleisch, sie kniet sich über ihn, kniet über allen, tappende Pfoten, schmatzende Mäulchen, greinen, Mama, Mama.

Kommt alle her zu mir, die ihr mühselig, und sie erquickt viele, sie strahlen, sie freuen sich, sind glücklich? Schwer beladen jedenfalls, Katharinas Schwesternherze schwimmt in Tränen. Wie die sich freuen, FREUEN, auch Hartmut neben ihr, strahlend unterm Weihnachtsbaum.

Sie aber strebte raus.

Hartmut wollte ihr unbedingt noch die Separees vorführen, Badewanne, Wasserbett, nein, raus.

Versaut. Versaut bin ich. Jawohl.

Und schämt sich sehr, daß sie sich schämt, auch das. Und Hartmut, der tat ihr plötzlich dermaßen leid, daß sie ihr gakkerndes Versprechen einhielt. Da er ja ohnehin schon befriedigt ist vom Schein - ob das bei jedem Mann? Mein Sohn?!

Und schickte viele Stoßgebete hoch zur Zimmerdecke, während sie sich mühte zur Sau zu werden, in Hartmuts Liebe. Vergeblich natürlich, so herzhaft sie auch stöhnte, um ihn anzutreiben. Und - das blitzte ihr tatsächlich durch den Kopf, während sie in Wollustschreien schier verging - kiek an, Epiktet hat doch recht, nicht die Tatsachen sinds, die unser Glück und Unglück machen, sondern die Begriffe, die wir uns von ihnen - : Versaut. Gestern noch war Hartmut ein - zärtlich? Sie zuckte gewaltig mit der Möse rum, damit er endlich nen Orgasmus, oh ja, auch ich bin eine solche, kann das auch.

Und trauerte nachher lange neben ihm, der rührend lächelte im Schlaf. Harald, rattenhaft alltäglich. Diese Erniedrigung traf auch sie.

Lörchen, wir schweigen. Nicht wegen Katjas naiver Selbstüberhöhung; der ihr hausfrömmlicher KleenSex beeindruckt uns gar nicht, aber weil sie mitgegangen ist mit Hartmut. Ihn bedient hat, wie ne Hure, trotzdem, grade. Anständig von ihr, gibts keine zwei Meinungen.

O.k. Versprechen wir also: Auch IHR zum passenden Porno zu verhelfen, eine Hand wixt die andere, ist gebongt.

Doch an Porno war fürs Nächste nicht zu denken. Sehr in sich gekehrt war Katharina heimgekommen.

"Anne, die ham nen Ekel vor sich selbst. Die WOLLEN bezahlen!"

Und nach längerer Pause (in der Anne ihr aufspringendes Frohlocken hinterm Haarwisch verbarg): "Er hat davon gelebt, vom Handel mit dem Ekel."

Und warf das Löwenhaupt zurück: "Einen, der sich ekelt, will ich nicht." Punkt.

Die Erleichterung im Hause Meister war immens. Anne wollte sofort zum Telefon spurten, Jensch anrufen, absagen, "ein Mann wie Stöwer braucht nen männlichen Betreuer", aber Katharina lachte höhnisch. "Da geh ICH hin, ICH sag ihm Bescheid. Ihr habt doch nicht etwa Angst?" Und schleuderte die Locken, sprühte Entrüstung aus allen Poren; überzeugend, die Rachegöttin. Auf seinen Brief aber, versprochen ist versprochen, antwortete sie nur mit einer Karte: "Ich kann nicht schreiben, komme am Freitag. Katharina Lichtenstein."

In strengstem Habit, schwarzer Anzug, Haar im Zopf, keine Locke springend, so war sie dann drei Tage später ins Gefängnis abgestampft.

Zum Duell.

6

Indessen Leonore:

Blaß, hohle Augen, Dürre? Sie schwitzt, schnauft, ihre Beine zittern unter ihr, brennen und frieren; denn die Liebe ist Feuer und Eis, heiß und kalt, ein zuckend Fieber, Raserei –

Sie hatte Friedhelm »ein bißchen Material« zukommen lassen; Klaus, der Heiratsschwindler, war wieder listig durch den Knast gewieselt, Haralds und Katharinas erste Begegnung untern Pullover geklemmt.

Nun buckelte sie am Schreibtisch, sublimierte krampfhaft; und harrt doch nur seiner, einzig SEINER Antwort.

Und schoß vom Stuhl, daß fast der Tisch umflog; Telefon. Und Friedhelm sagte nur: »Ich komme. Morgen um 10 bin ich da.« (Er hat noch einen Urlaubstag. Für Notfälle gespart.)

Und keine Widerrede. Überhaupt keine Rede.

Leonore lag auf dem Teppich, röchelte. Im Takt zum Kreuzstab. Der kommt von Gottes lieber Hand.

Und schlotternd an Reinhard geklammert, als er endlich nach Hause kommt. Hilfe! Verbiete mir, was ich nicht lassen will.

Der aber zuckt gleichmütig die Achseln: »Ihr seid erwachsne Menschen, könnt wissen, was ihr tut. Ich vertraue eurer Klugheit.« Sprachs und wollte weiter nichts hören.

Friedrich Fischer Dieskau aber singt, daß sich die Balken biegen, und die Nachbarn gegen die Wände klopfen. Da wischt mir die Tränen mein Friedhelm selbst ab.

Und dann war es Morgen und zehn Minuten vor zehn.

Natürlich hatte sie sich sämtlichen Geheimnissen des Putztisches hingegeben, und was da jetzt in tiefer Stille auf dem Teppich lag, taubenblauer Flausch und fließende Viskose, war keineswegs unansehnlich. Ausgebreitet ihrem Schicksal, aus allen Sternen tropft die Einsamkeit und mittenmang in sie hinein.

Aristoteles, die Zeit ist ein Kontinuum von Jetzt: nur der wartende Verliebte kann diesen Satz bis in die letzte Faser voll erfassen. Ticktackendes Jetzt, und eine Zukunft, die Ihn wirklich zu ihr führen wird, ist unvorstellbar über jedes Maß.

Da war es dann ein Schreck, als sein Schatten am Fenster vorbeigeglitten kam.

Mit einem Ruck war Leonore auf, schwindelnd auf den Füßen, an der Tür.

EIN Blick, so bleich in bleich, als hinge von diesem Blick der Fortbestand Gottes ab. Und wagten nicht, einander zu umarmen.

Alltagsgebärden, bitte, alltägliche Wirklichkeit.

Sie schwankten in die Küche, Leonore kochte Tee.

Er aber, ER, er sitzt, wie wunderbar er sitzen kann! Grazie, was räuberische Grazie ist – und seine Augen, Seine Augen, in Ewigkeit, OH!

Aber. Drei mal aber, er hatte gedacht. Nach und Voraus. Klug auch, schlangenklug: Von fleischlicher Vermischung soll keine Rede zwischen ihnen beiden sein.

Ein weher Entsagungsblick, tapfer zuckt ihm die Lippe unterm kühnen Bart: »Ich kann das nicht, Leonore, lügen. Für ein heimliches Verhältnis bin ich nicht gemacht. Ungesund für mich.«

Ein Räuberwort! Herrlich ohne Lirumlarum.

Doch so sehr auch Leonores Prinzipien jubilieren, Geist von meinem Geiste, so aua kreischt ihr untres Teilchen. Nicht umflort sein dunkles Auge sehen dürfen? Nicht ihn vergehen fühlen an ihrer winzjen Brust?

WAS? Spinnt der, der Typ? Was soll denn das fürne Tugendübung sein, zu schade für nen Seitensprung! Yoga? Vor Impotenz muß ER sich doch nicht fürchten, ist doch in Übung, mit seiner Kleinen! Ran an die Alte, aber dalli! Oder – hast du etwa Angst?

Ja, Angst hat er. Bekennt sich männlich auch dazu: »Du bist so eine Frau, eine von diesen Frauen, die man ermorden muß, weil man sie zu sehr liebt.« Und spricht, sehr deutlich, sehr – verständlich? : »Schön muß das sein, dich zu töten, ganz irre schön sogar.« (Wie sie erschaudert! Erkennend? WIEDERerkennend?!) Sanft, unsäglich sanft die dunkle Stimme: »Ganz sorgfältig, ganz langsam, ganz liebevoll. Töten.« EIN Schweigen, Seel in Seele übern Küchentisch, und beide wollen: einfach Ja.

Bis Leonores Grenzenlosigkeit Friedhelm die Lider niederzwingt, und die Schultern fröstelnd hebt, wütend spuckt er ihr hinüber: »Geht aber nicht, will ich nicht. Du würdest es tun, ich kenne dich. Nee«, er schüttelt trotzig das Wolfsfell, »nee! Wegen ner Frau zurück in die Kiste – nee, das bist du mir dann doch nicht wert, mußt du verstehn, Kleines.«

Versteht sie? Versteht sie alles? Schreckhaft vollkommen. Und schaute so ergeben still und traurig schön über ihre Teetasse zu ihm hin; daß das nicht sein darf mit dem wundervollen Morden. Ich hab ein glühend Messer in meiner Brust, oh Lust, oh Lust –

Da hobs ihn hoch mit Plötz, er schritt um den Tisch herum, zog sie zu sich hinauf; »»endlich!««, und mit – keuschen – Händen überall, »wie gut, dich zu spüren, Schwesterchen.«

Und kußte sie, daß es schallte, und sie war saelik jiemermeh, tandaradei...

Dann wechselten sie den Raum. Und damit auch die Hirngespinste.

In Leonores Zimmer auf dem Teppich flegeln sie, Seit an Seite, pusten Haschisch in die Luft (heute raucht er mit), lassen die Figurinen tanzen: »Stöwer und die Lichtenstein, erzähl, was machen die grade.«

Für diesen Befehl, »daß du das wirklich wissen willst!«, mußte er zunächst mal ausführlich geküßt werden, vor allem seine freche Unterlippe und die markant gekerbten Wangen, staunend; daß Falten so herzergreifend schön sein können, nie hätte sie das denken mögen! Schnurrend hielt er sich hin, »Schwesterchen, was hast du nur für weiche Lippen«; bevor die jedoch zu eifrig werden konnten, und auch die Hände, knöpfelte sie nicht schon an seinem blauen Hemd?, er fing ihre Finger, in jeden ein mahnender Biß, führe uns nicht in Versuchung!, dann schob er sie fast rüde beiseite, zuerst der Rechenschaftsbericht, nachher sehen wir weiter.

Freudig richtete sie sich auf –!!! (Richards Neugier hat sich abgenutzt mit den Jahren, bekanntlich schreibt jeder ja immer nur einen einzigen Roman im Leben. Der gute Gatte kennt sein Weib par corps. Leider?). Auch kupplerinnenselig, wie Friedhelm sich nach Katharina den Schnäuzer leckt: »Beneidenswert der Stöwer, einsfünfundachtzig, rote Locken bis zum KnackArsch, spitze Titten, und, wie du sie schilderst, vollkommen unverbraucht? Achtundzwanzig, sagst du? Für mich ja n bisken zu alt, dreiundzwanzig ist das Äußerste, aber Stöwer, mit seinen dreißig? – geht eben noch.« Und grinst ihr so gradeaus unverschämt ins Altweibergesicht, sie zuckt mit keiner Wimper. Im Parieren solcher Sprüche – Otto sei Dank – ist sie geschult. Nickt sachlich: »Geht mir genauso, Friedhelm, in unsren Jahren werden die Milchigen reizvoll, Weisheit ham wir selbst genug.« Feixt ihm in die Winterknorpeln; und jetzt muß ER sie eine Zeit lang zwicken und beißen, »ach, Leonore, was brauchen wir die Jungen, du bist ne prachtvolle Alte, außer der häßlichen Halsfalte gibts wirklich nichts an dir zu tadeln.« Und prüfte sie ein etwas stacheliges Weilchen, ihr Mohairpullover ziept, sie dehnte sich maunzend unter seinen strengen Griffen; bei gestrecktem Kinn kann sie sich auf ihre Gymnastik verlassen.

Und endlich die erlösende Note: »Also wirklich, für dein Alter – astrein, Leonore. Und den Hals, den lassen wir straffen. In fünf Jahren, noch gehts. Sonst aber : Mein Respekt!« – ein Klaps auf den Popo, »und jetzt los. Wo ist die Lichtenstein, im Knast?«

Nein, auf dem Kiez.

Ein Ort, an dem auch Friedhelm sich verdunkeln muß, lange hielt er ihre Hand; es war ein Greinen in der Welt, als ob der Liebesgott gestorben wär.

Dann aber, mit der zweiten Shitzigarette, streckte er die Wirbelsäule, Paschimottanasana, Rumpfbeuge im Sitzen. Doch auch Leonore beweist, was sie gelernt hat, Leib von meinem Leibe.

Wirklich? Friedhelm hebt erwägend den Schnurrbart in die Höh: »Eigentlich müßten wir DICH mal an die Mauer stelln, damit du spürst, wovon du schreibst. Wenn mich nicht alles täuscht, SO schlimm fanden das meine Mädels gar nicht, wie du glaubst. Vor allem nicht erniedrigend, im Gegenteil, sie selbst sinds doch, die das Ding vollständig in der Hand ham!« Und professionelle Musterung: »Im Kostüm, dich muß man als Dame verkaufen, was glaubst du, was du Zulauf hättest. Proleten und Zuhälter, trotzdem daß du ne alte Hexe bist, aus dir kann man ne Menge Knete machen, Schwester.« Läßt gleich aber, resigniert unter ihrem – erwartungsfrohen? – Blitzen, die zuhälterischen Schultern fallen, »ich seh schon, Fehlkalkulation. Verlustgeschäft. KEINEN Pfennig! Im Gegenteil, du bist so eine, würdest noch angerannt kommen, Friedhelm, ich brauch mal ganz dringend hundert Mark. Damit der arme Mann sich seine Sünde kaufen kann.« Und kneift sie schmerzhaft ins Ohr, »deine fabelhafte Dummheit kann wirklich jeden Mann in den Irrsinn treiben, wie hält dich bloß dein Richard aus? Ich muß sagen, der imponiert mir immer mehr.«

Und wieder Mund- und Handgemenge; so tändelten sie dahin und maßen ihre Kräfte: Hie Tat, hie Wort. Und Leonores Dummheit siegt über jede Sünde. Ach, wenn wir doch die Waffen tauschen könnten.

Das heißt, sie geben an wie Schifferscheiße, er der Räuber, Mann, wirklicher Mannheit, sie die unschuldig dichtende Prinzessin; und die Minuten rennen davon, und er weiß noch immer nicht, daß sie nen schwarzen Schlüpfer trägt.

Für sone Hirnwixerei verplempert der seinen letzten Urlaubstag! Und jetzt ist gleich fünf Uhr, bald kommt ihr Mann, und die, die beiden –

die beiden waren in die Küche marschiert, banden sich gegenseitig ein Schürzlein vor, und einträchtig begannen sie zu hantieren. Du das Gemüse, ich den Salat.

So fand sie Richard. Ein Brillenblitz? : Dank sei dir, oh Frieder! Fast hätten die Männer sich umarmt. Ein warmer Händedruck, »Richard, hallochen! Ich weiß nicht, soll ich dich bedauern, oder muß ich dich beglückwünschen. Danken in jedem Fall. Daß du dich geopfert hast, um unsrer Ehre willen. Es zeugt von wahrhaftigem Heldenmut –« doch stopt sich selbst, wie abgekämft der Richard in seinen Klamotten hängt.

Und die Ehefrau sofort an seiner Seite, geleitet ihn sorglich zur Eckbank, er läßt sich plumpsen: »Ach, wenn doch ein Ende wäre mit der Ehre! Und dem Opfern. Und dem Heldenmut. So unerträglich dumm –« Leonore huscht zum Schrank, reckt sich, hausmütterchen zierlich, ach, du liebes Täubchen, du, trägt eine Flasche herbei. Drei Gläschen auf den Tisch, sie schenkt ein.

Friedhelm wirds ganz eigen ums Gemüt. Welch Trost in den vertrauten Feiertagsgebärden.

Und während die Selleriescheiben brutzelten, trank Richard auf – die Griechen. »Achill und Patroklos.« Erläuternd zu Friedhelm (der sitzt am Tisch, Kinn in die Faust gesmoggen, die Lauscher aufgeklappt), »ich mach das manchmal. Heldensagen. Die Kinder können ja nicht ständig büßen, irgendwo wolln ja auch sie mal Sieger sein, und wärs in Griechenland. Oder –« Zwinkern? »Als Robin Hood. Auch sehr beliebt.« Friedhelm grinst: »Und über diese Identifikationsschiene schiebst du dann dein eigentliches Päckchen nach, das pädagogische Aufklärungsgespräch. Stimmts?« Richard grantig: »Natürlich benutz ich die alten Phantasien. Auch als Kontrastprogramm zur eignen verbrecherisch eingefleischten Tugendheuchelei, klar.« Friedhelm gleich beschwichtigend, Richard ist so gar nicht aufgelegt zum Spiel, »völlig in Ordnung, o.k. Die schwulen Griechen zur Erlösung vom Schuldgefühl beim knastnotwendigen Massenwixen, seh ich ein. Damit sie wenigstens ihre Brutalität reduzieren können dabei. Human.«

Die Fachmänner nicken am Tisch, am Herd nickt die Frau.

Richard abgehärtet, »ans anfängliche Gejohle bin ich ja gewöhnt, Arschficker und so, heute aber – ein Neuer –«, er zieht die Brille ab, reibt sich – den Ekel? aus den Augen. Wie dieser Orang Utang plötzlich – »ein Tier. Ein gräßlich verwildertes, irrwitzig dumpfes Tier. Wenn nicht die andren ihn gehalten hätten, ich glaub kaum, daß ich noch hier säße.« Mit einem Sprung ist Leonore bei ihm, wirft sich zwischen ihn und seinen Mörder, bis der Sellerie anbrennt. »Ein Neuer, ich hatte die Akte noch nicht gesehn. Son großer, plumper Bengel, 17. Seltsame Augen, ganz hellgrün, schön eigentlich, aber irgendwie – als wenn der Blick abprallen würde.«

Ein Schwulenmörder. »Einfach so, geplant, mit nem Kumpel zusammen nen alten Homosexuellen in dessen Auto erwürgt. Nicht mal angemacht hat der Mann die beiden.« Er verbirgt sein Gesicht in todtraurigen Händen. »Widerlich, diese tierische Fratze, so ein banaler, erniedrigend dummer Tod! Und der Bengel fühlt sich natürlich als Ehrenretter Gottes, und will als solcher anerkannt sein bei den anderen.«

»Au weia,« Friedhelm erschrocken, »da hättzte wirklich draufgehn können!« Und vorwurfsvoller als jeder Beamte, mit Zeigefinger auf die Witwe: »Wie kannst du nur so unvorsichtig sein! Ohne Akteneinsicht! Grade die Jugendlichen, und noch dazu in U-Haft, ne unberechenbare Bande von Wahnsinnigen!«

Und Leonore umfing den Wiedergewonnenen, während Friedhelm, väterlich schimpfend, das Essen auftrug.

Halb verbrannt und halb zerkocht, nur Friedhelms Salat war genießbar, sie mümmelten schweigend, mit gleichgültigen Backen.

Nachher saßen sie noch ein bißchen höflich miteinander rum, dann zog Richard sich zurück. »Lesen und –« dezentes Gähnen, hoffentlich bald schlafen. Und verneigt sich in der Tür, so wunderbar vertraut urban, kaum hat Leonore den Gast in ihr Zimmer geleitet, wischt sie noch einmal eilig zum Ehemann hinüber. In die grüne Ruhe der Gelehrtenstube.

Sie hob den Pullover, ließ ihn drunterschlüpfen. In Sicherheit? Er lauschte den beruhigenden Geräuschen ihres Interieurs, sie stand ganz fest.

Bis ihn die Mohairwolle zu piexen begann; so angenehm flauschig fürs Auge Leonore auch immer ist, in der Nähe wird sie kratzig. Bevor er jedoch beginnen kann zu murren, warum bist du so ungewohnt gepanzert heute – Friedhelm!

Er wurstelte sich aus ihrer Umhüllung frei: »Leonore, paß bloß auf! Rauch nicht immer so viel Shit und trink vor allem nichts. Versuch auch EINMAL dran zu denken, wie du auf Männer wirkst! Als Frau, nicht als kumpelhaftes Kindchen! Paß auf!!«

Sie schielte vor Schreck; als wenn schon was geschehen – ist denn nichts geschehn? Ja-nein? Anders? Anderes! Erleichtert schnauft sie auf: »Nein Richard, wirklich nichts. Wir sind Musterbilder an kameradschaftlicher Vernunft. Viel zu feige, BEIDE, schwör ich dir! Und außerdem –« ein langer, sehr argumentativer Kuß, abschnürt das Füchsle.

Richard? Er mußte nachher dann doch profilaktisch zwei Schlaftabletten schlucken. Ausnahmsweise, für alle Fälle. Nix hören, nix sehen.

Drinnen aber, als es Nacht wird.

Nachdem sie pflichtschuldig alle Lobgesänge auf den vorbildlichen Ehegatten abgesungen hatten – aber dennoch: Ehegatte. Ein ziemlich lächerlicher Familienstand, für wasn richtjen Mann sein will – oder etwa nicht, Leonore?

Leonore stottert und nuschelt. Daß Richard sie aus Fürsorge geheiratet habe, um sie als Freiberuflerin – »ABZUSICHERN! Wie ich euch kenne!« Friedhelm wirft heldisch verächtlich das Wolfshaupt zurück, »ihr liebt ja alle immer nur für eure Rente!«

Leonore aufbegehrend: »Aber ich lebe nicht wegen der Rente mit ihm, ich –«

Schwarz. EIN schwarzer Blick. »Und mich liebst du auch. Aber nicht, wenn ich Rentenberechtigter werde. Als Tischlergesell oder Automechaniker oder was immer im Resozialisationsplan machbar ist. Du liebst mich, grade weil ich KEIN Tischlergeselle werden kann, NIE! Und damit hast du recht. Ich will kein Rentner sein, auch kein denkender Rentner wie dein Mann, ich will tun! Und deshalb liebst du MICH!«

Und tat. Er schälte sie aus den Kleidern.

Na endlich! Ist ja ne Schmach für unser armes Lörchen, so ungeminnt vom hehrsten – jetzt aber! Behutsam, wies muß, pellt er sie aus Pullover und Rock, und was da nun beim schmeichelnd milden Schein der Ampel zum Vorschein kommt: brav Mädel, du hast gelernt. Nix Baumwollunterhose, in schwarzer Seidenwäsche, französisch edel, und wirklich immer noch ein lohnendes Körperchen. Unsre Lore, gibts keene zwee Meenungen, für ne Viezigjährige –

Nu aber Er! Der aberwitzig blödsinnige Trottel!

Nach einem langen Augenwechsel, der ihr das gesamte Persönchen öffnete – ein schnöder Blick auf ihre Spitzen. »Wie ne Hure siehst du aus, unter all deinem erhabenen Gerede, denkst du an nix als nur ans Ficken!«

Der Hornochse! Dieser, dieser – was isn das für ne Eunuchenmoral! DAS ist doch grad das Schöne, daß Leonore immer vögelt, egal, was sie tut!

Mit einem Ruck hatte er sich aufgesetzt, schnaubend vor Tugend, sie aber lag da, beschmutzt vor allen Ewigkeiten. Nix als immer Ficken. Ganz regungslos lag sie, schaute nur, mit diesem stillen Ja der Opfertiere, das dem Schlächter hart durch Mark und Bein fährt, und auch noch woanders rein. Sie schaute ihm mitten ins Gesicht und hielt auch noch die andren Backen hin. Bis es ihn schließlich niederwarf, »Leonore verzeih«; lange mußte sie ihn ans Reizhemdchen drücken.

Und dann erzählte er ihr endlich die erwartete Geschichte von seiner tugendprüden Mutter, die ihn zur Selbstkastration zwingen wollte, weil sie so geil auf ihn war, und er seinem Vater so ähnlich sieht. »ZU RECHT! daß der sie verlassen hat! Die reinste Gefängniswärterin, ein böses, kleingeistiges, saublödes, rachsüchtiges Weib. So wie die meisten sind!«

Nicht aber Leonore?

Sie nickt zu jedem Schimpfwort. Auch ihre Großmutter wollte sie kastrieren. (Mutter gab's nicht, auch sie ist Halbwaise, wie ihre Katharina.)

Und da, endlich, nahm er sie in die Arme und erteilte ihr flüsternd die ersehnte Absolution: Du bist anders, bist wie ein Mann. Mein kleiner Kamerad.

Kleiner Kamerad!!! Der Wahnsinn! Und der Mond, der schien die ganze Nacht, und er hielt sie in den Armen, bald sogar splitterfasernaggedei, und die ham nix anderes zu tun, als einander ihre Kleinkindergeschichten vorzuquatschen. Einsam natürlich, huch, wie einsam. Triefend vor Selbstmitleid zum Rotzerbarm, und seine Impotenz soll ihre Ehre sein. Impotent aus lauterer Liebe, und er sabbelt von Erleuchtung, Läuterung, irgendsolche im Knast angelesenen Sprüche, der Weg entsteht im Gehen. Und verzapfte diese bescheuerte Story, wir kennen sie zur Genüge, von einem Guru, der seine Schüler immerzu sinnlos nen Sandberg hin- und herkarren läßt, bis die arme nackte Schwester endlich begriffen hat, daß das Glück einzig im NICHTwollen beschlossen liegt, du impotenter Knacki!

Und die macht Kulleraugen und liebt ihn über alle Maßen.

SO ging die Nacht vorbei.

Und am Frühstückstisch hockten sie dann, ganz durchgeistigt, Märtyrer der Ehrbarkeit, und der Ehemann klatscht Beifall.

WIR nicht, Leonore!

Doch die saß verklärt, erst die Entsagung macht mich still und stark.

Beim Abschied aber, an der Wohungstür, fragte sie dann doch mit belegtem Stimmchen: »Friedhelm, willst du, daß ich dich im Knast besuchen komme?« Und er, der nie Besuch im Käfig haben wollte, antwortete und sprach: »Ja. Komm. Komm oft.«

Und dieses Komm schoß Reinhard in die Leber, wie flatternd sie die Augen niederschlug.

Und auch Friedhelm wollte lieber alleine mit der Bahn zurück, »mach dir keine Mühe.«

Leonore aber ratzte sofort und ohne jeden Traum.

Setzte sich dann mittags an den Schreibtisch, mein einzig wahrer Leser: DU!

Katharinas zweiter Besuch bei Harald Stöwer. Wütend? War sie wirklich wütend? Oder nicht als erstes viel mehr traurig? Todtraurig?

7

Katharina saß in der S-Bahn und dachte sich so erbarmungslos wie ihr nur irgend möglich. Blaugefrornes Winterfleisch auf dem Schnüffelbalken, mit gewaltigem Eifer hegt sie dieses Bild; von Wedel bis zum Hauptbahnhof.

Dann aber - plötzlich schob sich Sein Mund zwischen Plastikmösen, armseliges Gepimmel und am Fenster vorbeiwischende Gebäudefetzen. Dieser einzigartig wehe Schmerzenszug (garniert vom Anflug einer Ulcusfalte rechts und links); nie wieder bewußtlos getrieben - Und Seine Augen. Typ grundlose Kuhle, zum Ersaufen schön die unrettbare Verlorenheit - unrettbar? ! ?

Doch eh sie sich verstricken wollte, in "Erlösungskitsch und Weibergrößenwahn", ruckte sie ihre Mannhaftigkeit zusammen, wandte sich vom "Liebesporno" ab und krampfte sich ins Buch.

Ein Buch, vor der Abfahrt noch hastig in Katharinas Jackentasche reingeschoben, Anne, die Wärterin: "Zur Unterstützung der Abwehrkräfte"; Liebeslüge eines Zuhälters aus heroisch aufgeblähter Lust am Ekel. "Lies das in der Bahn. Auch son wildgewordener Analo, dämlich stolz auf seine übermännlichen Moralgelüste, wie sicherlich dein Harald ist." Und streng und unbeirrbar von Katharinas aufzüngelndem Widerspruch: "Doch, Katja, grade sein Stolz, glaub mir, nix als prüder Menschenhaß, parfümiert mit existentialistisch-maßlosen Allüren. Das Kleinherzige an den Frauen - aus der Mama ein Stück Scheiße machen, weil die Dumme keinen Zipfel hat." Warnend hatte Anne den Zeiger gehoben, der Schnüffelbalken gibt ihr Oberwasser: "Wenn man im anderen was Großes sucht und man findet nur die kleine, ganz rattenhafte Klitoris! Lies, wenn dir nach Umfallen zu Mute wird!"

Und Katharina las gehorsam.

Vom Prügeln, das gleich Ficken ist.

Jetzt aber ran an die nassen Höschen unterm Herrenanzug! Nix bildhauerndes Moralgeprotze; das Mädel wetzt, hitzig die Futlappen aneinandergepreßt – nein, Leonore? DEIN Käthchen, gestreichelt und geküßt von Säuglingsmöse an, von einem Knüppel weiß sie nicht?

Die Katharina las. Erste Station: bitter war ihr Mund gefaltet, die Wimperntusche drohte zu verlaufen, wie unerträglich eingesargt in seinen Schwanz der arme Mann; zweite Station: im Abfahren der Bahn sprang sie hoch, riß das Fenster auf, und bevor noch irgendein Hutzelweib gegenüber den Mund zum Protest aufklappen konnte, flog das Buch schon an der Scheibe, draußen, vorbei.

Katharina, zutiefst erleichtertes Stöhnen, freundlich zur Entrüsteten hinüber: "Verzeihen Sie, aber das mußte sein. So was widerwärtig Unmännliches wie dieses Buch, schwelgend in erbärmlicher, hirnloser Wehleidigkeit, das hätten auch Sie aus dem Fenster geschmissen, bestimmt." Und lächelt so siegreich ins verschrumpelte Gemurr, daß sich die Alte gleich mitverteidigt fühlt und ausholt zu einer allgemeinen Weltbetrachtung, wie überhaupt und überall das männlich Schlechte siegt; Katharina hielt mühselig die Höflichkeitsmaske hin, (was für ne katholische Fleischesverachtung in diesem schwülstig eitlen Buch, SO faul, SO willenlos - Harald? - Ich bin doch nicht blind!) Da, Galgenberg!

Sie schleudert's vom Sitz, tschüß winkt ihr Zopf, Riesensatz, es kopfschüttelt hinterher. Ein wildes Fräulein; sehr wild, aber trotzdem vornehm irgendwie.

Das wilde Fräulein stampft dahin, weitausholenden Schritts, "ich sag's ihm, ich frag ihn, sofort!" Aber was? Ob er katholisch ist?

Wie sie reingerast gekommen war, blind, unansprechbar für Gitter, verschlossene Tore und sonstige menschliche Hindernisse. Unskizziert waren blaue Uniformen an ihr vorbeigesaust, alle Mauern hatte sie mit ihrer Wut gesprengt (vollkommen im Sinne des Strafvollzugs, weshalb sich der Felsen ganz von selber öffnete, "Du, Hinner, DIE, die Lichtenstein, die macht den Stöwer fertig! Endlich!"), jetzt rannte sie im Besucherzimmer auf und ab. Komm, komm bloß her, DU: zum Faustkampf bereit.

Doch. So abschiednehmend klappte die Tür in ihren aufgeputschten Zorn, sie fuhr herum; so fern und anders, so - ergeben? stand Er plötzlich vor ihr, nix Ahriman, der schöne Finsterling; ein Mann der Schmerzen und der Qual.

Kein Wunder, seit Tagen nicht mehr ruhig geschlafen, jeden Morgen halb tot vor Gier nach einem Antwortbrief, und dann ihre gemeine mickrige Karte gestern: »Ich kann nicht schreiben.« Da schämt er sich bis zum Kotzen. Daß er geschrieben hat. Und WIE. »Vielleicht, wenn ich dich nicht allzusehr belästigt habe –« Er krümmt sich überm Bello. Galle. Ich Angeber! Die krieg ich nicht. Die einzig Wirkliche, die krieg ich nie. Und tobt in seiner Zelle rum, wixt auch wie ein Rasender, das heißt, versucht zu wixen: Nix. Nix regt sich, nicht mal das sonst so bewährte Peitschenporno hilft seinem Kleinen auf die Sprünge. Unangreifbar, ewig unbefleckt prangt der ferne Stern, Katharina Lichtenstein, die nicht wissen muß, was Sünde heißt.

Und so klein ist der Knecht – typisch für die Sparte – daß er trotzdem noch hinkriecht zu ihr, ein letzter hohläugiger Blick für die Familienbibel, bevor er wieder seine angestammte Pflicht erfüllt, das einzje, was er wahrhaft kann: Der Dummheit den Vollstrecker machen.

Er stand, so ausgeliefert hoffnungslos: Die Fäuste ließ sie fallen.

EIN Absturz bis zum Mittelpunkt der Welt, dann: Sie hielten sich umklammert.

Kein Warum und gar nix mehr.

Und in Tür und Fenster giert es rein. Der Besucherraum ist einsichtig von beiden Seiten, ein Logenplatz hinterm Flurgitter oben kostet bis zu einem Koffer, je nachdem, was der Kollege unten beim Besuch bereit ist, zu bieten.

Los Stöwer, Grätsche bei offenem Vorhang, hol die Titten aus der Anzugsjacke, kassieren kannste nachher. Blaumann oder Knacki: alle spielen Taschenbilliard.

Die beiden aber standen und wagten nicht einander loszulassen. Bitte überhaupt keine Bewegung, einwurzeln, immer, nichts und nie, in EINER Aufwallung erstarrt.

Bis das andrerseits sie wieder hat, bis sie notgedrungen atmen müssen. Brust an Brust, und Bauch an Bauch, die Grenzen schollern fühlbar aneinander. Da fielen ihm die Hände runter. Und sie trat einen Schritt zurück.

Und jetzt hatte SIE den hoffnungslosen Blick und krächzte: "Aber dein Ekel." Panik schlug aus jedem Abgrund (immer noch im Kontrapost, fürs Knieezittern keine Zeit), Katharina zog die Schultern hoch, verzweifelt: "Ich bin so eine - Von deinem Ekel WILL ich niemals was verstehn." Und läßt traurig die Steinmetzpranken plumpsen: "Du würdest sehr alleine sein. Ich bin für niemanden ein Halt. Ich handle immer nur für mich selbst. So bin ich leider."

Der Stöwer aber wagt kaum noch zu schnaufen, ein Konjunktiv! Du würdest – nur kein falsches Wort, kein voreiliges Versprechen jetzt! Grademann, daß er (mit äußerster Vorsicht, bloß nicht das Mädel gewahr werden lassen, was sie zu tun sich anschickt), daß er ihre rauhen Fingerspitzen anrührt, unmerklich, ganz unmerklich, lotst er sie zum Sitz. Und immer Seel in Seele, er versteht sein Handwerk, im erprobten schwarzen Schimmer seiner Augen ist bisher noch jeder weibliche Verstand ersoffen.

Endlich, er schnappt nach Luft, sie sitzt. Wenn eine erst mal sitzt – die Hälfte aller Prinzipien schon längst ihr Bächlein hinunter.

Zwei zu Null, für Stöwer.

Sie saßen - beisammen? Einander zugewandt und aufgesperrt? Und einer verzaubernder als der andere, schwarz von Locken oder rot, sie starrten sich an, sie konnten's nicht fassen, sie waren sofort ganz unselig verzagt.

Verzagt! Los, Stöwer, reiß die Klappe auf! Quatsch ihr die Hucke voll von deiner Liebe, seit ich DICH gesehen, glaub ich blind zu sein, schmier sie ein mit Sprüchen aus deinem Zitatenschatz, irgendwas von Zukunft und Vergangenheit und einzig wahrem Jetzt, quassel sie glitschig und dämlich, wie sie ohnehin bereit ist, mit vielen Nebensätzen, weil, jedoch und andrerseits, Bildhauer denken nicht so fix.

Und grade sitzen, mach das Hemd zwei Knöpfe tiefer auf, zeig ihr deine appollinisch nackte Brust, laß Muskeln und Locken spielen, und auch noch was anderes. Los Junge, roll deine einzigartig sehnsuchtsvollen Guckerchen im kühnen Antlitz um und um, und versprich ihr deine Läuterung, verkläre dich in einzig IHREM Glanz; beweise, was du gelernt hast!

Oh Gott! Statt dessen – Werbung nicht mehr, nicht Werbung – der hängt im Sessel, nicht einmal sterbender Gallier ist seines Schreies Natur! Wo sie doch so auf griechisch – römisch? – steht.

Der aber, dein alltäglicher Stöwer, Leonore, der macht tatsächlich eunuchoid auf christlich. Mama, ich habe gesündigt wider dich und die Welt: Seht, wasn Kapaun!

Riemenschneiders Adam, Katharina erkannte ihn beklemmend, mit einem Hieb. (Hatte sie etwa REUE von ihm verlangt?) Wie wundersam müde seine Hände über die Stuhllehnen hängen, so männlich zart. Und der kleine rauhe Hixer in seinem Bariton, als er dann sagte: "Ich weiß, es geht nicht." Sein wehes, schiefes

Grinsen, "unsre Eltern wollen's nicht." Und die entsagungsreich gebeugten Schultern. Und seine weißen (mäßig großen) Turnschuh standen so wacker einsam auf dem Linoleumboden, und - daß grade dieser Schönste nicht an ihrer Brust vergehen darf: zwei schwarzgefärbte Tropfen kullern über ihre Silberwangen.

Er ?? !! Ein Blitz, ein Sprung -

Na, ENDLICH! Oben am Fenster holn sie die Gewehre ausm Futteral, endlich was Lohnendes zu spannen. Nachtdunkel knäulen Schlangen über feurigem Grund. Er erstickt sie – hoffentlich! – nach allen Regeln von Natur und Kunst, oben siehsde leider nix als nur sein schwattes Gewölle und ihre Riesenpfoten auf seinen hellblauen Rücken gepackt. Ohne erkennbare Bewegung. Noch.

Die ersten Wetten werden abgeschlossen, ob ers wagt, schon heut an ihr zu knöpfeln; in Beamtenkreisen glaubt man ja, »aber dann wird sofort, SOFORT eingegriffen!«, wir andren fürchten nein. »Die Kleine ist mehr was für Kinderficker oder Schwule, zu milchig gradeaus, son Stöwer braucht was Stinkendes, damit ihm einer steht!«

Unten aber, *an der Front,* er küßt ihr die zerflossne Tusche von den Lidern, *und steht dabei selber randvoll unter Wasser,* er legt beide Arme ums Trauerklößchen, er wickelt sie in seinen Duft. *Klar, sein eigener, von Kopf bis Fuß geschrubbt, daß die Zelle troff, und die Klamotten ans Fenster gehenkt und draußen einen Dauerlauf im Kreis. Bloß kein Knastgestank, wenn man ne Alte ködern will –* er hatte sie umfangen, sie schniefte ihm vertraut ins Hemd, er atmete Zucker und Zimt. *Ganz ohnmächtig im Kälbchendunst. Und IST ja ein herzbrechend süßes Mädchen, wie sie jetzt mit beiden Fäusten die Tränen aus den Augen und den Schnodder von der Nase wischt. Und die ganze Schose ihm dann auf die Schultern knallt.* Sie zieht seinen Kopf zu sich hinunter, *daß er ganz knickebeinig stehn muß, na los, geh schon in die Knie, wie dir zu Mute ist,* sie blinkt ihm vertraulich zu: "Es heißt, daß man sich eigne Eltern suchen soll, wenn die leibhaftigen zu eng geraten sind? Sagt doch irgendeiner, oder? Damit man sich versöhnen lernt."

VerSÖHNen! Und so ein blöde frommer Wimpernschlag; den Stöwer hebt's hoch aus der Hocke, bugsiert ihn zurück in seinen Stuhl.

Doch die Alte WILL, daß er verschwinden soll? Sah ihm zu, wie er sich niederließ, fern hinterm Zaun, so fremd und anders. Anders schön. Prachtvoll dumm in seiner asozialen Pose, fordernd, als wenn er ein Naturrecht dazu hätte: "Wo warst du, was hast du gesehn!"

So - resignativ, so arglos? ihre Antwort: "Ich war auf dem Kiez."

Sie bohren sich die Schwerter mitten in die Kutteln.

Dann nickt er finster: "Das hab ich gewußt. In dem Moment, wo ich den Brief unwiderruflich abgegeben hatte. DU läßt dich nicht täuschen." Anerkennend, "deine Eltern sind schlau. Und klug auch, sehr klug, mein Respekt, sonst wärst du nicht -", er zuckt die Axeln, erschütternd bitter, "sonst wärst du nicht so konsequent schön, wie du eben bist."

Und erhebt sich: Tier, das versprechen darf; lächelt sie an, strahlend konsequent, hält ihr die Abschiedshand entgegen: "Bin trotzdem froh, daß ich dir begegnen konnte," und tapfer flapsig, die zuckende Lippe, "du dienst, wenn schon nicht meiner Versöhnung, so doch in JEDEM Fall meiner Läuterung."

Sie faßt seine Hand, so herrlich, so verlassen ausgestreckt, faßt zu mit einem dieser höllisch granitenen Griffe, und: Die Explosion fuhr ihnen in alle Glieder.

Hurra, in alle! Er steht! Steht wild und aufrecht vor ihr, die selig ohnmachtsvoll die grauen Sternlein schließen muß. Krampfhaft wieder aufreißt, es zieht sie hoch, Faust in Faust, die Erde bebt.

Und donnert. Ein Schlag gegen die Tür, ein Luftzug, quäkend ein Ruf: "Besuchszeit zu

Ende, beeilen Sie sich, die Nächsten warten schon."

Den beiden springt der Aberwitz aus jedem Knopploch. "Was jetzt!" Vollkommen aufgelöst, der Held. So ratlos, hilflos aufgelöst - *und jedem lächerlich sichtbar: Sein Riesenhammer in der engen Jeans –* sie wirft ihm die Arme um den Hals, sie röcheln einmal gemeinsam auf, dann jagte sie, fliegender Zopf, in langen schwarzen Sprüngen den Flur hinab, davon.

Der Stöwer aber – Ne Dauererektion und merkts nicht mal. Absolut nix merkt er. Unansprechbar, der Wahnsinn, jeder weicht zurück. Steht, geht, steht. In der Zelle, und weiß nicht wie, nicht was. Nicht ja, nicht nein. Und kann nix TUN. Gar nix. Liegt auf der Pritsche: nur noch beschäftigt mit Ächzen.

Und Katharina war hinausgeschossen, das PVC brannte, weg, bloß weg hier!, man ließ sie passieren, beklommen und ohne jeden Widerstand. "Du, Hinner, hats etwa doch geknallt, bei den beiden? Die galoppiert, als wenn sie angestochen wär."

Bald galoppierte sie nicht mehr. Durchs Tor, übern Platz, um die Ecke; sie zerrte am Kragen ihres Hemdes. Luft, Luft. Sie schwankt unterm Zentnergewicht seiner Ratlosigkeit: "Was jetzt!"

Was jetzt? Sie muß sich am nächsten zerlumpten Kastanienbaum halten, so rasend schnell dreht sich das All. Atmen, ganz ruhig atmen, ein aus, ein aus. Atman gleich Bratman, om adi, om.

Dann hatte sie ihr Ich soweit gekräftigt, daß sie es hundert Meter weiter schleppen konnte, dort steht ne Bank. Ein fimschiges Pärklein, allerdings mit gluckerndem Gewässer, sie läßt sich stürzen, im Gleitflug hinab mit dem Möwengekreisch. Bald lag sie ausgestreckt, jappend in den dicken grauen Himmel. Wie Er stand, wie Er saß, wie Er kniete, wie Er stand, wie Er röchelte, und wie Er ging. Wie Er schaute: ER. Wasn ungeheures, wasn loderndes Wort. ER. Sie wälzt sich auf dem Scheiterhaufen. Und völlig unentrinnbar Sein rührendes: "Was jetzt."

Schreiben. Sofort schreiben. Sie packte sich am Schlaffittchen, rüttelte sich mit aller Macht zurecht, auf die Füße, langbeinig zur S-Bahn hetzen. Die nächste Ansichtskarte, Hamburger Hafen, Tor zur neuen Welt, darauf in großen Steinmetzbuchstaben: "Du kannst dir nicht verloren gehen, hab keine Angst. Ich komme wieder. Katharina." Marke drauf, erleichtert klappert der Briefkasten. Morgen schon - Morgen.

Mit urgründigem Schnaufer, ganz plötzlich beruhigt, war sie die Treppen zur Bahn hinaufgestiefelt, hielt sich der s-taifen Brise hin; laß mich ein Kind von Nordlands Stürmen heißen, was kann mir schon passieren. Und wenn die Erde bebt, dann muß ich eben fliegen lernen. Punktum.

So war sie zurückgerattert (erster Klasse), umsponnen von abendlichen Schatten doch ohne Furcht vor Explosionen; ihr Lämplein brennt in Ewigkeit, grade schon bei Tag.

Und sie zählte seine wunderlieblich langen Wimpern, küßte mit Andacht seine herrlich hohen Wangenknochen, Augenbogenbau, und immer wieder den kühn geschwungnen Schmerzensmund. Mein Geliebter ist ein springender Hirsch und eine strömende Quelle.

Aus der sie jetzt mit tausend Freuden trinkt. Basta.

Wie sie dann die Wedeler Bahnhofstraße entlanggeeilt war, leuchtend berauscht vom eignen Willen, - so weit man am Freitagnachmittag auf der Bahnhofstraße eilen kann.

Hastig nach dem Krieg für dreißigtausend Menschenstücke rote Backsteinschachteln aus dem Marschboden gestampft, rangeklext an den schäbigen, heimelig unbedeutenden Marktflekken, in dem noch Katharinas Vater aufgewachsen ist, und alle dreißigtausend schieben, drängeln, drücken; Feierabend, grapschen Sie meine Herrschaften, grapschen Sie, sonst grapscht ein anderer an Ihrer Stelle. Jeans und Turnschuh, blaue Hemden; tausendfach, millionenfach, unendlich viele? "Guten Tag, Frau Lichtenstein, guten Tag." (Ihr Bild war schon mehrmals im Wedeler Stadt-Anzeiger erschienen, das wissen die Leute hier zu schätzen.)

Sie grinst sich vorwärts durchs Getümmel, nickt blindlings nach rechts und nach links, bloß schnell um die - ; stops, turns, and looks down: auf dem Pflaster vor Karstadt, zwischen Fahrradständern mitten im Gewühle, ein bunter Teppich ausgebreitet. Weißer Schleier sie, blauer Turban er, das Kinderpaar.

Im Schneidersitz und flöten. Geld her, Geld her, oder ich fall um. Erfindungsreich zwei Papierschlangen an die Piepen gebunden, gierig lauert die Schatztruhe.

Eben wirft eine ältere Dame, gerührten Blicks, nen Fünfziger rein, "süüüß, Ihr seid wohl zwei Orientalen?" Lisa dankt artig, Stefan neigt würdig den Turban, flux sackt er die Münze ein: "Sonst denken die Leute, wir hätten schon genug."

Ob er nicht doch der Sproß jenes Allgäuer Wanderpoeten ist: "am Morgen, wenn der Tagesriese auflacht in den Wolken?" Stefans bauernschlau standfeste Statur (für die Anne dem unbekannten Erzeuger schon zu often Malen dankbar war, immer gesund), "diese herrlich klar gezeichnete Augenpartie im brachycephalen Gesichtel, und der berückende Genießermund -" Katharina grient in vergnüglicher Erinnerung; auch einer, wasn hinreißend unwirklicher, orgiastisch unrealistischer Charakter, dieser Mann: Liebesgedichte, immer auf der Durchreise.

Und ein Gedicht, hoffentlich in langen Unterhosen!, sitzt auf dem Bürgersteig, wiegt beschwörend märchenbunte Gewänder; der Goldregen prasselt. Auch Katharina nestelt, ein plattgefahrner Flaschenöffner plumpst ins Kästchen, Elisabeth schnappt zu: "? KATHARINA!"

Zweifacher Hochsprung, der Lisas Schlange fast den Schwanz gekostet hätte, "weißt du, wieviel wir schon haben!" Stefan langt mit stolzer Hand in die Kaftantasche, die zweite muß auch hinterher, der Überfluß ist kaum zu fassen: "Achtzehn Mark fünfundsiebzig!" Und stämmig zur Altvorderen hinauf, "nur in ner halben Stunde. Verdienst DU mit deiner Madonna auch so viel? Na siehste!" Stefan, Ernährer der Familie. Diszipliniert zupft er die Genossin am Ärmel, die unter ihrem Schleier - die Tochter des Sonnengottes ist nix dagegen! "Super siehste aus, wenn du willst -" Lisa hüpft, "au ja, SO mußt du uns zeichnen! Fürs Album, unser erster Arbeitstag! Stefan -" Der streng und rechnerisch, "jetzt aber nicht, Lisa, is schon halb sechs. Ich will noch was verdienen." Und befiehlt der Ollen abzudampfen, "wenn DU dabei bist, kriegen wir nix. Da denken die Leute, wir flöten hier nur zum Spaß." Die Freundin erläutert verbindlich, "wir wolln uns nämlich ein Tonband kaufen, Katja, wir machen Schulfunk, wie Anne. Über Frösche."

"Sehr vernünftig", auch Katharina entrichtete sofort zwei D-Mark, dann marschierte sie, doppelt erquickt und gestärkt, nach Hause. Die beruhigende Gewißheit im Rücken, Geld her, Geld her, auch die werden sich durchschlagen können.

Genau wie ich! Anne und Reinhard!

Anne und Reinhard, die waren schon vor einer halben Stunde, ganz zufällig, in der Küche aufeinandergestoßen, "hast du auch son Durst?"

Jetzt saßen sie beim Tee, plauderten wohlbeherrscht von Nebensächlichem, wie drollig die Kinder, wie gut die sich immer gegenseitig inspirieren. Sie lobhudelten sich und einander so lange der Vorrat an pädagogischem Getön nur reicht und äugten immer häufiger zur Küchenuhr, fürchteten je länger je mehr "das Schlimmste".

Als endlich die Tür aufsprang, EIN Späh: In Katharinas Glanz erblaßten die beiden sofort. Hoffungslos. Alles entschieden. Ein Zuhälter im Haus, auf sicher.

Wie diktatorisch entsetzt die Zwei ihre Glotzer aufreißen, genauso diktatorisch entsetzt wie befürchtet. Trotzig wirft Katharina den Schwanz ins Genick, stampft heftig mit dem weichen Stiefel auf, kehrtum, und ab nach oben.

Das Ehepaar Meister sitzt starr. Gescheitert. Die Unvernunft am Busen hochgezüchtet, Hybris. Jetzt schnappt sie nach dem Hirn.

Sie stieren einander an, Niederlage?, dann schüttelt Anne gewaltsam kathegorisch das Adlerhaupt: "Katharina nicht, Reinhard, entweder sie krempelt den Zuhälter um oder -" beruhigend großmächtiges Axelzucken. Ex und hopp. "Ihre Arbeit. Ins Metzen läßt sie sich von keiner noch so unordentlichen Liebe reinmanipulieren," beschwörend, sich und ihn (bei kiexender Stimme), "bestimmt nicht, Reinhard!" Und drückt den zerknirschten Erzieher aufmunternd ans einst so hübsche Schlüsselbein, "Und außerdem, fürs erste sitzt er noch," zum Glück.

Dann spurtet sie: der Freiheit zu Hilfe.

Reinhard deckte derweil mit klappernden Händen den Abendbrottisch und schaudernd fiel ihm der Satz aufs Herz: Sie mußte fallen. Die Natur war es gewissermaßen sich selber schuldig - haben wir sie doch zu sehr - verwöhnt? Alkibiades mit nachschleppendem Mantel? Da mußte er aufs Klo. Der Sterbensblick seiner Mutter drehte ihm (und nicht zum ersten Mal) den Magen um. Schlecht behütet das Vermächtnis; in den Klauen eines Frauenhändlers.

Anne oben - leise war sie ins dämmernde Atelier geschlichen, schon stirnt der Himmel überm Glasdach, ein Lämpchen schummert am behäbig breiten blauen Sofa, Stifte, Zeichnungen und Skizzen auf Holzboden und Zeichenbrettern (zwei davon in Kinderhöhe). Anne, die schon zur Kemenate weitereilen wollte, stockt, bückt sich nieder, im Zwielicht ein Fetzchen Papier, eine kleine Kritzelzeichnung. Ein Blick: sie schleifte sich zur Lampe, ließ sich schwer und ältlich nieder. So also sieht Er aus.

Der altmodische Typus: Verbrecher aus Schwermut.

Besiegelt. Ein unwiderstehliches Modell.

Sie richtet sich seufzend auf, trotz Yoga, faßt sich ans Kreuz. Pliert wieder auf das Zettelchen, sie kennt Katharinas Treffsicherheit zur Genüge: vom schönen Schein der Finsternis geschlagen.

Und haut sich an den Schädel, Hornochse, ich! Ich selber - wie konnt ich die allbekannte VerbrecherAnalogie nur aus dem Auge - weil die meisten drinnen ganz banale Murkelmännlein sind? Dabei, schon Ritter, die Warnung war deutlich genug, ein sonderlicher unter anderen! Sie beschimpfte sich ausgiebig und pflichtbewußt.

Bis sie beim andrerseits gelandet war, irgendwann mußte es schließlich mal geschehn. Nur daß es grade so einer - GRADE so einer.

Am Ende, wohlgetrimmt stoisch in mühevollen, langen Jahren, machen Sie das Beste aus dem Schlechtesten, vertieft sie sich erneut ins verführerisch todbetrübte Geschau des potentiellen Schwiegersohns. Und grade als ihr die ersten Etiketten beifallen wollten, à la schwarzer Engel und so, legten sich von hinten, ganz behutsam, zwei reckenhafte Arme um ihre klapprige Gestalt, kitzlig umschmeicheln wohlbekannte Locken ihr grämlich vorausschauendes Gemüt: "Du siehst es doch ein, Anne, stimmt's?" Anne mürrisch: "Ja, seh ich. Die Herausforderung ist schon gar zu verlockend groß. Auch im Hochmittelalter gab's Bußerlaß in solch verhexten Fällen, wegen des unfrei-getriebenen Willens, you know."

Mit einem rüden Ruck richtet Katharina sich auf, Anne greift sofort reuig nach ihrer Faust, "nicht schmollen, Käthchen, aber du mußt verstehn, es ist halt auch ein irrer Streß für uns." Aber Katharina öffnet nicht verständnisvoll die Finger; markig, wie auf der Rückfahrt eingeübt, spricht sie die traditionellen Worte: "ich kann mich nicht von euren Befürchtungen erpressen und verwirren lassen, Anne, und wenn sie, von EUREM Standpunkt aus, noch so sehr berechtigt sind." Sie entreißt der Kleinkarierten ihren Arm, schwenkt ihn durchs Zimmer, daß die

Zettel stieben : "Wenn ihr nicht ertragen könnt, wie ich mich selbst erleben muß, dann zieh ich besser aus. Morgen noch."

Die Freiheitsstatue persönlich, und die Meistererzieherin klatscht melancholisch Beifall. Wie sie die Segel bläht, nein, DIE: Kein Mann vermag sie umzuschmeißen. Erst recht kein Loddl. Anne hob längst schon abbittend beide Hände. "Käthchen, verzeih, ich sehs's ja wirklich ein. Grade, weil ichs SO sehr einsehn muß - Ganz in Wahrheit! Er IST umwerfend schön." Katharina grollend, "umwerfend! Als wenn ich eine wäre, um die ihr jemals bibbern müßt! Ihr kennt mich doch. Ihr müßtet wissen, daß ICH immer nur das Wirkliche will, MEIN Möglichstes, Anne!" So gradeaus sausten die Locken, Anne jubelte ihr vehement und lange zu, positive Verstärkung für die Heldenpose, recht so, stimmt; Du, die Herrlichste von allen, genauso solls auch sein und bleiben. Plötzlich aber, auf einmal ganz kläglich, greift sie ans flattrige Herz, "du sagtest: ausziehen?" Und mit sehr armem Haspelstimmchen nuschelt sie: "Ich mag gar nicht mehr leben ohne deinen Knüpfelschall".

Endlich. Das gute Käthchen wurde weich, Schluß mit der Großmacht. Umhalsterte stürmisch die gebrechliche Gestalt, plazierte einen inbrünstigen Kuß auf Annes schon vereinsamte Stirn, "ich mag doch auch nicht gerne leben ohne deine Besserwisserei. Grade jetzt nicht, Ännchen."

Und dann machten sie einige längere (handvolle) Unterscheidungs- und Ergänzungsübungen, die leptosome Form und die athletische, jegliche in ihrer andren Art.

Und also wiedergefunden, "immer werden wir uns wiederfinden," (die Männer gehn, die Freundin bleibt), waren die Frauen ins "Beratungszimmer" gewischt, bevor die Kinder unten hungrig brüllen, der Tee wartet schon auf sie.

Ein Zimmer der Übersicht und Ordnung. Sehr langgestreckter, schwebender, luftiger Raum in Taubenblau, Weiß und pudrigem Orange, wenige grade Möbel, dafür mächtig wuchernde Pflanzen vor allen vier Fenstern. Links das eiserne Bücherregal, mäßig nur mit Lieblingen gefüllt, zwei hohe, blaubespannte Plaudersessel, davor die gemaserte Marmorablage (aus einem zerbrochenen Epitaph geschliffen, Martinus Luedecke, Anno 1678). Traulich leuchtet der Kandelaber aus poliertem Schrott über dem weißlackierten Holzboden, dem großen, runden Teppich, türkis in wasserblau, zum Wälzen und zum Spintisieren.

Rechts die im Notfall auf seriös aufmotzbare Ecke. Weiße bewegliche Lederpolster mit orangen Sprenkeln, nach Bedarf (für Galeristen und andre zu beeindruckende Leute) zackige rauhe Fjorde, auf denen jeder ganz für sich und aufrecht balancieren muß, heute zusammengeschoben zu einem breiten Sandstrand. Alle Viere von dir strecken, fläzen, flegeln, Tee trinken; weit oben, erholsam ferne an der Decke, bammelt jedes knifflige Trotzdem, Obwohl und Dennoch.

"Erzähle. Was war." Bald kringelte es rot in Annes Schoß.

"Sein Mund, Anne, es ist sein Mund. Metaphysisch gradezu. Wie ne Prüfung irgendwie, ob ich tatsächlich das Recht hab, an mich zu glauben. Verstehst du."

Theoretisch ja, praktisch allerdings? Katharina großartig unbesorgt, Hauptsache das Theoretische ist in Ordnung, dann findet sich das Praktische ganz von allein. Zum Beispiel, daß Anne mit Abteilungsleiter Jensch mal sprechen muß. "Du kennst diese Leute, du kannst sie überlisten, daß sie uns keine

Schwierigkeiten machen. Du weißt, die glauben nicht an die umwälzende Kraft der -" Ach, Liebe. Und nichts ist mehr, wies vorher war. Katharina seufzte wonnig, "Seine Hände, ich sag dir, Seine Hände."

Wurschtelte auch gleich das Skizzenblöckchen aus der Hosentasche, ein paar Striche, in gotischer Melancholie hängt übern Sesselrand -. Nicht zum Sagen, nur zum Schauen. Tristanische Sehnsucht, oh. Ergeben leistete Anne der Freundin die leidig notwendigen Brangänedienste. Harald ohnegleichen, der wundersame Mann. Standhaft unterdrückte sie jede vorschnellende Frage nach der Zusammensetzung des Liebesgebräus (was wars, abgesehn vom Mund, von dem man nicht absehen darf, wodurch hat er dich gegen deinen Vorsatz kleingekriegt), pirschte sich dabei psychologisch horchend immer näher.

Von schöner Trauer zu schöner Verzweiflung, von schöner Verzweiflung zur tapferen Entsagung, endlich bis zum explosiven Händedruck. Da sprang erneut der Schreck in Käthchen hoch.

Und auf Anne über. Also doch: Macht. Machtkampf im Bett, der allerschlimmste Abgrund steht ins Haus.

Ganz krüppelig fragt sie in ihren Schoß, "Und du, Katharina?"

Langes Schweigen, dann murmelts aus wirrem Geschlängel: "Ich werde Tantra machen, gleich heute nacht." Und setzt sich auf, spricht zuverlässig altklug (Anne kann ein erleichtertes Gächzn nicht unterdrücken, Katja: endlich wieder signum naturale des liberi arbitrii): "Wenn ich seiner Lust am Dämonischen Gewalt über mich gebe, dann ist gleich zu Anfang alles aus. Dann habt ihr Recht mit eurer Angst. Aber -" entschlossen hebt sie das Löwenhaupt, lächelt der Kumpanin gradezu übermütig in die Sorgen, "ich will nicht! Nicht, daß es aus ist, Anne, deshalb -"

Nix Dämon: Tantra, die östlich weise Kunst der zähmbaren Extase, die Kunst der nach dem goldnen Schnitt geformten Lust; Anne Ratgeberin schnauft beruhigter. Die Möse als Tor zur Erleuchtung. Das haut jeden Loddl um.

Stimmt, macht ihn zum Impotenzler. Schöne Grüße, dein heiliger Wallach. Wenn DAS dein Heldenideal is, Leonore –

Nachts lag Katharina dann im Bett, kämpfend mit dem Dämon, in vorschriftsmäßig dem All geöffneter Haltung. Mein Machtgebet und auch mein Sterngemahl. Fußsohle an Fußsohle, sie ließ die Hände kreisen und ihre Energien fließen.

Harald der Zärtliche, Harald, der Sanfte, auch Harald, der Wilde, Küsse überall, om, om - doch sobald sein Raubtierblick sie droht zu überwältigen, brutale Dominanz -: Hände weg vom Liebesknoten; Om, adi om.

Bis sie endlich, nach dem dritten Anlauf, jede Gier ganz undämonisch sausen lassen kann, in alle Welten, ich und du.

Lange hielt sie sich in beiden Händen, tauschte Koseworte mit der Ewigkeit, dann rollte sie sich zur Seite, deckte sich fürsorglich zu, umarmte ihr Kissen. Das üb ich jetzt täglich. Alles wird gut, wir können einander nicht verloren gehn.

Amen. Der Stöwer aber, nach einer Nacht – dem ärgsten Feind nicht sone Nacht. Gefangener nie. Keuchend auf der Pritsche, ein schlappes Bündel, ein Menschendreck, ins schrumplich winzje Ego reingestaucht. Daß selbst der Beamte Mitleid spürte: wenn das keine Reue is.

Wie kam dann der Blaumann angerannt, freudig gradezu, als er die Postkarte gelesen hatte! Ich komme wieder, Katharina. »Hier, Stöwer, ne Karte von Ihr!« Und der entblödet sich nicht, der Stöwer, seine Sklaverei zu demonstrieren, schnappte, kiekte, strahlte. Und bettelte. Bitte zum Telefon, ein ganz klitzekleines, bitte unbelauschtes Telefongespräch.

Und dann schrillte Annes Stimme übern Hof, "Katharina, Telefon! Harald Stöwer!"

Die flitzte, daß die Schrotten spritzten, "ja, ich bins", und ringt nach Luft, Sein Bariton: "vielleicht möcht ich mich doch versöhnen lernen Katharina. Mit dir." Atemverschlagende Pause, dann lacht sie auf, "ich freu mich, ich freu mich riesig! Ganz wahnsinnig freu ich mich. Es lebt sich einfach -"

Gesünder, verstehst du? Friedhelm?

8

Erbärmlich, wie unser Lörchen bibberte, als Klause dann, Versöhnungsporno unterm Hemde, den Götterboten machte; vom lustmordenen Yogi zur ewig schwellenden Tantrice. »Es lebt sich einfach: gesünder, verstehst du, Friedhelm?«

Gesünder. Wir hatten ja dringend abgeraten von diesem Wort, wer läßt sich schon gern seine Krankheit amputieren, Kastration von der Persönlichkeit. Ein großes Aua macht auch einen großen Mann, Leonore!

Die aber, wenn auch flackernd, trotzdem unbeirrbar. Wirft anmaßend den Bubikopf ins kleine Genick, schwenkt sämtliche dämlichen Scheuklappen vors Kullerauge. »MEINE Liebe: Verführung zur heilenden Selbstliebe. Sagt schon –« Fritze, der Grandioseste der Kranken.

Und wir, die eigentlichen Urheber dieser Selbstliebe, ohne uns hättsde den Gesell ja nie gesehn!, wir kriegen die Schnauze verboten. Das Ganze ist eine metafüsische Begegnung – zwischen Vernunft und Wille, im Heiljen Geist des Egoismus – von der wir Banausen im Fleische nix ahnden können.

Und auch der Gesell schwebte derart abgehoben durch den Bunker, göttliche Funken ums ruppige Ganovenhaupt – zum Piepen. Daß unser abgewelktes Lörchen –

Die beschmachtete das Telefon. (Die Nachbarn inzwischen fanatisierte Atheisten, und Fluch sei dem Kunstwerk im Zeitalter der Reproduzierbarkeit. Von morgens bis abends kantatet es emsig.)

Bis sich der Fernsprechdienst erbarmete, natürlich, Er.

Ein rauhes »Komm.« Und Leonore simpel »ja«. »Am Samstag im allgemeinen Besucherraum.« »Gut, ich bin da«. »In Ordnung, bis dann.« »Bis –« »Noch eins, ich hab mir ein paar Urlaubstage zusätzlich beschafft. Vielleicht kannst du mir helfen. Wohnungssuche oder so. Also, Liebe, bis dann.« Und weg war Seine unerklärlich wundersame Stimme.

Wohnungssuche, Liebe, oder so; Leonore wälzte sich zwischen Oder und Oder. Rannte auch mehrmals den Hundekackstrand rauf und runter, immer im selben Rhythmus; er kommt raus, oh Schreck, was dann. In Wirklichkeit, was dann. Schwesternschaft? Sie stampfte durch den Sand, schaufelte sich durch Gebirge von anstürmenden Wenns und Abers, daß die Gehirnwindungen bluteten, Richard, mein sü-, jagte mit IHM, hoch in den Lüften, der wilde Jäger, davon. Und das Leben sauste, saust, wird sausen, daß sie mitm Notieren gar nicht mehr hinterherstolpern kann.

An dieser Stelle ihrer Reflexionen schlug sie nieder, leiblich, auf die Erde. Ein Weidenstrauch hat ihr ein Bein gestellt. Nun lag sie da im feuchten Dreck (um diese Zeit, 12 Uhr im Niesel, kein Hund unterwegs), sie ließ sich liegen, wie sie fiel, zum Glück kein Schiß an dieser Stelle. Und dankte noch der Schwester Weide: ja, Friedhelm, ja, wir müssen uns geschehen lassen.

Mit dieser (faulen?) Weisheit beladen, war sie nach Haus zurückgestiefelt, nahm das Geschehen in die Hand.

Das heißt den Telefonhörer. Allzeit bereit, für ALLE Möglichkeiten: notwendig ist ein Unterschlupf. Als Ort der metafüsischen Begegnung.

Allerdings – Adelheid Wegners unverholen füsisches Grinsen rotzig durch die lange Leitung: »Ach so? Für ein resozialisierendes Freundschaftswochenende? Doch niemand andrer soll in der Wohnung sein? Weiß Richard davon? Ach so, aus Schonung, er würde sich unnötig sorgen? Richard wegen eines Räubers. Nanu.« (Adelheid, Studentin von Kunst und Kultur, die hoch hinaus will und Leonore das Recht auf die beiden Bändchen in einem renommierteren Kleinstverlag abspricht: Leonore Füxle, Hausfrau ohne den allergeringsten Anflug von eigner Biographie? Keine Zeile lohnt sichs von so einer zu lesen.) Weshalb das Mädel, pflichtbewußte Mäzenatin, auch sofort bereit war, ihre Wohnung rauszurücken (als Räuberin, als Hure, am Ende dann im Knast verlassen: Vielleicht wird doch noch mal was aus der Füxle), »wann immer ihr sie brauchen werdet. Klar, hab ich verstanden, für wen hältst du mich denn. Romanmaterial, naturgemäß, nix anderes.«

Was ne spinnenbeinige, gemeine Profanisierung.

Lange war Leonore genötigt gewesen – die Liebe erträgt alles – sich im Takt zum Kreuzstab auf dem Teppich rumzuschmeißen, bis endlich erneut, nach dem dritten Plattendurchgang, die sichere Gewißheit den ganzen Raum erfüllete, ich kann dich nicht verlassen noch versäumen. Und das gilt für Alle.

Für Richard schließlich auch, wenn er um fünf Uhr kommen wird.

Und dann bereitete sie sich vor auf ihre Gattenpflicht; nach dem Muster Katharinas.

Auf der Denkschlafpritsche ausgespreitet, die Tintenfinger am Tor zur Erleuchtung, in dir und um dir, und um dich herum. Doch hinter den Lidern nix heilige Liebe; röchelnde (gesichtslose) Chimären, zeix uns, zeix uns; keine Extravaganz, die ausgeschlossen wäre, alles anerkannt auf dem Pfad zur Ewigkeit, die Perversion kann nur überwunden werden durch sich selbst –

kein Rechtfertigungsgequatsche, klar ist unser Lörchen Exi, das wußten wir vom ersten Blick an, die ganze große, weite Männerwelt glotzt gierig zu. Und durchaus mit Vergnügen. Wenn nur nicht die Hämorrhoiden wärn, blau und dick, wo der Gesell doch sicher auf analo steht!, die Fut als solche, für 40 Jahre, immer noch von erster Qualität, unsre Anerkennung. Rosig, gut durchblutet, hell-goldiges Gekringel und sehr milde im Geruch –

Om, ADI, OM, bevor sie außer sich geriet: stop. Der beste Rest gehört dem Ehemann.

Sie überfiel ihn dann so ausgiebig, gleich an der Tür; ehe er zur Besinnung kam, lag er schon, nackt, auf dem Boden. Und vollzog, nach dem ersten Stutzen, seine Ehe in derartig begeisternder Kenntnis ihrer sämtlichen Verborgenheiten, daß Leonore, ausschnaufend an seinem Herzschlag, nachgrade Reue anwandeln wollte; ihr war doch nicht etwa das Wörtchen »Oder« durchs Hirn geschossen vorhin? Oder? Keine zwei Meinungen; hier gibts nur EINE Möglichkeit: Und!

Zwex Aufrechterhaltung der Seelenruhe war Richard am Samstagmorgen zu einer Männerrunde Squash verabredet gewesen.

Um neun Uhr schon stand seine Frau vorm Spiegel. Dame, hatte Er nicht Dame gesagt. Im Anzug oder im Kostüm? Mit Seidenbluse ins Theater? Dabei, hat Er denn überhaupt schon mal richtig ihr Laufwerk gesehn? Diese Beine, mit denen jeder Rennstallbesitzer zwischen Pinneberg und Trakenen Ehre einlegen könnte?

Zehn Minuten vor elf (um elf will sie fahren, Einlaß aber ist erst um halb zwei), riß sie sich doch den eleganten Aufputz ab, wild rannte ihr Blick den Kleiderschrank rauf und runter, nix Lady, sie zerrte am Bügel, weinrotes, enganliegendes Samtwämschen, kurzer, schwarzer Rock. Und die gleichfalls schwarzen Läufe – wer aus mir trinkt, der wird ein Reh.

Sie warf sich einige wirkungsvoll flehende Blicke zu, während sie Damenoberbekleidung ins Schubfach stopfte (soviel Rücksicht auf den Angetrauten war ihr grade noch möglich), sie schlang um sich ihren Mantel, klösterlich grau mit Kapuze und knöchellang, dann alle Schleier übers Angesicht; Welt, zieh aus, laß Frieder ein.

Aber: Die Welt vor dem Gefängnistor. Eine andere auch als die sozialtherapeutische.

Im Regen stehn und warten. Eine Stunde und noch eine halbe Stunde, daß der Mantel schwer und kalt von den Schultern trieft, daß die Schuhe quatschen, hatschi, die Schminke läuft, die (roten) Nasen tropfen.

Frauennasen vor allem. Vorne die jungen, wüst gemalten, hinten, später, grau zerfetzt die alten. Einige wenige Männer druntergeklext, die meisten mit diesen karikaturistisch übertriebenen Gesichtszügen, immer feste druff, hart wie Diabas. Zwanzig, dreißig, vierzig, fünfzig Sozialfälle aneinandergequetscht unter Schirmen, aus vielen Poren dampfendes Parfum. Und alle so einen Ausdruck im Gesicht: Auf Leben und auf Tod. Als Erste, wie immer, schon drei Jahre lang und noch drei Jahre, ein blondes, unbeholfen plumpes Mädchen, den Geliebten, »zur Zeit leider in Haft«, per Anzeige, und der erste zuckende Blick hatte sie gezwungen, ihr Zentrum zu wechseln. Plötzlich und für alle Zeit. Ein Mann: DER Mann. Jetzt steht sie, Gangsterliebchen, jeden Samstag ab elf, bei jedem Wetter (und mit Strapsen unterm komisch kurzen Rock) oben auf der Treppe, direkt an die Panzerglastür gequetscht, trotziges Mahnmal ihrer alles duldenden Liebe.

Doch der Ganeff drinnen weiß, daß dieser heiße Film kein Happy End hat. Zu klebrig die anständige Mutter, und wenn er sich besoffen hat, mit Selbstvergorenem, dann heult er über sie und oft. Wie er sie prügeln wird aus Ekel vor der Menschheit.

Beim Besuch aber hält er sie auf seinem Schoß, beide Hände voll Dankbarkeit ins ungeschlachte Fleisch getaucht, so süß wie nie zuvor und nachher je.

Leonore im ersten Drittel eingekeilt, wo die Huren stehn; eine, kraftvoll angestrichen, gab der klappernden Gestalt Schutz unterm Schirm: »Nachher macht Er sich noch Vorwürfe, daß du krank geworden bist.« Überhaupt ne Sauerrei, und Schimpfkanonaden flogen gegen die Mauer, »nicht mal ein Warteraum für die Mütter, aber mit unsren Kindern darf mans machen.«

Unsre Kinder. Grelle Figürchen in Mickymaus-outfit, schiefe, verschlagene, geschändete, nie mehr zu sättigende Gier in fast allen diesen Marzipangesichtern, und einzig die Zigeunerrangen dürfen durch die Pfützen stampfen, daß die Soße spritzt. Leonore klammerte sich pädagogisch geschockt an den Dunkeläugigen fest, wahre Murillogestalten darunter, warum gabst du uns die tiefen Blicke, während im Rücken – zur Häßlichkeit verdammt von Anbeginn, widerlich, daß Augustinus recht behalten soll.

Dann – die spröde Stimme über ihr: »Noch eine halbe Stunde.«

Von jetzt an gibt es einzig Herzschlag. Und drängeln, quetschen, zehn Minuten vor. Leonore wird die Treppe raufgestoßen, Leib an Leib und Dunst an Dunst –? oh Schreck, Herr Siebert hinterm Glas! Wenn der nun merkt – »Was ist dir, ist dir schlecht? Du bist so ro-« Die Glastür!

»Immer nur zehn auf einmal, meine Herrschaften! Immer mit der Ruhe, bitte!« Pforte zu.

Leonore zählte die vor ihr standen, eins, zwei, drei, vier, fünf, sechs, sieben – beim dritten Mal! – eins, zwei drei, vier, bumm, bumm, bumm.

Und dann innen, vor der inneren Scheibe.

Alle Reste ihrer Position zusammenraffen, ein Scherzlein aus klammem Gebiß: »Sie sind doch hoffentlich nicht für immer hier eingeschlossen, Herr Siebert?« »Frau Füxle! Nanu! Wen wolln denn Sie – ?« »Gesell, Friedhelm Gesell.« Und äu-ßerst ex-akt artikuliert, Sein Name. Siebert, ganz unbefangen erfreut: »Sehr gut, Frau Füxle, an sich ein ganz vernünftiger Mann, wenn der jetzt rauskommt, sehr gut, daß Sie ihn ein bißchen betreuen.« Zustimmendes Lächeln, Verwunderung, »aber – kein Schlüssel nötig? Ohne Buch heute, nanu?« Leonore und schon ertappt, nuschelt etwas vom Zeitunglesen in der Bahn.

Und haspelte dann den sehr bekannten Pfad entlang, im Verein mit neun anderen Frauen, jede ganz mit sich allein; ein-zig-Er, ein-zig-Er holpern hastig die durchweichten Stöckelschuh, wackelt gekrümmt der Steiß hinterdrein.

Gehen, Stolpern, Treppe hoch, summen, stemmen, drinnen. Der nie vertraut werdende Gestank. Mühsam bändigte Leonore ihre davonpreschenden Füße, sie vergewaltigte sich zu betreuerischem Schreiten, zähmte ihren Herzschlag auf Tantra komm raus und langte doch so bläßlich an der vorletzten Barriere an (zwei quergestellte Tische, dahinter, Antreten zur Leibesvisitation): »Oh, Frau Füxle, sogar am Wochenende hier? Wie elend Sie aussehn, Sie sind ja ganz naß!« Die besorgte Stimme der Beamtin, blonde Biedernis, sie winkt die Feine behutsam in ein Zimmer.

Dort allerdings, der graue Grus in den Manteltaschen, das überquellende Tempotuch, und als die Kutte fiel, die Therapeutin plötzlich in Minirock und hautengem Samt.

?? Ein Blitz, dann fuhren Hände Leonores Strumpfhosen entlang, über die Brust und unter die verschwitzten Achselhöhlen. Frau Füxle stand, duldete, eine schlangendünne Un?-Schuldige? »Wen besuchen Sie denn? Ach, Friedhelm Gesell? Ist der nicht schon in der Urlaubsregelung?«

Leonore trotzig (besonders wegen der Transpiration, die man, Revlon sei Dank! noch nicht riecht), »ja, und ich helfe ihm bei der Wohnungssuche.«

»Ach soo«, zögernd hatte die Wächterin die Tentakel eingezogen, zögernd sich zurückverwandelt in eine Untergebene, erinnerte sie sich, der Füxle ihr Mann, stimmt ja, Knastlehrer, is der nicht sogar Doktor? – Leonore half der Irritierten hastig bei der Rückeroberung der Weltordnung, wies spöttisch verzerrt auf ihr Schöngemachtes, »mein Mann erwartet mich nachher, wir sind eingeladen.« Na endlich. Der blonde Busen hebt sich, die Erde steht für ein Momentchen wieder rechtwinklig, bei Künstlers eingeladen, bestimmt. Und räumte entschuldigend den Weg: »Sie wissen ja, wir tun nur unsre Pflicht.«

Jetzt aber. Die breite Treppe hoch zum ersten Stock. Schritt vor Schritt und dumm, dumm, dumm. Leonore ist gezwungen, das kalte, klebrige Messinggeländer zu benutzen.

Oben, weit oben, zwei blaue Schemen, blind streckt sie den Zettel mit Seinem Namen hin: Gesell. Friedhelm, Frieder, Frieder, Friedhelm, du und ich.

Und stieren auf die Eisentür, der Käfig dahinter, Schatten, Sein Name, brüllend »Herr Gesell.«

Und dann: Sein Wolfstrab.

Er. Totenbleich, er. Er und sie. Beide. Da nützt kein zivilisiertes Händereichen, kein beiläufiges (geborstenes) »Tachchen«, kein lässiges Geschlendere in den Besuchersaal; so auffällig totenbleich: »Die wolln wir mal im Auge behalten, diese beiden. Sehn nicht ganz koscher aus, Kollege.«

Die aber, die beiden, nicht in der Lage, *beziehungsweise nicht willens,* sich zu verbergen. Gleich der erste nächste Tisch, direkt im Sichtfeld der Beamten. *Dös is mei Hur!* Der Welt abhanden, unsichtbar. Finsternisse und sonst gar nichts.

Dabei umschwirrt – *die Kirche. Hell, große Fenster, irgendwas Neo-neo. Jetzt, ein billiges Ausflugslokal fürs humane Pöbelwochenende. Abspritzen unter Rock und Hose ist erlaubt. Vierertische, links eine Theke, nirgends bekommt man so gute Würstchen wie im Knast, kein Spruch.*

»Elendsgestalten«? Kraftsport und Sonnenbraten, die Barbiepuppen ausm Fitnesscenter, nur wenn unsereiner den Mund aufmacht – Zahnlücken wie in Arabien. Und tätowiert – Zuhälter könnte Leonore einige ins Visier nehmen, wenn sie eben nur könnte. Turnschuh, Jogginghose, von der teuersten, glitzernden Art, ob drinnen, ob draußen, die Hühner sind fleissig. Und ein Gang, gewaltig starker Tritte, berstend von Saft, was zum Ficken ham diese Muskelmänner überall. Doch oben drauf, oh weh, die Stirne. Hallo, Leonore! Unaufklärbar äffisch, Lörchen, anders als bei deinem apollinischen Harry, he, schau dich um!

Die aber, die, und das will ne Schriftstellerin sein!, Material von allen Seiten, und die blickt einzig in ihr Innres still hinab. Die Welt ist leer, nur Er.

Ich, Otto, hab diese dümmliche Szene ja am besten spannen müssen. Saß drei Schritte weiter mit meiner Geschiedenen, die mich regelmäßig besucht; Leonore hat mich nicht erkannt. Ach was, nicht mal gesehn. Und er – boten nen derartig hochpathetischen Anblick – Erwachsne Leute, Grauschimmel und schlimmer als ein keusch verklemmtes Teenypaar. Nicht mal Händchenhalten, nix als fickrige Blicke, vorsprachlich. Worte: Schleier der Maya, dahinter aber – Der leibhaftige, fleischgewordne Kitsch, daß die sich nicht entblöden – Endlich, der Gesell. Aber nein, legt seine Hand über ihre Glotzerchen: »sieh mich nich so an, ich könnte süchtig werden nach deinen Blicken, für mein ganzes Leben lang.« Jesses, die große Oper. Willst du, auf Leben und auf Tod – da haste keine Geschiedene mehr, die dich jeden dritten Samstag besucht, hörst du, Gesell!

Hörte er? Er griff dann doch zum Schleier, verhüllte sich mit Worten: »Du darfst mir nichts mehr von dir schicken. Nie mehr will ich von dir was lesen. Deine Anweisungen sind mir einfach zu präzise. Verstehst du?« Und als ihr, besänftigend mit einem Schlag, die Scham ins Gesicht fuhr, griff er doch nach ihren kalten Zitterzweigen, eindringlich sanft, »ich will TUN, verstehst du? TUN! Dir reicht die Musik, ich aber, ich will Wirklichkeit!« *Und wieder röchelten sie einander dramatisch in die kalkweißen Faltenwürfe, unendliche Wollust des unwirklichen Vorspiels, und so an allen Tischen rundherum. Kein Hindernis, das derart aberwitzig die Geilheit zu steigern vermag wie der Knast. Hände grabbeln, Mäuler sabbeln, Porno wohin das Auge schweift, das Auge der Ganovenbrut, die berühmten Kinderaugen, denen nie ein Mensch irgendwas erklären kann, wieselnd um die Knutschenden, und am grausligsten die abgewrackten Mütter mittendrin, warum hast du mir das angetan, ich hab doch immer nur mein Bestes gewollt, Bubi.*

Leonore! Augen auf!

Die aber –, nach einigen tiefen Atemzügen, om, om, leise und verheißungsvoll: »Ich hab eine Unterkunft für uns beide, wann immer du willst.«

Wirklichkeit. Friedhelm schnappte zu. Nächstes Wochenende ganz allein. Trunkene Krüge Gottes; sie bezechten sich aneinander bis zur Bewußtlosigkeit. Allein. Tatsächlich miteinander allein.

Doch – wirklich? *Er war hochgefahren, plötzlich, gesträubter Schnurrbart, flammende Pfeile, und wenn er aufstünd, sich erhöbe, dann sprengte seine Ehre den ganzen Kirchenraum.*

Der Spießbürger brach aus. »Daß du deinem Mann nichts sagen willst, wenn wir uns treffen, das find ich feige und verlogen. Willst dir ein Hintertürchen aufhalten, was?« Und herrisch: »Wie soll ich denn glauben, daß du mich liebst!«

Da war das Wort heraus, sie äugte flehentlich, sie ließ die Wimpern zittern, wisperte ersterbend unter seinem Zorn, »ich müßte sonst die ganze Zeit nur an IHN denken, ich wäre nicht bei dir.«

Der aber, der Trottel, begann mit nem Prinzipienstreit, Männerehre gegen Weiberlist, verlangt allen Ernstes, sie soll die Katze im Sack koofen und ihren angestammten Alten Knall auf Phall verlassen. Ohne Ihn ein einziges Mal ausprobiert zu haben! Nur so, auf Treu und Glauben. Du sollst mich lieben, wo ich heillos Schlappschwanz bin, unter dem machts ein großer Held nicht, Leonore. Doch Sie, Rehlein ausm Zauberwald, sie blickte verloren, schaute so weh, das Abschiedsglöcklein bimmelt; die Prinzipien ließ er fallen. Doch nicht wegen Ihrer Wehwehchen, oder anders, ausschlaggebend sind, wie immer, Seine Eier. Wer angeschrumpelte Stiefmütterchen mag, ausgeflippte, gierig alternde Prinzesschen mit der Peitsche kitzeln – bitte, jedem seine Fotzi, dem Spießer zogs die Hose stramm.

Er befahl seiner Hand, daß sie sich hob und flockenleicht übers verlassene Kindleingeschau legte, »vielleicht möchte ich doch nach deinen Augen süchtig werden, für immer süchtig, grade weil du schielst.« *Und nach diesem metafüsischen Befehl – mit einem Ruck schwengelte er sich hoch. Obwohl die Besuchszeit erst in ner halben Stunde abgelaufen ist. Der Mann der Wille, jede Geste herrlich ausgefeilt, ich habs nicht nötig, mich sklavisch an die zugemessenen Sekunden zu klammern, ICH bestimme mich selbst! Und Leonore kniet in andächtiger Betrachtung.*

Nicht einmal ein Abschiedskuß, nur ein Handschlag aus der Unterwelt. Nächstes Wochenende, der erfüllte Augenblick.

Nachher aber –

Meyer, die Jungwachtel. Riß die Zelle auf, in der wir Fünfe haareraufend hin- und herrasten, brüllte hämisch rein: »Aber eure Füxle, das sag ich euch, ne Hure is nix dagegen! Den ganzen Besuch lang geknutscht, aber WIE, mit dem Gesell! Wenn ihr geglaubt habt, das wär ne Anständige – lecken!« Und derart entrüstet davongeschossen, also wenn der nicht auch n vergebliches Schleimauge auf sie – und rennt jetzt nach vorne, zeigt sie an! (Was er zum Glück nicht machte, NOCH gibt's ja keine Fakten zu melden.)

Einigermaßen bedrippelt, die Männer, das Experiment war nach hinten losgegangen? Dem Bewachungs- und Betreuungspersonal ist jeder intime Kontakt zu den Insassen untersagt. Aber wer konnte auch denken, daß sie SO unmenschlich theatralisch – die große Liebe, die mimen ja tatsächlich die vollkommene, absolute, grandiose –

Und darüber wär`s fast wieder zu ner Prügelei gekommen. Dieter, der Landsknecht gegen Otto, die Ratte. »Du hast nicht ertragen, daß die Kleine happy war mit ihrem Alten, du willst sie im Dreck sehn, du Schwein! Weil du neidisch bist, widerwärtig neidisch!« Klaus hatte hastig Leonores habituelle Jungfräulichkeit ins Spiel zu bringen gesucht und Friedhelms ImPoTänzlerei. »Brauchst dir überhaupt keine Sorgen zu machen, Dieter. Absolut nicht. Hochzeitsnacht, ohne echte Hochzeitsnacht läuft bei solchen Lörchen nix. Bevor er das nicht liefern kann, nimmt sie auch nicht die Peitsche an.« Und, darüber bestand Einigkeit, ne Hochzeitsnacht, das bringt der nicht zustande, der Friedhelm Gesell. Auf sicher nicht. »Außer –« Manni gelassen: »außer mitm Messer, und das ist wirklich ein schöner Tod, einer Dichterin würdig.«

Doch das war nur ein Trost für ihn; da gibts kein Denken, der Gesell muß ausgeschalten werden und so schnell wie irgend möglich, sonst ist sie bald weg vom Knastfenster. Lebendig oder tot. Sie grübelten besessen.

Endlich! Klaus erhob den Kennerfinger. »Ablenken, wir müssen ihre Libido zerstreuen. Aufsplittern, ja, das geht. Besonders gut bei den Nervösen. Wir brauchen einen Zweiten.« Dieter begeistert, am besten einen, der sie tüchtig bürschtet. Nicken rundum, nur – die schwierigste Bedingung. Schön muß er sein. Fieberhaft ließen sie sämtliche Insassen Parade machen, wenig, sehr wenige Möglichkeiten – mit einem Aufschrei Ekehard.

Die rettende, auf vielfache Weise rettende Idee. Ulrich Wusinski. »Wir Idioten! Warum ham wir nicht überhaupt von Anfang an –« Sie griffen sich sämtlich an den Kopf, hübsch wie Harry! »Und außerdem,« Otto wieder obenauf? »ein gutes Werk. Und leicht erreichbar. Zur Zeit wie immer in der Klapse. Jedes Jahr zur Tatzeit.« Sie jubelten allesamt: selbst ficken wäre möglich, wenn sie sich nicht allzu dämlich anstelln, der Besucherraum ohne Sichtfenster! Manni begeistert: »Und dann noch ein Mörder! Super! So recht was fürs Christengemüt. Über die den Verstand zerrüttenden Folgen der Reue.«

Sie waren höchlichst zufrieden, selbst Dieter, der nichts von Ehebruch hält, aber, die Hauptsache, einmal in der Woche Weiberfleisch, und daß der Gesell sie nicht bumsen will, ist sowieso ne Schlamperei.

So kams dann, daß grade als Leonore alpträumend zu Bette lag, (Friedhelm ist ein wilder Tiger, der den Richard frißt), das Telefon sie rettete, Klaus.

Mit eindringlich aufgeregter Stimme, du, Leonore, Notfall! Einer braucht ganz dringend mal deine Hilfe. Grade deine, Klapse, niemand so wie du, Lebensrettung, glaub mir.

Nach der ersten Enttäuschung, Friedhelm nicht dran, nicht Friedhelm – sie glaubte sofort. Psychiatrie, schon längst wollte sie mal Haus 18 von innen sehn. Fühlte sich auch mächtig wichtig, wie dringend Klaus um einzig ihren Beistand bat, und auf der Stelle, am besten noch heut. »Der hängt sich weg, Schuldgefühle, jedes Jahr zur Tatzeit, er ist gläubig, Mörder, verstehst du? Nen Postbeamten umgebracht.« Einfach anrufen, bitte gleich jetzt. Betreuerausweis reicht.

Wusinski selbst? »Den mußt du doch schon oft gesehn ham, son Großer, Schlanker, schwarze, lange Locken, Augen – richtige Tollkirschenaugen, ER kennt dich, hat uns nach dir gefragt. Dich kennen doch alle.«

Und zeichnen kann er auch: Künstler unter sich.

Sie war endgültig bezwungen. Als Richard nach Haus gekommen war, fand er sie emsig am Telefon, Rednergebärde, Sprechergewicht, in Amtsdeutsch. »Montag nachmittag, jawohl Herr Oberpfleger.«

Und gleich hatten die Eheleute (vertuschenden?) Gesprächsstoff, über die lebensbedrohlichen oder die kathartischen Folgen der Reue, auch Richard durfte endlich wieder mal Beispiele aus der Praxis einbringen. Sein Schwulenmörder, zum Exempel, der immer noch nicht daran denken will, auf sein versteinertes Recht zu verzichten. Leonore hatte freundlich ihre Zuhörerlarve aufgesetzt, und später glotzten sie in die Röhre. Im Bett, eng aneinandergeschmiegt, das Hamsterpäärchen beim Samstagskrimi. (Und heilfroh, der Mann, zutiefst einverstanden mit dem Konzept der Libidozersplitterung, das erste Mal seit Tagen ohne Kreuzstab, obwohl sie Ihn gesehn.)

Und er hütete seinen Nachtschlaf, fragte kein einziges Wort.

9

Sie aber, Leonore. Das Allheilmittel versagte, die Schreibmaschine klemmt. Katharinas und Haralds erster Kuß –: Er will nichts mehr lesen. Keine Zeile. Er will tun. (Aber was?)

Und noch sieben Tage bis zur Wirklichkeit.

Mit zappeliger Bereitschaft, hektisch ohne Takt und Maß, grapschte sie nach der gebotenen Ablenkung. Ulrich Wusinski, ein gutes Werk. Wenn auch nicht passend zum Roman, aber wer weiß was sonst rausspringt.

Ja, es kribbelte. So leidend die mitternächtlichen Eulenzüge auch der Menschheit gedachten, es kribbelt gewaltig. Psychiatrie. Von der U-Bahnstation die lange, breit befahrene Straße entlang, immer geführt von der Mauer, bis hin vors Eingangstor kribbelt es. Jahrmarktsattraktion, Irre im Gitterkäfig, luchtern gegen Eintrittsgeld. Ich danke dir, oh Herr, daß ich nicht –

Sie wars aber dann doch selbst. Panisch, wie im Schlaf. Grade, weil dahinter alles so betont harmlos aussieht. Im weiten, wohlgezirkelten Park (Gartenarbeit heilt die Seele) Bild an Bildchen, Bäume, Rasen, späte Blumenbeete und penibel geharkte Schlängelwege, die führen nach Hause, ins: Heim.

Heim, Kinderheim. Da wars, plötzlich, mit einem Bauchschlag. Leonore krümmt sich; genau diegleiche stattlich verträumte Villa, scheinheilig milde im Oktoberlicht. Drinnen aber – Vier Jahre alt, Leonore im Kindergefängnis. Sechs Monate ohne Bewährung. Und immer den kleinen, verkümmerten Bruder im Visier: Mutter tot, Vater weg, in sich selbst verloren. Niemand, der dich sieht, einzig der in einer andren Welt bekannte liebe Gott.

NEIN! Niemals – nein! Leonore riß krampfhaft die Brille von der Nase, niemals wieder!

Obwohl die – anderen LECHZEN nach einem nichtprofessionellen Blick. Fischaugen, im Tode schnappend, Karpfenmaul. Und wenn sie gehen, tappen, Schritt vor Schritt. Und glotzen, gierig blöde; töricht ausgelöschte Waisenkinder.

Haus 18, wo ist hier bloß Haus 18. Zuckend fahren ihre Blicke nach den Hinweisschildern, kein Normaler rings umher, 16, 17, 19,

20. 18 nichts. Lebensgefahr? Abnorme, abnorme Rechtsbrecher, zweihundert Messerstiche ins Gedärm.

Unsinn! Manni zum Beispiel – (Friedhelm?) Brutal knüppelt sie ihr urvertrautes Grausen nieder, entschlossen marschiert sie auf ein Grüppchen los, nicht ansteckend. Jedenfalls nicht beim ersten Mal. »Ent-schul-di-gen Sie bitte, wo ist denn hier Haus 18?« Blind hält sie ihr Grinsen Richtung Menschenhäufchen. Frauen, nach der Kleidung zu urteilen, unförmig, knorpelig, ob dick, ob dünn. Das ungelenke Grimassieren, ungeschlachte Fuchteln, gefesselt bis in den letzten Wimpernschlag. Harm-los, kein Auge mehr beweglich; »Medikamentöse Ruhigstellung« heißt das psychologisch.

Leonore floh den ausgestreckten Zeigefingern nach, einen verborgenen Pfad entlang: Endlich. Mauer, Gitterstäbe, Stacheldraht. Freundschaftlich bekannt.

Freundschaftlich? Jack the Ripper und Phantom der Oper? (Bloß keine wirklichen Namen, dieser eine Kindermörder?) Quatsch. Nicht Ulrich Wusinski. Raubmord, das ist was Rationales. Und die andren seh ich nicht. Bitte, bitte, Rationali– Damit war sie an der Tür. Ohne Pfortenhäuschen, ohne Schleuse, sie stand direkt an einer Panzerglastür, die Besucher der Abnormen denken nicht an Gefangenenbefreiung.

Auch sonst kein Wächter nötig. Ein Krankenpfleger, ältere, zerlaufene Gestalt in Weiß, öffnete der Dame sofort. »Sie sind sicherlich Frau Dr. Füxle, der Oberpfleger hat mich instruiert.« Bereitet Frau Doktor den Weg.

In die Klinik, stickig zwar und schwül, aber beruhigend desinfiziert in jeder Ecke. Und auch sonst: alle Erleichterungen der Zivilisation vorhanden. Schmerzstillende Mittel im Überfluß, in einer gläsernen Zelle hantierte es pflegerisch mit Spritzen und Bestecken. Wenn ich bitten darf; hier hat man noch einen Sinn für naturgemäße Hierarchie, gnädige Frau. Die Prüfung der Ausweispapiere »nur pro forma«, er watschelt den weißen, langen Flur voran (sie sofort amtlich gewachsen, sehr aufrecht, stolziert hinterdrein, neigt würdig den Pagenkopf gegen weißes Gebuckel), »bitte, Frau Dr. Füxle, unser Besucherraum. Leider nicht sonderlich gemütlich, aber Sie wissen ja, für uns hat der Staat nichts übrig.« Und bitte abzulegen und Platz zu nehmen, »ich hole ihn dann.«

Leonore atmet auf. Wenn auch nicht durch, heiß ist es hier! Ein Schulzimmer, vier Tische, Holzstühle, manierlich hängt sie den Mantel an den Haken. Zieht auch noch die Jacke aus. Das große, karierte Fenster verschlossen, keine Fluchtgefahr. Auch nicht in Blicken, brav immer an der Wand lang, der Spazierhof, Pflaumenbaum und Strauch im winzigen Viereck, verhutzelte Attrappen.

Uralter Duft aus – Tranquilizern?

Einer kommt geschlurft. Ulrich Wu– , das ist er doch nicht? So schief? Großes, hellgrünes Schief? Schlaffe, schwarze Löcher in weißem Oval, dunkel umstoppelt, quallige Hand. Nur die Stimme, ein schmiegsamer Tenor: »Ich freue mich, daß Sie gekommen sind, Frau Füxle«, und stumpf kriechts über ihre Jeans, den lockeren, roten Pullover, bleibt irgendwo hängen, wahrscheinlich in Höhe ihrer fehlenden Kontaktlinsen. (Wer hatte behauptet, Wusinski sei »schön«?)

»Ich wünsche Ihnen einen möglichst angenehmen Nachmittag. Wenn Sie was brauchen, ich bin vorne.« Ein gastgeberisches Nikken, Sesam schließet sich.

»Wie höflich der sein kann! Das ist wegen Ihnen, Sie gefallen ihm.«

Leonore schlägt alle ihre Knöchelgitter um sich, aufdringlich sticht ihr winziges Gesäuge durch den Schlotterpulli, wie zaghaft er, so schüchtern bittend?

Sie haspelt nach ihrem Täschchen, »ich muß mir nur eben mal die Augen reinmachen, damit ich Sie überhaupt richtig sehen kann.«

Sein Nickschütteln als er sich weich (und nicht mehr schief?) auf ein Stühlchen gleiten läßt: »Beneidenswert! Ich muß immer alles sehen und ganz genau. Aber – MICH, heute, vielleicht sollten Sie heute auch mich nicht so – ich bin häßlich, krumm, die Spritzen, man wird hier krumm gespritzt, meine Mutter kennt mich kaum noch wieder.« Versteckt sich – kokett? hinter einer doch kraftvollen? Hand, während sie ihre Sehwerkzeuge instandsetzt, äugelt sie an.

Leonore zogs den Mund breit. Wohl müde, matt und tief umschattet, aber trotzdem, unverkennbar Mamas Liebling. Er tröstet sie sofort: »Nächste Woche seh ich bestimmt schon wieder besser aus, die Spritzen sind seit vorgestern abgesetzt, nur noch eine Tablette am Abend. Außer –« entschuldigend streichelt er sein Gebüschel auf dem (stolzgeformten) Kopf, mediterraner Typus, nix als Mandeln und Feigen, »mit den Haaren wirds noch ne Weile dauern, ich trag sie sonst lang, genau wie dirs gefällt.«

Leonore perplex beschämt: »Ja aber –«, sein schelmisches Feixen, »keine Hexerei im Spiel, diesmal nicht. Eckehard hat mir oft erzählt von Ihnen, auch von Ihrem Roman, ich wäre SO gern in Ihrer Gruppe! Richtig traurig, daß das nicht geht, aber ich lieg auf Berta drei.« Und dann ein ganz unwiderstehliches Gestrahle: »Ich bin SO froh, daß du – ich darf doch DU sagen, nicht? daß du gekommen bist. Bitte, ich hab so lange keine Frau gesehn außer meiner Mutter, und noch dazu SO ei– ich halt schon den Mund, ich bin schon still. Aber freuen darf ich mich doch! Ich hab mich so lang nicht mehr gefreut!«

Und bettelt so schmeichelhaft herzergreifend, »einmal ein Mensch, verstehst du, ein Mensch! Ich bin hier eingesperrt, zu Recht, niemals läßt sich das wieder gutmachen, niemals! Im Spinnennetz der Zeit, verstehst du, ein Mensch!« Schon schaudert sie vor Verständnis, verloren im Wald. Gemeinsam, bitte, bitte für einen Nachmittag lang gemeinsam. »Schrecklich ist es hier, viel schlimmer als im Knast.«

Leonore hält sich hin. Der zu erwartende Schleusenbruch, fünf Jahre sitzt der Junge schon, 20 war er, als er eingefahren ist. »Seit Ewigkeiten hab ich nicht mehr mit einer Frau geredet. Meine Mutter – der darf ich ja nichts sagen, die hats ja sowieso schon schwer genug. Durch mich!« Er packt gewalttätig Leonores Hand, sie zuckt nicht mit der Braue, zuhören, zugehören, ja, ich hör dir zu. »Zum Irrsinnigwerden ist es hier! Ununterbrochen, keine Sekunde des Tages und der Nacht allein, und niemand, mit dem du reden darfst. Die haben Angst, irrwitzige Angst. Jedes Warum spritzen sie sofort nieder! Und all die wahnsinnigen Taten!« In verschwörerischer Panik flüstert er ihr, bitte Gesellin!, zu, »nachts, wenn sie auf ihren Betten liegen, Massenschlafsaal, permanent bewacht, acht träumende Irre im Valiumschlaf, dann schleichen ihre Verbrechen die Wände entlang, und wenn es dunkel wäre, dann könnte man die Ermordeten sehn – hast du schon mal einen Ermordeten gesehn? Wenn er umfällt wie ein Sack, weg, futsch, nie mehr wieder, nie mehr! Ein Dreck, ein Nichts, ein aufgerissnes I och.« Schauerlich läßt er die Kinnladen klappen, rollt grausig im Tod die Augen, »ich hab das geübt, vorm Spiegel, immer wieder nachgemacht! Wie der verreckt ist, pff, kein Leben mehr, ein Loch. Dafür sitz ich, im Spinnennetz, dafür, weil ich einmal einen Punkt gemacht hab. Weil so ein kleines Bübchen mit der Waffe spielen mußte.« Stiert ihr ins Entsetzen, quetscht ihre Fingerknöchelchen. Wirft mit einem Ruck den Schopf in die Höh, ballt ihre Faust: »Aber die andren, die, die haben auch Punkte gemacht, viele Punkte, viel mehr als ich, die ganze Welt ist voller Punkte, und feiern immer noch, feiern immer noch ab, die feiern sich immer noch ab, diese großen Herren, und ich – ich –« ganz plötzlich lacht er auf, schelmisch, rotzfrech, die schwarzen Mandeln blitzen, »weißt du, was ich erlebt hab? Weißt du, warum ich hier bin? Nein?«

Sie lächelt bereitwillig, schüttelt die Ponies, erzähle, erzähle alles, deshalb bin ich da. Er umhalstert sie dankbar, drückt sie kurz und kräftig an den athletischen Torso, »als Material, nicht wahr, du nimmst mich als Stoff. Das ist das Tolle an dir, daß du ne echte Spannerin bist, alles am eignen Leib MITmachen willst.« Und herzlich generös: »Du kannst mich ruhig als Material verwenden, das wär ne Ehre für mich. Und ne Erleichterung auch, weils sonst doch schrecklich egoistisch ist, daß immer nur ich reden will, verstehst du?« Sie mußte ihm zuschwören, ihn waidlich auszuschlachten, wofür er ihr versprach, in allen Stücken sein Bestes zu geben: »Ich will ja nicht nur ne poplige Nebenrolle kriegen, ich bin ehrgeizig, merkst du?«

Eine Gespenstergeschichte. Wie Ulrich Wusinski in die Klapse kam.

»Ach, weißt du, ich rauch doch so gerne.« Haschisch, grüß dich, ich auch. Da hatte er sich, bekifft in seiner Zelle mit sich allein, ein Theater erfunden. Ein autoerotisches Privattheater, Ulrich, von Laken umschwebt. »Griechisch, verstehst du? Das kann doch nicht verboten sein?« Er windet sich in ihren Blick, Dionysos mit dem Bettuch. »Gut, ich hatte sonst nichts an, aber ist das schlimm?« Nein, wirklich nicht, wieso.

Anders die Beamten, als sie das Abendessen austeilen wollten. »Los, anziehn, aber sofort! Wir sind ja nicht im Pornokino hier!« Ulrich frech zurück: »Nee, ICH nicht, aber Ihr!«

Diese Antwort verdiente natürlich die Glocke, Strafarrest.

»Klar hab ich geschrien, um mich geschlagen und wie – weißt du, wie das unten ist? Eingesperrt im Keller, nix als Klo und Pritsche, nur eine Stunde Hofgang; zum Tier wirst du gemacht, zum eingesperrten Raubtier, ich halt das nicht aus!« Und als er brüllte: Vorschriftsmäßig, bis er nicht mehr gefährlich ist, ab in die Beruhigungszelle.

Das Grauen stellt ihm immer noch die Haare auf. »Im Grab, wie im Grab, meilenweit unter der Erde und niemand hört dich schreien.« Niemand?

Er birgt sein Espenlaub mit ihrer Hand, und die liegt auf Leonores Jeans über der seinen, dahinter flüstert es jetzt zu ihr hinauf. Wie er nackt festgeschnallt, nackt festgeschnallt im nackten Raum, nackt auf einer Pritsche lag. »Stundenlang, tagelang, lebenslang, ich wußte nicht mehr, wie ich heiße.« Und wie es dann anfing zu tuscheln. Irgendwo hinter ihm, in den Ecken. Zusammengeballt knäulten sie dort. Wisperten, röchelten, schrillten, gellten – und dann waren sie überall an den Wänden.

Er, gefesselt, nur den Kopf konnte er drehen, sie aber, »fliegen konnten die, hin-her, immer hin und her, oben unten, hier und da, immer näher, die Stimmen waren überall. Nur ich, ich –« schwitzen, kotzen, scheißen, pissen, rotzen, Nasenbluten, spritzen und heulen war eins. »Zur Abschreckung, verstehst du?« wimmert es schamhaft aus ihrem Schoß.

Half aber nichts. »Sie lachten nur. Wir haben keine Nasen mehr, um uns zu ekeln. Keine Augen mehr fürs Häßliche. Abgeschlagen, ausgestochen, die habt ihr uns ausgestochen, ihr und DU!« Er ächzt an ihrem Bauch, sie streicht und streichelt seinen Rücken, (breite Schultern, schön und stark), er hebt den Kopf, schaut ihr ganz nah ins aufgerissene Gesicht, »dieses DU – das war so gräßlich, so furchtbar, als ob ich der einzige Mensch auf der Welt wär, und alle Schuld wäre für alle Zeit nur ganz alleine meine. Nur meine Schuld, für immer. Verstehst du?« EINE Hoffnungslosigkeit, Ulrich läßt seinen Kopf an ihre schmächtige Schulter plumpsen, tapfer hält sie stand dem nicht unbeträchtlichen Gewicht, ganz umsponnen von seinem jugendlichen Schweißgeruch. »Ne Krankenschwester, ne richtige Krankenschwester bist du, meine kleine, große Schwester«, er murmelt. Und aus schönem, vollen, wehen Mund, schmerzlich – Harald? Schwul, vermut– »wie gut du riechst. So wunderbar nach Mädchen, endlich mal wieder nach Mädchen.«

Rückt sie betreuerisch ab? Er hebt so flehend die schwarzen Wimpern – da nimmt sie ihn zum Brüstchen, und sie halten sich ein bißchen aneinander fest.

Dann aber waren die Geister wieder über ihm. »Ermordete Juden, das wars, da unten war auch ein KZ. Naziopfer. Mein Vater war ja auch Zigeuner, ich wollt ihnen das sagen, die ganze Zeit, ich bin auch – sie ließen mich nicht. Gibt kein Auch für mich. Das Loch. Der Punkt. Weißt du, was ich meine? Ich kann mir nicht vorstellen, daß ich die Frechheit aufbringen würde und der Frau, die jetzt Witwe ist, sagen, tut mir leid. Das gibt es nicht, das geht nicht! Weil, das ist etwas, das kann man nicht mehr heilmachen, mit einem Strauß Blumen oder irgendetwas, das ist nie wieder auszulöschen.« Lange atmete er ihr in den Pullover. Dann – Endlich, das gewohnte, das wirkliche, Hohngelächter. »Der hat sich vollgeschissen, das Schwein!« Sie rannten, brüllten angewidert, Wasser, eiskaltes Wasser, sie spritzten ihn ab mit dem Wasserschlauch.

Er glänzt sie an, »Wasser des Lebens, wirklich, das hab ich gedacht, hab ich gesagt. Zu ihnen und zu ihnen, den Beamten. Glaubst du, ich rieche immer so nach Schweiß? Bestimmt nicht, Leonore, das mußt du mir glauben, ich weiß, was Sauberkeit bedeutet. Richtig dankbar war ich denen, dankbar grade auch wegen ihrer Grobheit. Ich hab geglaubt, sie könnten mit ihrer Brutalität auch die Geister vertreiben.«

War aber nicht so. Von innen festgekrallt hatten sie sich, »ganz stickum in meinem Körper mit in die Zelle geschlüpft.«

Immer noch verwundert schüttelt er den Kopf: »Anfangs hab ich das sogar spannend gefunden, irgendwie, wie eine Art Wettkampf, verstehst du? Ein Spiel, wer hält länger durch, ihr oder ich. Ich hatte mir in der Zelle einen Winkel abgeteilt, hier ich, drüben sie. Aber das Schlafen! Wenn ich das Wort gewußt hätt, das Wort! Immer nur hab ich das Wort gesucht. Oder zum mindesten ein Zeichen, so einen Kreis, wie der Mephisto ihn weiß. Linie half ja gar nichts. Manchmal schiens –« er lächelt sie an, »du bist doch Dichterin, ich kann auch Gedichte, weißt du? Und Sprüche, viele Sprüche, sapere aude. Sapere aude, das war mein Bannspruch, sapere aude, wage zu wissen, das wirkt. Das wirkte für einen winzigen Moment, daß ich durchatmen konnte. Ich male doch immer um Worte herum, immer schon hab ich um Worte herumgemalt, auf dem Schoß meiner Mutter, und am liebsten um solche, die ich nicht versteh. Weil das die wirksamsten sind.« Verschwörerisch: »Aus der Bibel nützt gar nichts, Leonore, da lachen die sich nur ins Fäustchen, Auge um Auge. Von der Liebe aber –« er hält sich die Ohren zu, preßt sich gegen ihre Hose (das nächste Mal nen weiten Rock mit vielen Falten), »wie die kreischten, kicherten, so hämisch, als wenn ich niemals gewußt hätt, was Liebe war.«

Aber irgendwann mußte er schlafen. »Ne Katze, ja, wenn ich ne Katze wär. Ich male immer Katzen. Katzen dürfen schlafen, genau wie Frauen. Weil die im Schlafen wachen können, deshalb sind sie auch unsterblicher als wir. Ich aber, als ich erwachte – streichel mir die Haare, bitte!«

Ein Geist saß in den langen Haaren, oben, an der Schädeldecke. »Ich hab grad noch die Klappe schmeißen können, bevor ich anfangen mußte zu schrein.« Eine Schere, bitte, ich will mir die Haare schneiden. »Na endlich! Wird Zeit, daß du dir die Läusemähne stutzt, vielleicht wird hier unten doch noch mal ein Mann aus dir.«

»Stunden muß das gedauert haben, den ganzen Tag lang. Haar für Haar, ich hatte ja immer Angst ihn zu verletzen, daß er mir dann die Schere ins Gehirn –« und fährt wieder mit der Hand gegens Ohr, »vorgestern, da hat sich einer hier ne Schere ins Ohr gestoßen, Leonore, tot, – war ich da froh, daß es Spritzen gibt! Ich hab nur was blitzen sehn, sofort weggedreht, da hörte ich ihn schon fallen. Fünfzehn Jahre hier drin, hat seine Mutter erschlagen, hielt den Lärm nicht mehr aus.« Und klagend über ihr geschocktes Ja-aber hinweg, »wenn du wüßtest, was hier für ein Lärm ist! Von morgens bis abends Gebrüll, die können nur brüllend mit uns reden, weil, die ham Angst, wahnsinnige Angst vor uns. Dabei, was hab ich getan! Geister befreit, Geister, die SIE auf dem Gewissen haben!« Entrüstet hebt er ihre Hand, schüttelt sie drohend gegen die Tür.

Und strahlt Leonore komplizenhaft an. »Aber ich hab sie befreit, du. Jetzt sind sie draußen, ich hab das gespürt. Kaum hatten die mich rausgetragen, ich war ja ganz steif, überall in mir hatten sich die armen Seelen eingenistet, in den Füßen, in den Beinen, Händen, Armen, Rumpf und Kopf, nur in der Stirn, da war noch ein ganz, ganz winziger Punkt, ganz winzig, dort war ich. So winzig, nicht mal mehr zum Angst haben war Platz.«

Da erst hatten die Beamten es gemerkt. »DER DREHT AB, SOFORT NEN KRANKENWAGEN!« »Draußen aber –« Ulrich leuchtet vor Freude – »das war, das war plötzlich, wie ein Danke, Leonore. Verstehst du? Wie ein riesengroßes Dankeschön, als wenn ich ihnen die Welt neu geschenkt hätte. Und sie mir. Aus Dankbarkeit, verstehst du?«

Ihr rechtes Auge ja, aber ihr linkes denkt –

»Leonore, Lörchen! Du schielst ja! Wie niedlich du, wie süß –« Nun war er es, der sie innig gerührt am Herzen halten mußte, schützend, behütend, »was bist du doch für ein liebes, süßes, niedli ches –« gut liegt sichs in seinem Dunst. Tröstlich.

Und dann hatte er am Hemd gezuppelt, an seinem hellgrünen Anstaltshemd, »schau mal.« Ein rotblauer Schmetterling, der über seiner Brustwarze gaukelt. Brustwarzen – Hanns Henny Jahnn hätte seine Freude – auch Leonore? Bräunlich, zart, Ulrich nimmt ihre zaghaften Fingerspitzen, »fühlst du, wie er dir entgegenflattert, dein Schmetterling?«

Behutsam zieht die Amtliche die Hand ab, mahnend die Stimme der Vernunft: »Ulrich! Das kann sehr schädlich werden, du.«

Er schüttelt sachlich, »nein, Leonore. Nur heilsam. Ein ganz kleines Fitzelchen Wirklichkeit im jahrelangen Albtraum. Ehrlichkeit, ein einziges Mal Ehrlichkeit. Du MAGST mich doch küssen, oder? Oder?« So sehr um Aufrichtigkeit bettelnd, und sein Mund, großer Mund und volle Lippen, »ja, aber –«

Und kußte sie viel tusend-stund– ja, aber – ?

»Nicht aber, Nora. Ich weiß ja, du hast einen Mann. Und außerdem –« während die Linke sie fester umfasst, weist die Rechte um sie herum, »ich bin ja vielleicht verrückt, aber dumm, SO dumm nun auch wieder nicht. Fünf Jahre noch, hier oder drüben, zwischen dir und mir gibts keine Zeit, nix andres als nur ein winziges Jetzt.

Jetzt aber –« Secht, wie rot mir ist der Mund. Er schmeckt gut, er schmeckt ihr gut, jung, nach Milch und Honig.

Aber sie waren dann nicht auseinandergefahren, als es höflich draußen pochte. Bei EINEM Jetzt solls schließlich nicht bleiben, bitte, kommst du wieder? Ja, natürlich. Und mit dem Arzt sprechen wird sie auch, »aber bloß nix von Geisterbefreiung, dann behalten die mich hier.« Nein, Einzelhaftkoller, und nie mehr wieder in die Beruhigungszelle, das soll der Doktor in die Akten schreiben, unbedingt.

»Und das nächste Mal«, das war dann schon dienstlich vor den Ohren des Pflegers, »bring mir doch deine Zeichnungen mit, Ulrich, die du hier drinnen gemacht hast.« Und in gnädigem Schritt zur Pforte hinaus, selbstverständlich nächste Woche um die gleiche Zeit, Frau Dr. Füxle. Wir freuen uns immer, wenn unsere Patienten Unterstützung von draußen bekommen.

Kaum, daß sie sich unsichtbar glaubte, war sie zusammengesackt. Hockte als schwitzendes Bündel in der S-Bahn, eingekeilt vom Feierabend, schielte ins schwarze Loch. Und wieder mal der Aberwitz, warum, wieso, weshalb.

Grade daß sie notdürftig den Aufruhr bis Wedel beschwichtigen konnte (Dank sei Gott, daß ich nicht prüde sein muß); sie hutzelte aus der Bahn, fegte die Rampe entlang, sauste durchs feingemachte Einkaufszentrum, jagte die Seitenstraßen hinab, flüchtete nach Hause, zu Richard, ins Bett.

Lange hatte sie mit den Zähnen geklappert, lange hatte er sie geschaukelt, zur ewig unbekannten Melodie von darum-larum-Löffelstiel.

Sie lagen zusammen im Dunkeln, und dann trösteten sie einander. Mit dem Trost der fraglosen Tiere.

Mit diesem Trost bewaffnet buckelt Leonore dann am nächsten Morgen überm Schreibtischchaos, daß die Fetzen fliegen. Harald. Katharina muß sofort hinfahren und ihn küssen. Stundenlang und immerzu. Damit er nicht zu Grunde geht an seiner Reue.

Niedlich. Der eine, einzig wirkliche Punkt, der heilig-heilende Punkt aller Punkte, goldig, diese simple Weiberlogik. Die alte Fickmedizien, endlich Jungs, wir ham sie soweit. Bravo Wusinski! Du wirst sie kriegen. Der Gesell hingegen – na ja, eindeutig Fehlbesetzung, absolut zu räuberisch, DEN Stoff bewältigt unser Lörchen nicht. Ullo aber – Der Plan wird gelingen. Schluß mit dem Kreuzstab, jetzt zählen nur noch andre Stäbe.

Schmeiß den Porno an, Leonore, sowieso das einzig Wahre, nur Porno bringt Kohle.

Los, jag die Katharina in den Knast, wir wollen Titten sehn!

10

Doch bevor Katharina heilerisch überfließend zu Harald rennen konnte, gabs noch etliche Widrigkeiten zu bestehen. Ihr Freundeskreis erhob sich.

Trotz tantrischer AllLiebe, Katharina scheiterte am Einzelnen.

Als erstes trafs "den kleinen Michael". Unerträglich, sein seierndes Geschmachte, (so lieblich einst, so knabenhaft und wundersam). Brutal, wie Liebende sind, hatte sie ihn einfach angerufen. Kein letztes tränenseliges Zerfließen: Heul nicht, es geht nicht mehr, vorbei. Frühestens in einem halben Jahr, wenn du alleine klarkommst, eine eigne Freundin hast, kann ich dich wiedersehen. Vorher nicht, nein; kurz und schmerzhaft.

Doch so dumm wie sie ist der Kleine nun auch wieder nicht. Nach dem ersten Hammer (Einzelheiten ersparn wir uns, kein schöner Anblick, Schnodder hing ihm mehrmals von der Nase) - er stürzte seinerseits ans Telefon. Das kann nicht sein, das ist nicht sie, da steckt ein andrer Mann dahinter. Er alarmierte Winfried, das Wassertier.

Der - nach den obligaten, gönnerhaften Abwimmelungen, ist besser so, du brauchst doch wirklich eine Frau für dich allein - plötzlich entdeckte Winfried, daß ja auch er zu klagen habe. Ihm war zwar keineswegs das Haus verboten, aber eine extrem verlängerte und - außerplanmäßige? Menstruation schreckte ihn nun schon seit - ? tatsächlich, seit 10 Tagen! ab, die "Kemenate zu betreten". Was ihm allerdings kein hormonelles Unbehagen zu bereiten vermag; genügend Anfängerinnen auf Lager, aber die Ehre. Schließlich ist zu erwarten, daß er, Winfried C. Gieseke,

Katharina Lichtenstein recht bald (vermutlich sogar für Amerika) entdeckt haben wird. Grade jetzt, wo sie endlich vom Brutalostil langsam auch mal zum eleganteren - Und dann diese offensichtliche Ähnlichkeit mit Julia Roberts, so was kommt an drüben, die hinreißendsten Personalitystorys lauern schon druckreif im Startloch - das läßt er sich von niemandem - auf keinen Fall - etwa einer von der Konkurrenz? Ein Galerist?

Aufs höchste besorgt, wollte er sofort nach Wedel stürzen. Doch halt. Die Autoschlüssel klackernd in der Hand, ein strammes Beinchen schon über der Türschwelle (theoretisches Ambiente, kahles Bühnenbild in silber-weiß, kombiniert mit einigen "alten Stücken", Wandschrank aus dem Biedermeier), heftig tremoliert sein rissig-welkes Backenfleisch; er änderte die Fahrtrichtung. Erst mal genauere Erkundigungen einziehn. Er riß sich an der Trense, daß ihm die Brille von der Nase sprang, zum Glück auf den Teppich, krötig taperte er im Grau; und mit der Brille fand er auch die Taktik wieder. Achtung! Bloß keinen Vorwurf, ab 50 mußt du auf Verständnis mimen, erst recht bei einer, die ihr eignes Geld verdient.

Und beschloß sogleich, sich vorbeugend zu stärken, an einer kleinen Malerin, ohne Geld, dafür mit wüstem Vaterkomplex und prachtvoll zwanzigjährigem Busen.

Also erfrischt und aufgerichtet war er dann bei Paul hereingeschneit; ein bißchen Stallgeruch wittern, vorbeischauen, an welchem Werk du grade bist.

Bald liftete sich seine Kennermiene zu wahrhaftiger Begeisterung, fast hätte er seinen Nadelstreif vergessen, den eingesauten, notorisch mürrischen Lulatsch ans Kinn gedrückt. Mitten im versifften Atelier (ehemalige Tankstelle, mit Glasbausteinen in der Decke), turnte quallig an eiserner Leiter ein dreckertes Ding; und die Rezension strudelte nur so aus Winfried C. Giesekes weit über Pinneberg hinaus berüchtigter Feder. Von Jakob, Phädron, Hybris, von der Gnosis, dem deus absconditus, von der vergänglichen Menschheit überhaupt; Paule stund, die Fäuste in den Hosentaschen seiner weiten beigen Arbeitskluft, die Linke bosselte eine Zigarette (ja, nach Kosakenart, Mitja Korschunow persönlich), er staunte verdrüßlich. "Dabei hab ich eigentlich nur dran gedacht, wie ich als kleener Bengel beim Äppelklauen von der Leiter geflogen bin. Noch heut kannste die Narbe sehn, willste mal kukken?" Und gleich den Griff am Reißverschluß, Winfried C. winkt hastig ab. (UNTEN am Reißverschluß, bei diesen Bildhauern ist alles möglich, ohne Unterhose? Auf den ausdrücklichen Anblick von Paules ReckenGemächt - andrerseits, auch ER, die Kleine vorhin - echt überzeugend, ihr Geschrei.)

Aber ein Schnabus ist ihm recht, ein Schlückchen, auf deine Himmelsleiter.

Winfried spreitete sofort sein sorglich mitgeführtes Sitztuch über einen dieser bei Bildhauers üblichen klapprigen Schemel. Hockender, auf ewig vom Fall ins Nirwana bedroht; hinreißend unmittelbar, diese bruchrauhen Gesellen, um eine ganze Dimension näher dran am Wirklichen, bei den Malern gibts immer noch eine fleckige Couch.

Sie hoben die verstaubten Gläser, Paule lümmelte, breitbeiniger nie, "auf deine Hirngespinste", Winfried würgte tapfer, dann schlängelte er sich an. "Katja wieder mal gesehn?"

Paul krauste lange die versteinerte Stirn, zählte verblüfft an beiden Händen ab, schüttelte fragend den borstigen Schädel, "eigentlich nicht. Das letzte Mal genau vor dreizehn Tagen. Aber - DU bist doch ihr Regelmäßiger, Dienstagsmann, ist was los? Ach so, den Softie abserviert." Er stülpt den rissigen Mund aus, "kein Grund zur Sorge, war doch schon lange überfällig."

Doch grob und rücksichtslos per Telefon? Das allerdings -

Und zehn Tage Mensis, obwohl, wieso, was hat das denn - "wie, du bumst nicht, wenn Blut fließt? Oh Junge!" Paule verschluckt sich an der Selbstgedrehten, wundert sich peinigend lange, "du AHNST gar nicht, was du versäumst. Grade dann, Tod und Leben, da is sie doch besonders wild." Sein mitleidiges Schulternzucken erfüllte mehrere Minuten die gesamte Tankstelle, dann aber verfiel auch er ins Grübeln. Kaute an der mächtgen Unterlippe. Schrak plötzlich auf, "zehn Tage blutet sie, sagst du? Und war nicht - " er trat den Schnabus um, laß laufen, "war nicht HIER!?"

Allerdings Alarmstufe 1. Paul packt den Kritiker am Maßanzug, rüttelt ihn hoch: "Was wartest du noch! Sofort hin! Recht hat der Kleine, da steckt ein Kerl drin. Ach was, Galerist! N richtiger Kerl, einer, der was selber macht! Los, beschwatz sie! Quatsch ihr die Hucke voll, Freiheit und so weiter! Sie hört doch auf dein Gesumse, is doch dein Reiz für sie. Los!"

Der Hühne war vollständig außer sich; sein ganzer Arbeitsplan für die nächsten fünf Jahre gefährdet, wenn der freie Fluß der Säfte nicht mehr garantiert ist. (Paul ist Quartalsvögler, zwei mal im Monat ekstatisch, der Rest wird sublimiert; zu diesem Konzept passen nur sehr wenige Frauen.)

Er scheuchte Winfried auf den Weg, befahl ihm draufgängerische Aktionen, Mensis hin und her, "Quasseln erst danach!" und erbat sich umgehende Benachrichtigung. Ein Fausthieb durch die Luft, Richtung Himmelsleiter: "Meine Story, verstehst du, meine ganze Story hängt ab davon, daß mir -" Schlag gegen den Hosenlatz, "daß mir die Eier nicht das Hirn vernebeln. Und keine außer Katja, die das je kapieren konnte, klaro? Also, tu was für die Kunst."

Winfried, wollüstig eingeschüchtert und kopfschüttelnd wie stets, "klaro"; und beide wieder höchlich verblüfft: Daß die Katharina so einen erträgt!?

Ertrug sie aber eben nimmer?

Nix Wassertier. Winfried C. Gieseke, eine parfümierte Käferart mit Mundgeruch? Die plötzlich aufs befremdlichste Rechte einklagen kam.

Erstens der Kleine, zweitens dreizehn Tage Abstinenz von Paule, drittens die Verstopfung des dienstäglichen Beischlafs: Liebes, du entziehst dich deinen Freunden, was ist los.

Einigermaßen betreten kauerte Katharina auf ihrem Lederfelsen, ließ die Locken rieseln, stengelte ihr Weinglas und hätte am liebsten nicht gewußt wovon er sprach. Verräterin, eine Verräterin an der Freundschaft bin ich. Die Scham stieg ihr zu Kopfe (was Winfried mit Genugtuung vermerkte), sie stopselte bestürzt, "aber mit Michael - du hast doch selbst gesagt, ein scharfer Schnitt zu seinem Besten, auch Anne, auch Paul, und Reinhard sowieso - " AL-LE!

Und äugte so scheinheilig aus ihrem roten Schleier, Winfried fuhr ein Nadelstich ins Zwerchfell, tatsächlich, der Kleine hat doch die beste Witterung: Sie hat sich verknallt. Das erste Mal gelogen. Eilig kniff er seine Brille zu, der Blutdruck, ganz ruhig, ganz ruhig, ich bin gaaanz - dann quetschte er tapfer die Frage heraus: "Wer ist es, einer, den wir kennen?" Und horchte furchtsam in die Dunkelheit, atmete auf, Gott sei Dank: Nein. Kein Konkurrent. Im Gegenteil, ein wilder Knacki. Was ne Schlagzeile, die Schöne und das Tier; New York ist sicher.

Fast hätte er sich die Hände gerieben, drückte bald ihre, wie rührend machtlos sie in ihrem blauen Flauschpullover hing. "Mut, Katharina, wenns weiter nichts ist, das schaffst du, in jedem Fall. Zuhälter -", beruhigend unbesorgt lacht er aus allen Falten, "wenn eine aber gar kein Zeug zur Hure hat, so bist es du. Und Leidenschaft -" verschmitzt hebt er den Finger, "einmal mußt selbst du durch diesen Sumpf, deiner Kunst zuliebe." Er drückt sie an seinen vertrauten Bauch, sie bleibt ein wenig ruhen.

"Aber -" während sie das dritte Glas hinunterstürzt, schwächlich aufbegehrend, "ein Sumpf ist es nicht." "Natürlich nicht", er reicht ihr die nächste Ladung Medizin, "im Gegenteil, die reine, hitzige Flamme, die alles verzehrt, was zufällig ist an uns. Auch ich hab das mal durchgemacht," hastig schlägt sie das Zweifleraug aufs Mieder, er umfängt sie, soweit die kurzen Ärmchen reichen, er ist ihr nicht böse, aber nein, überhaupt nicht. Eingesperrt im Knast, nichts andres möglich als einzig Seel in Seele, das hält das Käthchen nicht mal sechs Wochen aus. Inzwischen muß man sich eben mit Grünzeug begnügen. "Nur an Paule solltest du denken, Katja, der hat eine wirklich witzige Geschichte in Arbeit, Apfeldieb beim Höllensturz, da mußt du ihm schon manchmal die Leiter halten." Und eilig nachsetzen, so pflichtbewußt aufs Stichwort Arbeit hebt sie die besoffnen Blicke, die Mahnung ans Unbewußte: "Und auch du selbst, SUBLIMATION, nicht Kompensation tut not, gezwungene Enthaltsamkeit schadet dem Werk. Das muß grade ein Zuhälter einsehn, sonst liebt er dich nicht in deiner Wirklichkeit."

Und bei diesem guten Rat ließ ers bewenden, keuchte die Wankende ins Bett, wurschtelte ihr die Klamotten vom Leib, küßte das lallende Mäulchen, die beiden Pieze und den Bauch, deckte sie mütterlich zu.

Unsäglich erleichtert; "nix als reine Phantasie, Paul, ein Ausgedachter, im Knast. Höchstens bis Weihnachten, so lange kann ich dir Ersatz verschaffen. One-night-stand, auch du mußt mal zu Fuß durch die Entfremdung wandern. Ich hab da ne Modejournalistin in Petto, zum Absturz genau das Richtige für dich."

Katharina aber lümmelte am nächsten Tag, trotz Aspirin, mit dröhnendem Schädel und buttrigen Knien in der S-Bahn.

Schön gemacht? Sie hatte wohl mehrfach Haartracht und Kleidung gewechselt (und schamzerpört, wer hampelt da so dämlich im Spiegel rum!), endlich dann doch zum vertrauten, IHM vertrauten, Outfit gegriffen, Jeans, Weste, Hemd und Jacke, einzig die Locken bräutlicher gebunden, kitzelnde Kringel um Schläfen und Wangen.

Mondenbleich vom Suff, Kaugummi im dunstigen Maul, meditierte sie auf Persönlichkeit komm raus. (Und immer im Erste-Klasseabteil, nächstenleer.) Ich bin ganz selbständig, ganz für mich, ich bin ganz sicher, ganz gelassen, gaanz ruhig. Dabei flogen ihr abscheulich die eiskalten Pfoten; nix Glück, sie fluchte aus klappernden Zähnen: Wie unerträglich ist`s, verliebt zu sein. Genauso unerträglich, genauso erniedrigend, so empörend abhängig wie sie schon immer dachte.

Einige äußerst heftige Augenblicke lang haßte sie Harald bis aufs Schlageisen; wer bin ich denn, ICH, Katharina Lichtenstein, daß mir um eines Mannes willen die Fäuste zittern! (Die letzten zwei Tage nicht mehr ordentlich gearbeitet, das große Pathos hat sie am Schlaffittchen, beutelt sie zum Irrewerden: Warten.)

Dann aber, ruhig, gaanz ruhig - Sein Mund. Sein süßer, weher, todeinsamer Mund.

Gott, über die Anmaßung der Weiber! Süß und weh und herrlich mamiseelenallein, und gleich kommt eine angesprungen, rettet uns für ihren Suppentopf. Breit aus die Flüglein beide, und nimm dein Küchlein ein. Kocht Mus aus Ihm, Weibermatschepampe, bis nichts mehr als Sein Eigentum erkennbar bleibt.

Aber denkste. Auch Stöwer knirscht in seiner Zelle und ballt die peinlich schlotterigen Dreschflegel. Sie liebt mich, sie liebt mich nicht, das zählt er seit sechs Tagen immerzu am Gitter ab. Verdammt zum Weiberhandwerk: Ohnmächtiges Warten.

Mordswut beult ihm die Hose aus, umhauen, niederprügeln; wer bin ich denn, ICH – ein Strizzi, lieber Stöwer, der sich verSöhnen lernen soll. Teuflisch bockte er an dieser Kette.

Aber – Ihre Augen. Diese kühnen, klaren und doch, und grade, ach, so kindlich süßen grauen Augen! Gedichte schreiben möcht er, oh!

Er ringt mit ihrem Dämon wie weiland Israel persönlich, ich lasse dich nicht, du vögelst mich denn. Er lag aufs kümmerlichste unter ihr.

So bereiteten sie sich aufeinander vor.

Rechts-linx, rechts-linx, Schritt vor Schritt war Katharina zum Knast marschiert. Eine Soldatin der Liebe war sie die Treppe zum Pfortenhäuschen hinaufgestampft, hatte knapp und unansprechbar zackig den Paß unter die Trennscheibe geschoben, grüßte, schritt stramm übern Hof.

("Du, Hinner, die hat nen Blick heut, gänzlich jenseits. Halt mal n Auge drauf, ja?")

Wild mahlend am frischen Kaugummi (den alten ins Rosenbeet gespien), donnernden Herzens, käsig um die Nasenspitze, hatte sie den Gestank durchquert, ruhig, ganz ruhig, war sie im Besucherzimmer angekommen. Riß das Fenster auf, wollte zum Sessel sprinten, sich plumpsen lassen, daß es kracht - nein. Auch Malborough starb stehend, oder war es Mansfield?

Sie stellte sich auf, den Podex gegens Fensterbrett gelehnt, die bunten Stiefel (Schuhgröße 42) fest aufs Linoleum gestemmt. Atmen, immer in den Bauch reinatmen.

Das Allerschlimmste sind die Minuten, Sekunden unmittelbar davor.

Jetzt, jetzt, jetzt. Und wenn Er gar nicht kommt? Wenn Er Angst gekriegt hat? Wenns Ihn überhaupt nicht wirklich gibt? Schritte, nein, nicht Seine, ein amtlicher Schatten, noch einer, niemals, nirgends -

DA! Tür auf -

Sie starrten sich an, nackt wie Adam und Eva. Vor oder nach dem Sündenfall? Om om, om adi - da hatte sie sich ihm schon ans blaue Hemd geworfen. Suchte ungestüm nach seinem Mund (den Kaugummi in der linken Backentasche verstaut), und seine Hände sofort in ihren Haaren, mit einem Griff fiel die Spange zu Boden, waren sie untergetaucht im Weizenfeld.

Das wir, von oben und von außen, nur noch wogen sehn, schwarz-rot-gold; bis fast zum Hinterteil versteckt die beiden, exakt 17 Minuten und 26 Sekunden lang wogend versteckt im haarigen Schwall.

Ficken die dadrunter oder was? Knetet er die strammen Tutteln? Wiegt sie seinen Hammer in der Steinmetzfaust? Schon wollen die Wachteln dazwischenspringen, da

streicht er sich und ihr die Schleier aus der Stirne. *Keuchend, ächzend, Hose naß?* Nach dem Fühlen kommt das Schauen. Mit Staunen seht das Wunderwerk. Sie staunten sich an, immer noch stehend, vom Fensterbrett gestützt, die Arme umeinander gelegt: Bist Du wirklich Du?

Und all die süßen, keuschen KinoGesten, mit den Fingerspitzen Augenbraun und Lippen neu erschaffen und so weiter, überhaupt alles neu, zum einzig ersten Mal im Kino.

Bis Katharina sich zum Lachen zwang, seine betenden Hände fing, "weißt du, ich eigne mich nicht fürs Melodrama. Ich bin eher praktisch, vorhin hab ich dich gradezu gehaßt." Er nickt ihr zärtlich zu, "ich dich auch, ich hätt dich erschlagen können!" Samtig lächelt sie zurück, "DAS kannst du nicht, ICH nehms mit ziemlich vielen auf," gibt ihm eine Probe ihrer Muskelkraft, daß ihm die Rippen knacken, flüstert innig an seinem Mund, schön, schöner, am schönsten, "zur Not mach ich Karate."

Der Loddl schmilzt unter ihren Rosenlippen, dies ist ein Mannweib, wie ich keines sah; durchaus präzise ausgedacht, Leonore. Auch zeitgemäß, der androgyne Typus ist im Kommen. Jedem seine Domina. Allerdings – im Bett? Wo der Stöwer doch normalerweise selber gern den Riemen schwingt. Und ob dies unverwüstlich säuberliche Blumenmädel zu ner scharfen Peitschennummer fähig ist – ?

Kastratenhex mit ihren tantrischen Unendlichkeitsküssen, so verzückt auch immer der Stöwer die unergründlich tiefen schwarzen Augen verdreht: Klägliches Geschrumpel unterm Reißverschluß.

Doch (noch) sind die beiden gleichgültig gegen DIESE leibliche Seite. Interesseloses Anschauen, daß ihnen die Augen übergehen wolln. Und die Beine zittern. Da verließen sie den Stehplatz, rückten zwei Sessel eng zusammen und Knie an Knie und Faust in Faust erzählten sie einander, wie schön sie sich finden. Hauptsätze; Subjekt, Prädikat, Objekt, Objekt, Prädikat, Subjekt, bald reduziert auf einen, den einzigen Satz.

In Ewigkeit, amen.

Jetzt, aber. Ein Schlag gegen die Tür. Immerhin barmherzig sanfte Stimme, wie erschrocken die beiden hochgefahren sind, sag, wo sind wir? In der Welt, unter MitMenschen: "Ich muß Sie leider drauf aufmerksam machen, in 15 Minuten ist die Besuchszeit zu Ende."

Ende, basta, aus? Nein, Katharina küßt Harald das Flackern von den Lidern, auch fürs Tatsächliche ist vorgesorgt. "Morgen telefonier ich mit Jensch. Urlaubsregelung, Übergangsvollzug. Wie oft bist du vorbestraft? Einmal nur? Da hast du ja vielleicht ein Anrecht auf Sonderanstalt?

Sie war so komplizenhaft instruiert –: *Dem Stöwer hebts die Jeans. Die will mich ja ganz realistisch!?*

Mit EINEM Hieb von wölfischer Gefräßigkeit entflammt, packt er die Kleine ums Gerippe, verstopft ihr herrlich brutal die Plapperschnute, küßt sie, wie nur ein Loddl küssen kann, bis ins Mark rein.

Damit vergingen die letzten neun Minuten. Noch vor dem Klopfen ließen sie einander fahren, kreuzen verwilderte Blicke. Wie solln wir das nur schaffen können: WARTEN!?

Hastig greift die Katharina zu irgend einem dieser großmächtigen Weiberworte, so à la: Wir müssen nur dran glauben wolln, und dann marschiert die Wachtel ein und die beiden auseinander.

Der letzte Blick auf Tod und Leben, Warten, ja, auf immerdar.

Stöwer aber, kaum, daß sie unsichtbar geworden ist, schon fühlt er sie nicht mehr. Ein tollwütiger Hund, der sich in seiner Zelle dreht. Zwei Jahre noch – so eine, die einzige, die wartet nie.

Auch Katharina wälzte dieses Wort im Hirn herum auf ihrem Weg nach Haus. Wer warten kann, hat viel getan? Wie schon ihre alte

Kinderfrau immer mahnte, wenn Käthchen wieder einmal stampfte, ich will aber und jetzt, sofort! Sie strampelte heftig am Gängelband der Zeit; Tage, Wochen, Monate - immer nix als dieses fortgesetzte Schmachten im Leib?

Reduziert auf Wortschatz dreihundert: Seine Locken, Seine Augen, Sein Mund. Weh und Ach und Oh. Sie zappelte mit Arm und Bein, wandt sich auf der S-Bahnbank.

Andrerseits - Studienrat Dr. Bokelmann: Lang warten ist verdrießlich, aber macht die Leute witzig. Vielleicht werd ich - KLÜGER dadurch?

Augenblicklich saß sie grade, und als sie in Wedel aus der Bahn jumpte, hatte sie über diesem Begriff ein überaus plausibles Liebesschloß errichtet. Kluges Warten, wartende Klugheit (die keineswegs sinnliche Beglückungen der StammMannschaft ausschließt!), das ist die Aufgabe, der ich mich - endlich! - stellen SOLL.

Sie schulterte energisch ihr Kreuz, trabte nach Hause; kein Wenn und Aber mehr (und wenns ihr im Bauche noch so sehr grummelt), ich soll, ich will, Warten lernen, Punktum!

Eben war Katharina zur Haustür reingestürzt, zum Klo gesprungen, knatterte dort fürchterlich - das Telefon.

Ein roter, leicht vierschrötiger Blitz schießt ausm Kinderzimmer raus: "Marko?" Enttäuscht läßt er die Schultern fallen, "ja, ich bins, Stefan Lichtenstein, ja. Nein, noch - oder? KATJA! Ich glaub, die sitzt im Klo, Dünnpfiff, wie sichs anhört. Moment, ich schau mal grade -" Die Spähwerkzeuge, von antikischstem Schnitt hüpfen zum Bad, wos rauscht, und Katharina, mit runterhängender Jeans wütig grillend erscheint, "Kathiii -

einer von deinen Männern, ein Neuer, Haral-", da hatte sie ihm schon den Hörer aus der Hand gerissen. Er wirft einen irritierten grünen Blick auf die Hibbeltante, wie die ihn anblitzt! Im Abmarsch über die Achsel: "aber beeil dich, der Marko -"

Haralds (taktvolles) Gelächter recht schütter im Telefon, "ein richtiger Haudegen, dein Sohn. MÜSSEN wir uns jetzt beeilen?"

Wir, uns. Sie beruhigt wortreich in den Hörer, während sie die Hosen hochzurrt, so sind nun mal Kinder, instinkthaft eifersüchtig, du weißt doch. Weiß er?

Aber keine Zeit für Erziehungsdebatten, was er noch fragen wollte, und das weiß Sie: "Ja, ich KANN warten lernen. Weil ich WILL! Auch für mich selber, ganz allein."

Geliebter Gesandter, gesandt zur SelbstErziehung. Ja? Stefans Horcherohr durch den Türspalt, Ruckedigu, ruckedigu, Schmeicheln und Heucheln, in ganz ungewohntem Ton, so -, so -, so salbenstimmig irgendwie? Und eine Körperhaltung - puppig, wachspuppig? SEINE Mutter? Da muß sofort eingeschritten werden, auf der Stelle! Unsre Löwin!

Er stürmt heraus, baut sich auf neben ihr, wehret den Anfängen. "Katja, mach schnell, der Marko will sicher schon lange, du kannst ja später noch -" Wie die fuchtelt, dreuend, Arm und Bein, dabei immer säuselnd ins Telefon, natürlich, ja, natürlich bin ich froh, bereue nichts - zum Anschauen aber: Greuliche Furchen, wüst verzerrte Visage, sie trampelt, schüttelt die Fäuste, doch Stefan wankt und weicht nicht. Und wenn sie noch so - nein, brüllen nicht, aber zischen: "Wenn du mich nicht sofort in Ruhe - nein, Harald, aber der Stefan -", der verharrt in breitbeinigem Trotz (außer Reichweite der Telefonschnur).

Meine Mutter eine Kitschmamsell, die süßlich flötet, das laß ich nicht zu.

Bis der am andren Ende endlich aufzugegeben scheint, Katjas geschmelztes "bis übermorgen, Liebster" wartet ihr Ehrenretter nicht mehr ab. So eine Hexenfratze - er hetzt den Flur entlang, bloß schnell zu Tant und Onkel in die Küche - oh rettet, rettet, schützet - aber Tür zu schafft er nicht mehr. Der mütterliche Nackengriff. Sie rüttelt ihn, sie schüttelt ihn, er hängt in ihrer Klaue, nasse Katz, flehend gen Reinhard geduckte Unschuld.

Den hebts vom Stuhl: "KATHARINA!"

Die denkt gar nicht dran, den Schraubstock zu lockern, und wenn Reinhard dreimal brüllt, aus solchen Schreckensszenen entsteht das Bild der Vagina dentata - MEIN Anruf! MEIN ganz eigener! Du, du, du! Schleudert das klägliche Bündel mit Lust hoch und runter -

Im Flur das Telefon. Lisas gellende Erlösung: "Katiii! Der Stefan muß sofort mal kommen, Telefon, Marko, für ihn!"

Ein letzter Blick zum Distelnköpfen, ein Ruck, Fäuste schütteln gegeneinander, dann war Stefan entwischt.

Keuchend, laut schallend bis in die Küche: "Marko! Also ich sag dirs! Meine Mutter, die hättst du grad mal sehen solln. Einen Anfall hat die gehabt, ich dachte die bricht mir das Genick. Die bildet sich wohl ein, sie wär die Oberkönigin! Aber HOFFENTLICH! Reinhard wird ihrs zeigen!"

Aber nein, der zeigte nichts. Katharina brüllte: "Seit wann steh ich unter Bewachung hier! Wenn das so weitergeht -"

Kleinlautes Ducken auf Seiten des Bewachungspersonals; wegen besserer Wirksamkeit hat die Kontrolle möglichst unauffällig zu erfolgen.

Mühsam zwangen Anne und Reinhard ihre Ameisengesichter zur Billigkeit; als unverrückbares Standbild der Liebe hatte sich Katharina aufgebaut, da beißt du in Granit.

Wieder einmal meisterten sie ihre Bedenklichkeiten so gut sie nur immer konnten (was bleibt ihnen sonst auch übrig), und am Ende des Abends hatten sie dann endlich ihren Beistand zugesichert: ja, wir werden dir helfen, amtlich und offiziell, wir werden dir schon noch helfen.

Siegreich war Katharina zu sich hinaufgestiegen; während unten die Alten sorgenvoll die Nacht durchwachten, wiegte sie sich in seligen Träumen. In zwei Monaten, dreien, spätestens in einem halben Jahr, werd ich dich hier und jetzt und ganz besitzen. Meiner, Du!

Anders Freund Stöwer. Den hatte der »richtige Haudegen« getroffen. »Einer von deinen Männern, ein Neuer«: Deshalb also kann sie warten lernen wollen!

Ein ganzes Heer wälzt sich vor seinen Augen über ihren süßen Leib, grausige, schwabbelige Gestalten, alle vom Kaliber Winfried C. Und keiner, der weiß, der wissen WILL, was für ein wonniges Unschuldsmädel – er rammt den Hirnkasten in seine Matratze – nur er, ER, der Zuhälter allein, vermag ihre Seelenschönheit noch in ihrem Überbein am linken Fuß zu erkennen. Grade in dem.

Hallo, Leonore! Weiß deine Heldin überhaupt, WARUM ihr Herold sitzt? Das zweite Mal sitzt? (Unangezeigte Fälle gar nicht mitgerechnet.) Weil eins seiner Hühner gustieren war, aus EIFERSUCHT. Eifersüchtig auf ne Käufliche – was aber bitte ist Katharina? Eine Schenkliche? Die keinem Mann gehören kann? Schwer muß dein armer Stöwer büßen, Leonore, paß bloß auf, daß du nicht zur Mörderin wirst. Der bringt sie um, bevor er sie noch umlegt, wir hatten schon mal sonen Fall. Oben beim Regelbesuch, mit nem Handkantenschlag, plumps, weg war die Alte.

Entweder muß sie Treue schwören, aber von sich aus, Lore, oder, und sowieso, du bringst ihn schleunigst in die Sonderanstalt, daß er sie so exquisit bürschtet, bis sie ihm endlich hörig ist.

Viele solcher Buß- und ReueNächte hält der arme Sünder nicht mehr durch.

Doch auch nicht mehr das Ehepaar Meister.

Als der Wecker widrig piepste - aus labyrinthischen Alpträumen hoch; die tägliche Pflicht zum Grinsen dröhnt in Annes Schädel.

Kein Kuß in Reinhards Richtung, Zahnfäule und Mundgeruch, Ziepen im Bauch, aufs Klo damit. Ja, roter Schleim, noch immer, wie lange noch.

Noch? Alles ist Kot auf Erden, beruhige dich? Andrerseits, auch das schlappste Fleisch hat Anspruch auf Humanität?

Nix da, rudimentäres Wischeln an der Tiernatur, Tampon rein, Bademantel an, ungewaschen, ungekämmt, die knittrige Grimasse im Spiegel:

Antreten zum Frauenglück.

Das Muttertier, wenn es Witterung aufnimmt, mäh, mäh, die Lämmer. Ein Duft von Knospentrost - doch nach dem Riechen kommt das Hören. (Leider nicht ge-hören, am wenigsten gehorchen.) Wem nicht geschenkt ein Stimmelein, oh, bitte, bitte leis! Maulend fahren sie aus ihren Betten, plieren umher, sofort auf der Suche nach etwas, worum man sich zanken kann? Die Schatztruhe vielleicht? Wer als erster Geld zählen darf?

Zum Glück aber, bevor Anne ihren Keif einmischen konnte in den Kindermorgenlobgesang, wer schritt strahlend ein, ""Katharina!"" (Obwohl sie heute keinen Dienst hat.) In straffer Arbeitskluft, kringelumweht, aufreizend Gold im Mund. Ein knapper Blick auf die hutzlige Alte: "Raus mit dir, Anne, ich mach das schon. Schlaf erst mal noch ne Runde."

Und die Bälger, schon kraxelnd an der heroischen Gestalt (kein Murkelmufti, Knieselfink), generös über die Schultern zurück, "geh ruhig ins Bett, Ännchen, wir kommen auch ohne dich klar, hast du nicht gut geschlafen?" Nur die Türkante bietet sich feindlich an, "verflucht, aua, mein Knie", Anne humpelt hastig hinaus, unrein, unrein, sie klappert davon.

In ihr Zimmer, ins eigene uneheliche Bett, mit Morgenmantel unter die Decke.

Dort schmurgelte sie, lange, bis endlich das Haus die Klappe hielt.

Da kroch sie aus dem Loch, die Hexe Höckerbein schlurft übern Flur. Schwer, in unordentlichen Falten pendeln Kinn und Hals, sie spuckt in den Spiegel, schleppt sich dem Kaffee entgegen, der letzten Sucht für eisengraue Weiber.

Aber in der Küche! Dieses Prachtexemplar, plakativ in ewiger Jugend prahlend, und wie betulich die rumtanzt, Ännchen hier und Ännchen dort, nix Ännchen! Mit finstrem Sinn zum Grabe hin, das nur ist Wirklichkeit!

Grollend schlürft sie den Kaffee, zeternd: "glotz nicht so besorgt! Ja, Mensis, aber nicht NUR!" Unter Rückenzwack und Gesäbel im unfruchtbaren Bauch droht Anne übern Brillenrand: "Schon unregelmäßig, Saft draußen, jenseits vom Bösen, nur noch die schlechte Hülle." Und stiert so schrecklich unterm Faltenwurf hervor, daß Katharina springen muß, den widrigen Anblick an ihrem Jungbrunnenbusen zu bergen.

NEIN! Anne wehrt ab, "weg da, nix, ich stinke. Und will verstunken sein! ABSTAND!"

Sie kippt den von der Dienenden frisch gepressten Orangensaft, daß er ihr bei den

Mundwinkeln rausläuft; Katharina mustert sie zunehmend zornig.

"Also, was ist! IHR habt meinetwegen nicht geschlafen, und ICH soll mich schuldig deshalb fühlen!?"

Sie bänkt sich in der nicht grade kleinen Küche auf, locker die Knüpfel geballt, und sie versteht noch ganz andre Räume auszufüllen.

Doch Anne zumindest ihre Ecke hinterm Tisch. Rigoristisch strafft sich ihr Kinn, das Preussentum: Wo sind die allgemeinen Maximen deines Handelns zu finden. WAS! Deine Gefühle lassen sich nicht definieren? Und dein Sohn? Ver-Ant-wortung!

Doch als sie losrattern will, den Begriff Zuhälter kinderpsychologisch bestimmen, da traf sie ein Blick, der quetschte sie in ihrer Ecke platt.

Kleingläubig, ganz lebensfeindlich feige Weisheit.

Aber weise ist Anne heute nicht. Sie entzieht sich der geduckten Haltung, ab, ins Bad. Türe zu, abschließen, grob nach draußen: "laß mich in Ruh. Ich muß scheißen."

Ächzend auf dem Klo, wenn man doch nur den ganzen Mist auf einmal wegdrücken könnt! Brutal bleibt sie hocken, ohne zu spülen, Mensch werde wesentlich, faulige Verwesung. Dann erst putzen, weg damit.

Und Fenster auf. Kalt und naß und grau. Recht so. Altes Jahr, in sechs Wochen ist Totensonntag. Auch die knochigen Bäume raufen sich die Haare aus. Grüßt euch.

"Ich aber soll -" klapprig schließt sie das Fenster, dreht zimperlich die Heizung an, stampft zornig den eiskalten Fuß auf die Fließen, schmuddelig weiß, keiner putzt außer ihr. "Was die sich einbilden! Alle. ALLE! Das Christkindel, ich! Jensch anrufen, ja, Herr

Jensch, mein Mann und ich, wir werden Harald Stöwers Resozialisationsbemühungen mit all unsren Kräften unterstützen, und vielleicht, bedenken Sie, Herr Jensch, die Liebe, die Liebe ist eine Himmelsmacht. Damit ich zu Weihnachten Katharinas Lustgeschrei über mir genießen kann. Aphrodisiakum, es juchzen die morschen - amor, amas, wer bin ich denn, daß ich allen hier die Götterbotin mimen soll!"

Wütend ruckt sie sich den Bademantel von den Schultern, ein hagres Spiegelbild im Augenwinkel - obwohl? SO grausig wie vermutet dann doch wieder nicht.

Unter die Dusche mit der stinkenden Vergänglichkeit. Lange hockte sie im wärmenden Strahl, egal, die ausgelaugte Haut nachher, schrumpelig, dein Weihnachtsapfel, fett Salbe drauf.

Und plötzlich, laut vernehmbar sprach sie in den Dampf: "Geschieht euch im Grunde vollkommen Recht, zwei mal Hybris, vielleicht werdet ihr aneinander normal. Beide."

Und blickte streng (und hoffnungsfroher) die blauen Kacheln an: Jedem sein Bier (doch den Sohn behalte in jedem Falle ich). Basta.

11

Jedem sein Bier, das heißt auch Leonores. In eine Bierkneipe hatte Friedhelm sie bestellt, Sonnabend morgens um 10 Uhr im Dammtorbahnhof, durchgehend geöffnet für Penner und andere ordinäre Versager.

Zu denen sich Leonore heute einmal nicht zählen will.

(Gestern schon, als Richard ihr so unbetont »viel Spaß« wünschte beim »Kiezbummel mit Adelheid«, bevor er selbst, offensichtlich erleichtert von Heim und Herd, fürs Wochenende zu einem alten Studienkollegen in die Heide fuhr.

Viel Spaß beim Verrat an dir selbst? Die Ehefrau zuckte. Oder wars weniger die Scham der Lügnerin als die Eifersucht auf seine Männerfreiheit, die Leonore beinahe doch noch den Schnabel aufgesperrt hätte? Damit er, wo er geht und steht, an sie nur denken muß?

Zum Glück für ihre eigne, triebnotwendige Gedankenlosigkeit, hatte er ihr andrängendes Bekenntnis in einem Kuß erstickt, winkend stand sie dann am Straßenrand, ich sehne mich nach dir, vergiß mich nicht; und das ist wahr.)

Heute aber, morgens früh um acht, da hatte das Telefon geträllert, so jugendlich, vertrauensvoll selbstverständlich, erquickend gradeaus. »Ich freu mich ganz unbeschreiblich auf Montag, Nora! Mir gehts so gut, SO gut, viel besser als jemals in den letzten fünf Jahren. Das kommt ganz allein durch dich, ich kann mich plötzlich selber wieder fühlen, tausend Dank.« Ulrich Wusinski: Und alle ihre Spiegel strahlen morgensonnig.

In damenhaftem Seidenanzug, modisch kupfer zum kastanienbraun gefärbten Pagenkopf, und daß das Innenfutter ausgerissen ist, sieht man nicht von außen, tanzte sie beschwingt von Ulrichs Schmeichelstimme Friedhelm entgegen, furchtlos ohne Zagen.

Einigermaßen fremdartig allerdings hatte sie sich dann ausgenommen am Treffpunkt Dammtorkneipe. Noch besoffen, schon besoffen? Tapfer schritt sie durch den Dunst zur Theke, was Friedhelm will, ist wohlgetan, erklomm einen Barhocker, zehn Minuten zu früh, Er noch nicht da.

Sie will die Augen auf unendlich stellen, ordert einen Tee – aus Irrlicht, Dämmerung und Nebel wächst unaufhaltsam eine schmuddelige Welt. Ein schmierig brauner Tresen, ein weißer Hemdsärmel mit Lappen im Klauengriff schmaddert betulich vor ihr rum. Vor ihrer Nase.

Und Kröten ans Bierglas geklammert, sehnsuchtsvoll gefräßiges Geglieder. Seitlich wabert ein roter Ballon, aus dem Sprechschlitz quillt ihm fader Unrat, er platscht heran und immer näher: »Sagen Se mal, Frollein, was machen denn SIE hier in diesem Puff!« Und schlägt einen torkelnden Kreisbogen um sich, aus dem sofort vier, fünf andere Lemuren gierig rausgekrochen kommen. Auf Leonore zu.

Amtlich fährt die Kellnerstimme zwischen Dame und Gesindel: »Hans, halt die Klappe und kümmere dich um dein Bier –«, doch Leonore, redlich wie stets, gibt schon bereitwillig Auskunft: »Ich warte hier auf einen Freund.«

»Einen FREUND?« Gelächter aus schepperndem Brustkorb. »Der kann doch nicht Ihr Freund sein, einer, der SIE hierherbestellt!«

Leonore versteckt eilig ihre Beschämung hinter demokratischem Getue, wieso, warum, »Sie sind doch auch hier,« zückt ablenkend Zigaretten, »bitte, bedienen Sie sich.«

Bald war sie eingekesselt. Es lallt nach Schokolade und Kakao für das Fräulein, die Bären tanzen, natürlich, ach, wie immer, wegen der glühenden Kohlen unter ihren Tatzen. Fünf Lebenstragödien überbrüllen sich, Tränen auf Leonores Seide und sabbernde Küsse auf ihren Backen, meine Mutter, mein Vater, meine Frau. Keiner liebt mich, nirgendwo, nicht in alle Ewigkeit.

Noch besoffen. Die ganze Nacht lang.

Leonore hatte alle Herzen voll zu tun, Gottes unendliche Güte gerecht zu verteilen – mittenmang, plötzlich – ER. Friedhelm.

Na, da glotzt er, der Gesell. Erniedrigungsexperiment fehlgeschlagen, was? Unsre Lore isn bißken anders als du denkst, Alter. Nix verhuschtes Dämchen in der Ecke, das hilflos deiner Erlösung aus dem Sumpf entgegenbibbert, der Sumpf ist ihr ureignes Element, in dem sie erst so richtig munter paddelt. Paß auf, daß sie dir nicht schon längst davongeschlüpft ist!

Und ob er aufpaßt! Nach anfänglichem Stutzen durchteilt er mit nervigem Arm die quallige Masse, räuspert sich herrisch –

es durchfuhr sie. Mitten im Wort, SEIN Blick. Schluß mit Gottes überschwapsender Unendlichkeit, Schluß mit sich selbst? Alles fiel ab, sofort wich die Menschheit ins Leere. Sämtliche Abgründe sperrangelweit offen, dem Urknall entgegen. DU!

Die Unterweltler um sie her erschraken. Friedhelm der Held, breitbeinig aufgepflanzt, in Jeans und schwarzer Lederjacke, der graue Schnurrbart sträubt sich zornig, Pfoten weg von meinem Eigentum! Das Gelichter schlotterte. Versuchten stammelnde Verteidigungen, »ein tolles Mädchen, unsre Glückwün-« EIN Friedhelmscher Säbelblitz, alle hielten die Mäuler. Die dreckigen Mäuler. Wandten sich mit einem Ruck dem eignen Nichts zu; ein Zuhälter, wer hätte das geglaubt, ach, die arme, liebe Kleine. Ach.

Die jetzt vom Barhocker rutschte, folgsam auf Wimpernschlag, und kein einziges Lächeln von Ihm, kein Kuß, sie stürzt ins urbekannte Loch; aus, vorbei, Er liebt mich nicht mehr.

An diesem bewährten Zügel lenkte er sie durch die plötzlich entleerte Wüstenei, ab in den Winkel mit der Willenlosen, an einen verschmierten Tisch. Zu spät der feudelnde Wirt, ihr Ärmel tunkte schon in die Soße.

Friedhelm aber lacht. »Siehst du, so bist du, ein verdrecktes Hürchen, das ganz umsonst die Dame spielen will. Mach dir nichts draus, bist keine Ausnahme, so seid ihr ja alle.« Ein aufmunternder Kniep in die Wange, sie äugt ihn an, kannit vas-tan.

Auch nicht die Provokation, die darin liegen soll, daß er sich jetzt ein Bier bestellt, morgens um zehn schon; abgestürzt aus Zeit und Konvention vegetiert die Ungeliebte, begreift die Welt nicht mehr mit ihren ausgelöschten Sinnen.

Nein? Höhnisch knirscht er übern Tisch: »Du hast es tatsächlich deinem Mann verschwiegen? Daß du heut mit mir ficken willst? Um ihn dir warmzuhalten, was? Lügnerin, eine abgefeimte Lügnerin bist du, wie soll ich dir vertrauen können!« Er spie ihr in den Tee. Sie aber – : Sie atmet durch, sie lächelt tief, erkennt Ihn wieder. »Ich wollte bei dir sein, bei dir ganz allein«, und alle Brünnlein fließen.

Prompt auch seines: aufsteigt der Strahl. Achtung, Friedhelm, das Liebeslamm! Du kannst mit mir machen, was du willst, meiner Vergebung entkommst du nie!

Dem aber, Prinzipienreiter wie nur je ein Räuber, dem klappt das Messer in der Hose auf, »Mädel, schau mich nicht so an, ich muß dich sonst erstechen.« Und endlich packt er ihre dünnen Finger, kalt wies einer Leiche ziemt, quetscht sie, ohne daß sie piept, ergreifend schartig sein grollender Baß: »Weil ich süchtig bin nach deinem Schielen, verstehst du mich!«

Ja, mit beiden Augen, ja.

Die bezechten Kerle aber murren. Gegen die Weltordnung. So ein selten gutes Muttchen, um das dieser Mörder uns berauben will! Wie jammerschade, das liebe, brave Nuttchen, schade, wie schade um sie. Doch grade solche, ZU gut, zu brav –

Die beiden aber ganz versunken und vertan in ihr wundersames Lied vom Tod.

Plötzlich, mit einer Geste, für die Charles Bronson zwanzig Jahre Probe braucht, strafft sich Friedhelm, springt auf, wirft ein paar Münzen übern Tisch. Befehlston: »Komm, wir gehen. Ich werde mir jetzt Schuhe kaufen.« Gehässig zur Kleinen, denkste, freiwilliges Liebesopfer, ich KAUF mir, was ich will!

Und Leonore trabte hinter ihm (alle frommen Wünsche schwänzelten ihr nach), fügsam, dämlich, demütig ergeben, welch seelig-süße Schande des Karnickelchens.

Doch diese Schande, gerade die, die rührte Friedhelm so heftig, daß er sie, kaum aus der Kneipentür, endlich küssen mußte. Runter bis ins Herz hinein, mitten in sein eignes.

Und als die Welt sich wieder öffnete, da schien die liebe Sonne breit über die hupende Allee, breit auch über ihre Herbstgesichter, und sie nahmen sich bei den Händen, der Bandit und die Lady, er trug ihre Taschen über die Schulter gehenkelt, ja, ihren Wäschebeutel, »bist schließlich schon ein angejahrtes Haus, zu alt fürn Sklavenmarkt«, plazierte einen Kuß auf ihre Stirn, und an Schuhekaufen war nicht mehr zu denken. Überhaupt nicht an kaufen, endlich gemeinsam strebten sie in den von Freundin Adelheid bereitgestellten Schlupfwinkel.

Allerdings dieser Unterschlupf – vielleicht für die Prinzessin pittoresk, für den Gefangenen aber? Ein finstres, schimmeliges Haus, vollgestopft mit vergammeltem Menschengeziefer, Müll, Knoblauch, Kohl. Unter Adelheids verdreckter Fußmatte, gleich links im dustren Erdgeschoß – sie glotzten. Auf den Sand, in dem kein Schlüssel liegt und dann einander an. Obdachlos? »Unsinn, die Adelheid«, Leonore tastet nach dem Klingelknopf, »die Adelheid ist zuverlässig.«

Aufs Stichwort springt die Türe auf, zwei schräge Späheraugen glitzern im Funzellicht, blonder Haarwisch, raffiniert asymetrisch hochgeföhnt; sie hatte es sich nicht verkneifen können, und wenn Leonore noch so verdrüßlich die Stirne kraust, auch SIE sammelt ausgefallene Menschen, nen leibhaftigen Verbrecher kriegt man nicht alle Tage zu Gesichte. Hell läßt sie ihre Stimme, junge Stimme, klingen, »entschuldigt bitte, aber das Telefon«, der Werner und der Wolfgang, der Georg und der Mark, sie ist ein begehrtes Persönchen, für jeden Mann ne Ehre, sich einzureihen in die Einheitsfront ihrer Liebhaber. Künstler und Professoren, in bester Gesellschaft, Friedhelm?

Der war sofort bereit, ein Tässchen Kaffee mit ihr zu trinken, »na klarchen«, der Liebestod rennt nicht davon, und hoch im Storchengang durch den trüben schmalen Flur. Abfalleimer, Katzenklo, Handtaschen, Mäntel, über die Kohlenschaufel, griffbereit immer noch vom letzten Winter, wär Leonore fast geflogen, doch niemand hilft der Alten auf.

Noch eindrucksvoller dann die Küche: »Vergangenheit, sichtbare Spur im Jetzt«, mit diesem Spruch begründet Adelheid ihre philosophiestudentische Idiosynkrasie gegen jeden reinigenden Umgang mit dem Materiellen, »ICH verdränge meine Spuren nicht, ICH nie!« Also wackliger Sperrmüll, abblätternd graue Farbe an den Wänden und Messer, Gabeln, Teller, Tassen, Töpfe, Tüten, Dreck und Speck; sie fegt Zeitungen vom klapprigen Gestühl, stellt drei Becher ins Memento-Mori auf den beklecksten Tisch, »setzt euch, das Wasser kocht gleich«.

Das Mädchen selber aber springt frischleibig im Schmutz herum, frecher Podex in draller, grauer Hos, schwarze Soldatenstiefel, graues Seidenshirt sehr prall gefüllt, etwas friesisch von Gestalt aber grade darum.

Friedhelm hat schon beide Hände ausgestreckt, ein flitzender Kiek zur Seite, ja, Leonore sieht alles, erträgt alles, sitzt im Siff gebannt und staunt. Wie Friedhelm sich hochschlenkert, nah, ganz nah hinter die Göre tritt, spitzbübisch wippt er auf den Turnschuhn, spinxt über ihre Schulter und nicht nur in die Kaffeetüte, unübertrefflich seine Männlichkeit, »laß mich mal, Kleine, du mußt ne Prise Salz aufs Kaffeepulver streuen –«. Wir pflügen und wir streuen, das Mädchen windet sich an seiner Schulter, gikkert unterm kitzelnden Räuberbart, der versehentlich ihr Pausbäckchen streift; in strammer Gegenständlichkeit hält sie seinem Dräuen stand.

Die Dame aber auf dem Küchenstuhl, die wunderte sich sehr. Nur am Rande über Adelheid, nur sehr am Rande über Friedhelm, ganz baff war sie über sich selbst. Geruhig bis in alle Winkel. Oder nur erstarrt? Sie hockt und schaut dem Treiben zu, kokettieren und poussieren; demonstrieren, ätsch, austauschbares Weiberfleisch. Und Adelheid hopst vor Vergnügen, daß ihr Fleischchen 16 Jahre frischer spratzt, als Leonore ihres mit seiner hochnäsigen Leserinne unterm Kinn.

Doch 16 Jahre frischer auch als der graue Räubersmann: »Du mußt noch EINIGES lernen, Mädel, wie mir scheint,« Friedhelm streng aufs Ambiente weisend, »es gibt auch eine Außenwelt, und die wirkt, GRADE aufs Innerste!« Eine Mahnung, die zweifellos mit einem Klaps auf den Popo abgerundet werden muß. Und Adelheid schnutet so goldig – »nein!« Friedhelm hart, »einen Kuß bekommst du nicht, den mußt du erst verdienen.«

Er schreitet zum Tisch (an dem die Unsichtbare höckert), greift sich die Tassen, »wasch die sofort noch mal ab, die sind nicht richtig sauber.« Und Adelheid gehorsam aufs Wort, was ne Lust, dem überlegnen Geist zu dienen. Kein Auge der Verworfenen, die Kraft des Geistes ist nur so groß wie seine Äußerung, und Leonore äußert nichts, gar nichts mehr. Hurra! Adelheid, die Siegerin im Kampf um die echte Künstlerbiographie; ICH vögelte mit deinem Mörder. Dein Stoff ist meiner.

Aber der Stoff selbst. Mit dem dritten Klatsch aufs stramme Hinterteilchen, dem ersten Kuß aufs Mäulchen, »brav, wie gut die Kleine doch abwaschen kann, wenn sie nur will!«, wandte er sich zurück – und die Augen gingen ihm über. Wie Leonore dasitzt, so vollkommen hingebend begriffstutzig, so grenzenlos staunend, das riß den Burschen um, hin zu ihr, mit einem Augenblick in Knechtsgestalt. Innig flehend: »Verzeih. Verzeih mir bitte. Hat's SEHR weh getan?«

Leonore aber küßte siegreich ihre Schrammen, lächelte mit einer Milde, daß es der Adelheid rot unter die Fönfrisur schlug; wie Friedhelm der heuchelnden Alten auch noch ganz überschwenglich dankbar ist. Abgekartet: Das perverse alte Spiel von Sünde und Vergebung, und ich hab den Sündenbock für die beiden gemacht!

Noch bevor Friedhelm sie in die Wüste treiben wollte, war Adelheid hastig entwichen, rausgestolpert aus der eignen Wohnung, das ganze Wochenende fauchend vor Scham.

Die Hinterbliebenen aber, nachdem sie einander einige Zeit lang schweigend in Armen gehalten hatten, staxten endlich zum Zimmer, ins –

Brautgemach? Ins Grab? Oh Lörchen, soviel hohes Pathos – dazu ist der Gesell dann doch nicht Zuhälter genug. Steht schrumplig in der Tür und grault sich. Das schmutzig-graue Bett prangt so erschreckend breit, und er so klein und einsam. Und das Jüngferlein an seiner Schulter so ergreifend jungfernmondig –

Grobschlächtig bellt sein Baß: »Ich weiß gar nicht, was hier jetzt abgehn soll! Der 500-Marks-Fick, oder was!«

Leonore aber staunte nicht mehr. Schielte auch nicht. Blickte ihm kalt ins borstige Gesicht: Fick, dein Fick ist nicht von meiner Welt.

Der Beleidiger aber KRIECHT vor ihrem verständnislosen Stolz. »Bitte, verzeih, ich weiß gar nicht, was mit mir los ist! Ich hab nicht DICH gemeint, bitte!«

Nein, hat er nicht. Selbstverständlich nicht. Gibt deshalb gar nichts zu verzeihen. Nur zu heilen. Ganz schwach läßt er sich von ihr zur Bettkante leiten, bald auch ins Bett legen, kalt ists, und wie die Heizung angeht, wissen sie nicht.

Überhaupt wissen sie nix mehr und auch beileibe nicht. Zwei Osterhäschen, die fromm ihr Fell abziehen und husch unter – die Decke stinkt. Nach Katzenpisse. Doch jetzt, endlich nackt, kann sie fürs erste kein Gestank mehr anfechten, Leonore breitet ihre Arme:

ooch, DU! Und wie er seinen ergrauten Strubbelkopf an ihren kleinen Hängebusen schmiegt –

Aus allen Ewigkeiten träufelt Wonne, und Leonore schaukelt ihn auf ihren Wogen, und alle Quellen rauschen Mitternacht – aber das ist es ja grade. Wer aus mir trinkt, der wird ein unschuldiges Tier. Friedhelm aber will nicht unschuldig sein, deshalb verdurstet er lieber. Und das ist SEINE Ehre! Auch wenn es noch so penetrant von unten kragt, willa nich! In diesem unheimlichen Gegründel, Sumpf von Grendels Großmama, da brauchste nen längeren Stecken als seiner ist, um nicht abzugurgeln, Mädchen! Und je herzzerweichender du ihm von deiner allumfassenden Liebe singst, desto panischer proppt er sich alle Öffnungen zu. Wenn zwei sich innig ineinander senken – er will NICHT sinken, immer tiefer, und wenn am Grunde auch das wunderherrlichste Schloß auf ihn wartet, soll warten –

Leonore aber, ganz abgemattet von Vergeblichkeit, hatte schließlich das Warten aufgegeben. Ne dicke Erektion und trotzdem nix – das grausam mißachtete Möslein greint. Das Mädchen hat nichts – fast hätte sie Papi zu ihm gesagt. Bitterlich empört zog sie sämtliche Tentakel wieder ein, bis er nichts mehr als nur noch ihren Lumpensack in Armen hielt. Empfindungslos wie jede gute Hure.

Gemein! Mutterseelenallein dein armer, irrender Gesell, dämlich, Leonore! Weil er deinem geil nach ihm schnappenden Loch nicht vertraut, nicht vertrauen kann? Kleingläubig, rattenhaft alltäglich, DU! Nicht ER! Weißt du denn – willst du nicht wissen? Zwölf Jahre lang, vom achtundzwanzigsten bis zum vierzigsten Jahr nichts andres als Papier. Papiermädchenfleisch.

Und du bist gekränkt, verletzt bis in die Fotze, daß er kein Papier aus dir machen will, kein Pornoheft.

Aus Liebe vielleicht, du dummes, eitles Tier! Die aber, die WILL nur die eigne Prämisse erkennen, von der Göttlichkeit des Triebes.

Da packte er sie an der Kehle, »Schluß mit lustig«, bald lag sie glupschend. Doch immer dieser Blick, stumme, reine Kreatur, die nicht weiß, was böse heißt.

Hoffnungslos schleuderte er ihren Kadaver beiseite, »du würdest es geschehen lassen! Nee, Mädel, mach ich nicht mit, ICH nicht! Deinetwegen, damit DU deinen Operntod erlebst, soll ICH in die Kiste und lebenslang! NEE! So viel bist du mir wirklich nicht wert.

Ja, wenn's niemand wüßte –« stockt, schaut, erschüttert, »Augen, Mädel, deine Augen.« Reuig bettelt er um ihren weggeschmissnen Kopf, dann hatte SIE ihn wieder auf, nicht im Schoß. Wiegenlied, heile, heile Segen.

Und dafür muß er sie gleich wieder strafen – das Rädchen dreht sich, immer im Kreis herum, Hiebe und Wolfsgeheul, ja, Papi, Leonore versteht alles.

Selbst noch als er ihr befahl, ihren Hintern zu präsentieren. »Ich will deinen Arsch sehn, los! Ob der überhaupt noch zu gebrauchen ist. Am meisten steh ich auf Arschficken, klaro?«

Klaro, trotz oder grade weil sie Hämorrhoiden hat.

Auf schlanken aber sehr wackeligen Beinen trug sie ihren Körper zur Schau, an der Bettkante vorbei, frierend durchs müffelnde graue Zimmer und jeder Falte preisgegeben. Ließ sich taxieren, zusammenknüllen, wegschmeißen. Unbrauchbar, zu abgenutzt, deshalb, NUR deshalb, daß er sie verschmäht, ganz alleine ihre eigne Schuld: »Dein Arsch ist nicht sehr angenehm fürs Auge mehr!«

Still erstaunt kukkt sie ihm ins Geknorre, auf seinen Hals, rissig, weit mehr als ihrer, auf seine hageren Altmännerschultern, und sein Hintern, wenn er steht, schlafft schlapp.

Aber, naweiblich, sie umfaßt diese seine ganze zerfetzte Maskerade mit solchem Erbarmen – und wieder Sieg und immer Sieg. Das Lamm ist stärker als der Metzger.

Aber, jetzt aber hat das Lamm genug von seiner weißen Sanftmut. Ihr heißgeliebtes (von Richard heißgeliebtes) Ärschgen läßt sie sich nicht länger mehr beleidigen. Greift ihr Fell und schlüpft hinein, reicht auch dem Wolf das seine; Schluß mit der Wiederkehr des immergleichen Nichts, jetzt wolln wir mal denken. NACHdenken.

Sie kramt das Haschischbröcklein aus der Tasche, und ehe er sich wehren konnte, saßen sie schon, zwei schmuddelige Decken um sich geschlagen, sie saßen im Dreck und reflektierten.

Das alte Märchen von der bösen Hexe, die den kleinen Frieder fressen wollte. »Und geil war die, GEIL! Lechzend aus allen Löchern, dabei prüde, SO prüde –« verschreckt die Faust am Gemächt, Leonore ist im Bilde. Eine Schmach, dem Geschlecht der dummen Mütter anzugehören; sie trösteten sich gegenseitig und entwarfen einen gemeinsamen Plan zur Erziehung des Weibes. Weg von der Mutter, das erste Gebot.

Und die psychologischen Erklärungen (für seine »Impotenz«, wie das Lämmchen mittlerweile im Geheimen formuliert) türmten sich auf ihrer Zunge, doch Friedhelm winkt mit beiden Händen ab. »Weiß ich selber, Mädel, und viel gründlicher als du je wissen kannst. Wir hängen alle an der Kette. Schon der kleinste Eierdieb da drinnen fühlt bis ins Mark, daß wir nix andres als Vollstrecker sind. Aber –« er blitzt auf, reckt den knochigen Arm aus, reißt sie schmerzhaft am spärlichen Schopf, »immer noch besser, SCHÖNER nämlich, als das Opfer machen, jämmerlich und ohne Stolz, wie du!«

Und wieder stellt sich Leonore tot, bis ihm die Hand abfällt, dann ordnet sie ihre altkluge Glatze, grinst weise: »Gibt auch noch andre Lebenshaltungen als Täter-Opfer. Wie wärs mit Beobachten, Friedhelm, als lachender Chronist. Wir könnten ein Hör-«

Friedhelm verächtlich, »du mit deinem Hörspiel! In der Zelle kauzen und sich heile phantasieren, nee, so was Braves ist nur für deinen Schlappschwanz Stöwer klug. Klar ist die Vernunft was Feines, Mädel, MIR aber ein bißchen zu verfeinert. Warum hast du denn Hämorrhoiden! Immer nur aufm Arsch hocken und kontemplieren, irgendwer muß ja die Kacke am Brodeln erhalten, damit IHR was zum spintisieren habt. Von Schuld und Sühne und andrem nicht existierenden Kram. Noch mal, ich will TUN, verstehst du?«

Schön wärs, wenn's nicht nur ständig beim Wollen bliebe. Er aber küßt sie spöttisch auf die Halsfalte, »ICH sitz eben im Freiheitsknast, kapiert? Und deshalb ficke ich dich nicht und werde niemals mit dir ficken, und wenn du dich zerreißt vor meinen Augen!«

Wie kalt sie kontert, unbeleidigbares Leberwürstel, »ficken wollte ICH noch nie. Deine Hexe bin ich nicht.«

Das warf ihn wieder reuig in ihren zerknautschten Seidenschoß, ach lieb mich, wo ich heillos bin, Gretel, meine Gretel, und für dies Gebet sollte sie nachher unermeßlich verständnisvoll den nächsten Schub Backpfeifen hinnehmen; sie ermüdete zusehends vor der eintönig leiernden Empirie, ans flottere Romantempo gewöhnt wie sie ist.

Bis auch er, endlich erschöpft und ausgekotzt, mit schweren Händen sich und ihr die Fetzen von den Leibern zog, und im Bett hatte er sich sofort ihrer Zitzen bemächtigt, an denen klammerte er sich fest, viele Stunden lang. Und sein Knie auf ihrem Schenkel, am nächsten Morgen blaugefleckt, der Schenkel, nicht das Knie.

Sie hatte krampfhaft sämtliche Schutzmäntel über ihn gebreitet – aber. Lang war die Nacht, sehr lange. Der Räuber schnarcht. Unflätiges Sägen aus totenschädlig offnem Mund. Wie heißt es? Laß niemals vom Freunde dich beim Schlafen überschleichen? Von der Freundin wohl? Auf die ist keine Rücksicht zu nehmen? Röchelnd stolpert er durch vermoderte Träume, Leonores Kunstsinn kränkt sich sehr. HARALD, wenn er schläft in Katharinas Armen. Die Glieder von Amor gelöst.

Der tatsächliche Kreuzstab drückt. Nix freies Wollen; blinde Untat, sklavisch bezwungen in häßlichem Fleisch, knöchern, knarzend, unwiderruflich sterblich.

Schlaflos hoppeln ihre Kopffüßchen, die Analytik ticktackt, bewährte Begriffe sausen über die gut geölten Gleise: Dreifach Wehe über die christlich-bürgerliche Tugendprüderie.

Hoch über die Demütigungen des Weibchens erhebt sie das Haupt, ihr Ehering blitzt in der Dämmerung. Grade daß sie noch dem ächzenden Hänsel an ihrer Brust zuschwören konnte, ihm eine gute Gretel zu sein, raus aus dem Hexenhaus, aber schnell, doch weiter nichts mehr.

Die Prinzessin hatte ihr Geschmeide wieder an sich gerafft, putzte und sortierte es, verschloß die Kleinodien sorgsam im Schränkchen. Verloren ist das Slüzzelin, kein Räuber kann es finden.

Und damit wandte sie sich endgültig Harald Stöwer zu. DER sagt das nicht. Niemals sagt er sowas zu seiner Katharina: Fünfhundertmarksfick. DAS nie.

Und an dieser Stelle löste sie Friedhelms Greifklaue von ihrem verschwitzten Busen, schob fest und bestimmt sein Knie von ihrem schmerzenden Bein, umarmte sich selbst. Jetzt kann auch sie ein Nickerchen halten, und morgens dusch ich gründlich. Die Liebe zu dir selbst bewahre deine Herzen und Sinnen, im eignen Namen ewiglich.

Am Morgen aber –

Friedhelm. Sein erster Griff, schlafend oder wachend? Die Augen geschlossen drängt er heran, gragelndes Gebein von hinten.

Stämmend und schiebend quetscht er sich durch den Spalt, scheuert sich wund im engen Schlund, unter der Bettdecke und blind. Sündenlos. Ganz nach Thomas von Aquin: Wer den Beischlaf allein um der Lust willen übt, begeht Todsünde, wer aber die Fleischeslust verachtet, und wem sie mißfällt, der begeht keine Sünde beim fleischlichen Akt. Nein, Sünder sind sie beide nicht. Dornig ist der Pfad zum Himmelreich. Und kein süß-lockender Ton, der ihn weiterleitet, nichts als grauenvolle Stille. Mühselig holpert er dahin, tuckernd im Leerlauf, bis er scheints irgendwo angekommen ist, vielleicht hat er sich auch gestoßen? Ein kurzes Ächzen, dann Ruhe im Kuhstall.

Leonore wandte sich. Flutsch raus, Tor zu. Friedhelm öffnete betört die Augen, Tochter Zion freue dich, endlich war dein Bräutigam bei dir, »was war denn DAS?« Kikeriki.

Nora hebt die Brauen, »nichts, was soll gewesen sein? Du hast wohl geträumt?«

Brutal packt er ihr Kinn, schmettert ihr Gesicht ins Kissen, »du stinkst aus dem Maul!«

Sie aber mit einem Sprung aus dem Bett, ein Griff nach den Kleidern und ab ins Bad. Tür zu, Riegel vor. Lange kauerte sie in der Wanne (flink vorher geputzt), lange spülte sie den Dreck vom Leibe, entspannte die verkrampften Glieder.

Sie rubbelt sich ab (mit eignem Handtuch), salbt sich rosig vor dem Spiegel. Eigentlich? Sie streckt sich, dankt aus voller Brust ihrem Gymnastikprogramm, dehnt sich wohlgefällig. Oh Richard! Heute abend werde ich mich an dir laben, du Allerliebster du, auf sicher. Wenn du mich – du wirst mich doch – ? Aber natürlich, ja, verheißungsvoll schmunzelt der Spiegel, Richard? Richard steht nicht auf asketischer Selbstberaubung, der nicht!

Drinnen jedoch, zurückgelassen, der Gesell. An dem Punkt genau, den er unbedingt und absolut vermeiden wollte. Bei sich allein. Wie sagt der Spiegel? Wenn man im anderen was Großes sucht –

lange hat er Zeit, sich als Ratte zu betrachten. Sie wäscht sich lange. Beleidigend lange. Es hatte nen Moment gegeben – aufspringen, umbringen, alle machen die Alte, aber holla! Wer bin ich denn, daß mich ein Huhn – schlapp fällt er zusammen. Ein Nichts im Chaos einer fremden Frau. Er stierte umher, Bücher, Zettel, Staub, ne Kulisse fürs Warten auf Godot. Und roch das Bett, inter faeces et urinas, SO wesentlich zu werden, kann einzig die Jugend sich erlauben – Jugend? Adelheid! ADELHEID! Die hätt ich sofort, die wär ja bestimmt – an der richtete sich sein Trotz wieder auf. DIE Kleine werd ich mir mal von Nahem besehn, und in deiner überlegnen Gegenwart, ätsch, Leonore. (Seine eigne Kleine, Karin, oder wie die heißt, die hat der Typ tatsächlich über unsrem Alterchen vergessen. Ein Dummerle, ganz im Gegensatz zur Jungphilosophin, klaro.)

Derart besänftigt war Friedhelm in die Kleider gefahren, ungewaschen, der Rebell. Doch als sie aus dem Bade kam – »Mädel, was siehst du frisch aus! Bitte, bitte laß dich küssen.«

Und da umarmten sie einander plötzlich ganz herzinniglich und versprechen sich ewige Geschwisterschaft.

»Unter einer Bedingung, Leonore,« der Ganove schelmisch, »du mußt den Stöwer glücklich machen. Die heilige Familie im Paradiesgärtlein und über allem wacht deine strahlende Vernunft. Du weißt doch, wir drinnen, wir träumen von nichts anderem.«

Und schmollt so wonnig unterm Schnurrbart, sie gibt ihr Ehrenwort, das Möglichste zu tun. »Und ich werde dein Helfer sein, im Träumen und im Leben«, tütti, tütti, auf diesem neckischen Niveau verkehrten sie jetzt miteinander.

Bezwungen ist die Geisterschar, die Hexe brät im Ofen, und jetzt gehn wir frühstücken und lachen uns ins Fäustchen.

Und als sie später auseinander gingen, Friedhelm »auf nen Sprung zu meiner Kleinen« (eben der Vergessenen), und Leonore auf nen Sprung zu Richard, da waren sie fröhlich und frei, Mutprobe bestanden.

»Das nächste Mal wenn ich draußen bin, hab ich ne eigne Wohnung, du wirst sehn. Dann kannst du mir beim Streichen helfen.«

Ja, kann sie. Mit Vergnügen, auf Wiedersehen.

In der S-Bahn trällert sie. Bei Männern, welche Liebe fühlen. Gewonnen, Sieger, ich.

Endlich daheim. Und noch mal ins Bad, mit Bimsstein und Schmirgelpapier. Kein winziges Wörtlein dieses Banausen über die allseits gerühmte unsäglich samtige Weiche ihrer Haut! Der Schnöde, nicht mal bemerkt? Nix, gar nix bemerkt – Plötzlich entrüstet riß sie die Frauendusche ausm Regal: groteskly grätschend in der Wanne, das türkise Spritzgerät zwischen die Beine gerammt, hatte sie dreimal mit Milchsäure ihre entweihten Innereien ausgespült.

Und Haarkur auf dem Kopfe, dick gesalbt, Ponds Körpermilch mit Kakaobutter hält, was sie verspricht, flitzte sie dann durch ihre Höhle, glänzend beschmierter Nackebatz, im Takt zu Susannas Brautlied wienerte sie den Küchenboden, während im Ofen Richards Leibspeise schmurgelt. Quiche mit Sahneporree.

Sehnsuchtsvoll putzet die Freundin, sie öffnet alle Schleusen der Erinnerung. (Nach dem Wahlspruch ihrer Großmutter: Willst du die Liebe auch alltäglich frisch erhalten, dann entsinne dich immer, wie's ganz am Anfang war.)

Mein Trauter, der erste Kuß vor vierzehn Jahren, die erste Umarmung vom Schicksal diktiert und seine Stimme, als er sagte: Geliebte. So, wie er's immer noch sagt; bald hatte ihre Seele keinen Platz mehr in der kleinen Brust.

Gradezu fromm föhnte sie sich – seine! Haare, bekleidete andächtig mit Samt und Seide dunkelrot den IHM angetrauten Leib, Herzblut der Ehe. (Und zog ein Haschischpfeiflein ein, bis sämtliche irdischen Bremsklötze abgefallen waren.)

Als er dann vor ihr stand – die schlaksige Gestalt, gebeugt wie nur seine, über sie gebeugt, ewig herrlich zauberhaft, seine Lachfalten um die Augen! Seine – ja, das große Wort – seine GÜTE! Sie verging in seinen Armen. Und er weiß alles, und nichts muß sie beichten, Dank ihm, Dank.

Er aber, nachdem er dem ersten Ansturm (feixend) Stand gehalten hatte, witterte. Sie wieselte sofort, tischte ihm freudig auf, und alles war ihr neu, zum Staunen neu vertraut, und am allerneuesten sein Mund, dieser kluge, klargeschnittne, melancholische OH! Der jetzt genießerisch die Quiche zermalmt, gelassen erzählt von seinem

Freund Karl und dem Riesenhimmel über der Heide. Zum Entzücken jedes Wort, und wie er mit der Gabel fuchtelt, himmelhoch.

Er sprach, breit und ausführlich, ließ sie zappeln, aalte sich in ihrem begehrlichen Blick.

Bis sie kurzerhand herangerückt war – bald huschten zwei Nackerte über den Flur in Leonores Zimmer.

Unendlich viel gabs aneinander rumzuküssen, rumzuschnuppern, rumzustreicheln, hab ich dich wieder, kann ich dich fassen, bis die wilde Gier sie dann am Wickel hatte. Fromm und heilig, innig ineinander senken ist sich nicht, die wüsten altmodischen Worte triumpfieren: hingeben, öffnen, eindringen, willenlos und fügsam jedem Handgriff.

Doch wenn Leonore zwischendurch vor Schreck die Augen aufriß, sag, wer bin ich? geil spratzendes, aufgerissnes, rohes Fleisch? dann sah sie sein Gesicht (»Antlitz«) besonnen und sicher, keine Angst, ICH weiß, wer du bist. Ich will DICH und grade da, wo du dich nicht mehr selber kennen willst.

So endlich befreit vom wachhabenden Ich sauste sie rasender die Rutsche runter, kopfüber in den Grund, ins Chaos, zerflog sie, zersprang, grenzenlos, die ganze Welt hat in ihr Platz, Richard, du, oh Du.

(Über ihnen wurde mürrisch der Fernseher lauter gedreht, was sindn das für Vulkanausbrüche ständig, verheiratet seit dreizehn Jahren und mimen plötzlich wieder Leidenschaft?)

Die beiden aber keuchten. Lagen verschränkt auf dem Teppich, lächeln und immer wieder neu verdutzt. Zwei Blindschleichen im Weltall, was das wohl sein soll, der groteske Tanz des Triebes? Ne aberwitzige Erfindung, ein Kindskopf, dieser Gott, mit seinem Pyromanenspaß an Explosionen.

Und wie sein schrumpfendes Schwengelchen ihr kichernd entschlüpfte (eben noch gewaltiger Tartarensäbel), kehrten sie zurück zur Erkenntnis ihrer Mangelhaftigkeiten, spitze Knie und schmächtig eingefallne Brüste; Leonore zerrte ihre goldne Kuscheldecke von der Liege, verhüllte schamhafter seine und ihre Schrunden. »Komisch, daß man die Falten nicht mehr wahrnimmt, sobald der Körper ganz alleine von sich selber handelt.« »Siehst du«, Richard ergriff sie am Kinn, küßte sorgfältig entlang der Leserunzel,

»brauchst dir nicht die geringsten Zukunftssorgen zu machen, solange sich mein Tier noch regen kann, bespringt es blindlings seine Alte, ob zottelig, ob glatt; Schönheit ist nur ein späteres Hirnprodukt.« Und fuhr zum Beweis mit harter Hand ins tropfende Puderdöschen, zum Quieken herrisch, so wies muß.

Später aber hatte er ihr dann doch noch auf den Zahn gefühlt, »was war mit Friedhelm, woran ist dein Seitensprung gescheitert?«

Sie pliert verblüfft, geärgert fegt er ihr schlechtes Gewissen beiseite, »tu nicht so ahnungslos, du weißt genau, ich kenne dich. Also – er konnte nicht oder was?«

Nicht können, nicht wollen? Richard war nach ihrem Bericht (exakt aber nicht ausführlich) wieder mal ganz professionell hoffnungslos, »klarer Fall von Knastsadismus, armer Kerl. Zwölf Jahre Askese plus Erniedrigung – immer dasselbe. Am Ende schwingen fast alle die Peitsche.« Sie fachsimpelten bekümmert (Leonore fast übermütig erleichtert, daß er ihr keine Ehebrecherinnenpose abverlangte): unbewachter Langzeitbesuch und auch für Unverheiratete ist unbedingt zu fordern. Ganz egoistisch aus Präventivgründen, zum Schutz der Gesellschaft.

»Stell dir doch bloß mal vor –« plötzlich war der Knastlehrer aufs Äußerste erschrocken, »wenn der nun wirklich zugestochen hätte! Wenn der gemerkt hätt, daß du nix als experimentieren willst!« Fuxteufelswild mit einem Schlag, kleinlaut duckt sich sein Weib, »aber – ich habs doch AUCH ganz ernst gemeint!« Schon hielt sie sich die Backe, und ein zu Recht tobender Ehemann schreibt eine andre Handschrift als ein begehrlicher Liebhaber, Leonores linke Gesichtshälfte glühte noch am andren Morgen. Und jetzt hatte sie auch diese ganze Nacht zu tun. »Ernst gemeint! Und nachher hockt er dann für immer in der Zelle und kommt nie wieder von dir los!« SO viel unermeßlich rücksichtslose Dummheit gehört mißachtet und gestraft.

Und bedroht, Richard schnaubend: »Wenn du ihn noch ein einziges Mal in Versuchung führst, sind WIR geschiedne Leute. DAS versprech ich dir!«

Sie glaubte ihrem Mann aufs Wort, geschiedne Leute, sie schlotterte lange. Und schwor ihm, Friedhelm, heulend zu: um Gottes willen, niemals wieder Lustmordspiele! Lebenslänglich, nach zwölf Jahren, verzeih mir, daß ich das vergessen wollte. Verzeih!

Da erst ließ Richard sie endlich zurück ins Ehebett, schob später sogar im Halbschlaf seine Hand zu der Zermalmten rüber, nahm sie zögerlich in Gnaden wieder auf. Wirklich niemals wieder? NIE wieder, wirklich. Das verspreche ich.

12

In Sack und Asche war der Montag angerückt gekommen.

Arbeitstag, doch keine Zeile auf Papier. Aber auch kein Kreuzstab mehr wälzend auf dem Teppich.

Leonore wechselte Musik und Bewegungsart. Schluß mit der lüstern sich in Ohnmacht suhlenden Sterbensmoral; von nun an macht sie wieder straff Gymnastik. Romangetreu mit Pergolesi, den sie Katharinas Brautsehnsüchten zugedacht hat, schwarzlockig, glutäugig, sinnenfromm, und wenn die Mutter den Tod ihres Sohnes beweint, beklagt sie als erstes einen wundersamen Liebhaber. Harald, der vögeln lernen will als Menschensohn.

Kurzum: der sich paarende Gott ist an der Reihe. (Richard hatte sie heut morgen noch einmal und wieder äußerst überzeugend vom Kreuzstab erlöst, Spätdienst macht's möglich. Jetzt turnte sie, dankbar bis ins letzte Mösenwinkelchen.)

Und dann konnte sie sogar das dringend notwendige Mittagsschläfchen halten, schließlich, zum Glück, hat sie auch noch andere Aufgaben in der Welt, als nur im eignen Dreck genüßlich rumzuwühlen, oder nicht? Sie rollte sich auf ihrer Denkerpritsche zusammen und schickte ihre guten Träume aus.

In die Klapse, zu Ulrich, von dem sie weiß, daß er sich auf sie freut, ganz ohne wenn und aber, einfach so.

Um Punkt halb zwei stand sie vor dem Spiegel, prüfte ihr Erscheinungsbild; der bekannte weichfallende, halblange weite Rock, ein schlichter Pulli, blau in blau, seriös und doch nicht kalt, sie nickte sich streng ins graue Gelichter, besann sich noch einmal auf all ihre akademischen Grade, warf den Mantel um und machte sich auf zur Unterredung mit Ulrichs vorgesetztem Arzt.

Ulrichs Rettung aus dem Irrenhaus, seine Befreiung ins Gefängnis, das muß ich, will ich, werde ich erreichen.

Doch als sie sich der psychiatrischen Anstalt näherte – Wer hat Angst vorm schwarzen Mann: die Diplompädagogin. Sie bibbert unter ihrem klösterlichen Mantel und schwitzt. Zum Glück nur, daß die Sturmriesen die – andren? Menschen aus dem Park vertrieben haben. Nicht rechts, nicht links, vor allem nicht gradeaus ins

Kinderheim; sie stoppelt hastig die pieseligen Pfade entlang, jedes Unkraut zwanghaft ausgerupft.

Endlich die bekannte Mauer. Wie gerettet war Leonore hineingeschlüpft, »natürlich dürfen Sie Trauben und Süßigkeiten mitbringen, Frau Füxle, wir sind hier ja nicht im Gefängnis.«

Betulich geleitete der Pfleger sie durchs Krankenhaus zum Arzt, von Amtsperson zu Amtsperson, ein Fachgespräch unter Kollegen, Frau Diplpäd nahm Haltung an.

Ein Sprechzimmer wie überall, ein Mann wie viele Ärzte. Beinahe vertraut. Gleiches Alter, gleiche Herkunft, gleiche Sprecherziehung. Erleichtert »legte sie ab«, rutschte in den angebotenen Sessel.

Er hockte ihr trübe gegenüber, Schreibtischbarrikade, blond, müde Furchen die Mundwinkel hinab, sein ärztlicher Blick hinter der Brille hat die längste Zeit schon schlapp gemacht.

Höflich, dezent gelangweilt ließ er ihr ehrenamtliches Gequatsche sich abspulen, man muß doch, man darf doch nicht, Gespräche, Therapie, das geht doch nicht, der Ulrich Wusinski hat Angst! Angst vor der Spritze!

»Angst!« Schwach amüsiert über ihre Neulingserregung hob er den weißen Kittel, sagte, was er schon tausendmal abgedroschen hat, »Angst haben wir doch alle hier, Frau Füxle. Und grade weil alles so unheimlich logisch ist. Die Verhältnisse, die daraus folgenden Psychomechanismen, am Ende die Taten. Und dann dunsten die Leute hier,« er schlägt einen Bogen, prallvolle Bücherregale an der Wand, eingesargt in Fachzeitschriften, zur Psychodynamik sexuell motivierter Tötungen.

Ja aber, schon sperrt sie wieder emsig ihren Schnabel auf, trotzdem und obwohl. Höhnisch funkelt seine Brille, »was wollen Sie eigentlich? Anklagen, aufrütteln, ändern? Humanisieren?« Er lacht herzhaft, »machen Sie sich doch nichts vor, Sie wissen genau, wir stecken mit unsren Gefühlen, allen Erkenntnissen zum Trotz, immer noch in archaischer Zeit. Empfinden wie eh und je nach dem Vergeltungsprinzip, auch Sie. Nur daß Sie aus irgendwelchen Projektionsgründen« (er wischt alle individuellen Details vom Tisch) »auf der andren Seite stehn. Erlöserin zur Liebeslogik, was?« Er mustert sie diagnostisch, die sich zusammenzieht, unerkennbar finster unterm dünnen Haar? »Aus Schuldgefühl vermutlich, ja, aus diesem infantilen Schuldgefühl von omnipotent magischer Art, göttlich schuldig am ganzen Elend dieser Welt. Dostojewski, oder nicht?« Und wie sie auffährt, gehässig setzt er nach, »zwischen drei und vier Jahren irgendwas Traumatisierendes erlebt?«

Winkt aber sofort hastig ab, als es ihr im ersten Schreck den Mund aufreißen will (Muttermo-?), »ich will nichts wissen, bloß nicht, Sie würden das nachher bitterlich bereuen. Und ich, ich kenn genügend Geschichten, schlimmere, das heißt auch spannendere als Ihre.«

Und beugt sich plötzlich übern Tisch, »schauen Sie doch nicht so – so – keine Sorge, ich bin kein Therapeut. Mir ist niemand ausgeliefert. Nur Arzt bin ich fürs ganz Mechanische. Daß Ruhe herrscht, verstehen Sie? Hier drinnen, hier wird sowieso niemand therapiert; kein Geld, keine Zeit, vor allem aber kein Mut. Oder wollen Sie die Verantwortung für einen Kindermörder tragen? Na also, was bleibt?«

Sie ganz ratlos und verloren, er nickt ihr auffordernd zu, »Sie solltens mal versuchen, wir brauchen Personal. Acht Mann eingesperrt in einem Zimmer, jahraus, jahrein und ohne jede Hoffnung. Da greifen auch Sie schon bei Normalen zur Spritze, gibt ja nichts andres, als die Spritze. Und grade solche wie Sie, die sind die ersten mit der Waffe in der Hand, das schwör ich Ihnen.«

Erschöpft lehnt er sich zurück, tastet nach den Zigaretten, läßt Leonore Zeit, ihr Erröten zum Abklingen zu bringen. Bis sie zaghaft noch eine letzte kleine Offensive wagt, »und Sie? Wie halten SIE das aus?«

»Na wie!« Herausfordernd grinst er die – Kollegin? an: »Na wie wohl! Trinken, Frauen, Segelboot. Wie die meisten von uns, die, die nicht depressiv werden wollen. Abschotten, dichtmachen, verdrängen, anders überlebt mans nicht. Nebenbei auch draußen selten, aber SIE habens wahrscheinlich nicht nötig, ernsthaft zu arbeiten. Der Ehemann, nicht wahr?« Und wieder ihre rote Rübe. Er generös, »macht ja nichts, Frau Füxle. Braucht er wahrscheinlich so, arbeitet ja auch in dem Metier, wie ich mir sagen lassen hab. Da braucht man so ne von der Wirlichkeit ganz unverbrauchte, liebesgläubige Ehefrau, der gute Hausgeist zum Gefühlsausgleich.« Und angeekelt,

»auch ich hab so eine Idyllikerin daheim, an deren Illusionen ich mein Herz aufwärme. Aber –« bevor sie Luft schnappt, »wir wollten ja über Ulrich Wusinski sprechen.«

Versöhnlicher bläst er den Rauch aus der Nase, »entschuldigen Sie bitte, aber Ihre Therapeutenfrömmigkeit hat mich schon gar zu sehr gereizt. Angesichts –« plötzlich trostlos weist er um sich her, »angesichts dieser entsetzlichen hirnlos dummen Realität, Sie müssen verstehn, verzeihen Sie bitte.«

Leonore hielt sich mäusestill, Tarnkappe auf, er hob den Kopf, sprach zu ihren Mänteln, die einträchtig an der Wand nebeneinander hingen, beide grau: »Ulrich Wusinski. Ich denke, so schnell wie möglich zurück ins Gefängnis. Sobald die Tabletten endgültig abgesetzt sind, in drei Wochen. Und als Grund für seine Halluzinationen schreib ich Einzelhaftkoller, sind Sie einverstanden?« Er zwinkert ihr zu, von Zyniker zu ? , sie nickt sofort und zu reden gibt es nichts mehr. Erst recht nichts über Geister.

Die Illusionistin mußte alle Energie zusammenhalten, um aufrecht das Sprechzimmer verlassen zu können. So wird man also, so hoffnungslos unrettbar dreist. Sie schämte sich sehr.

Welch eine Wohltat die diensteifrige Haltung des heranschlappenden Pflegers, »Herr Wusinski wartet schon«, sein beflissenes Öffnen der Tür zum Besuchsraum.

Und dann: Ulrich! Mühsam beherrscht er sein Strahlen, wie gut ihm das zu seinen Tollkirschaugen steht, und gar nicht mehr unheimlich schief im grünen Kittel; in drei Wochen, eindeutig auf dem Weg zur Normalität.

Diszipliniert unterm Wohlwollen des Wärters schütteln sich zwei guterzogene Kinder die Hände.

Doch kaum hat der Spion die Tür geschlossen – sie lagen einander sofort in den Armen. »Wars schlimm?« Mitleidig streicht er ihr das verrutschte Frisürchen grade, »ein boshaft enttäuschter Menschenfreund, dieser Arzt, mach dir nichts draus, nicht du warst gemeint. Aber –??« Ja, es hat geklappt!! »In drei Wochen bist du draußen.«

Nun, draußen nicht grade, doch wenigstens zurück in seiner eignen Zelle. Er umhalsterte sie ausgiebig dankbar.

Bloß auseinander, bevor ihm (und ihr?) der Einfall kommen kann, daß sie auch einen, wenn zwar ältlich kleinen, dennoch weiblichen Busen hat. Klaps und Küßchen, Tirili, was sind wir harmlos, oh wie unbefangen harmlos, es hat geklappt, au fein.

Sie packte ihre Tasche aus, Weintrauben und Schleckereien, und er bekommt genau dasselbe genäschige Gesicht, das sie sich vorgestellt hat. Unverhohlen Mamas Liebling, und jetzt ist jetzt, wir sind zusammen, und nichts ist zum Fürchten im dunklen Wald.

Sie setzten sich manierlich über Eck an den Tisch, schnabulierten Trauben und beugten sich Seit an Seite über seine mitgebrachten Bilder.

Nein, nicht der große Unerkannte, wenn auch durchaus – die (nebenbei halbblinde, brillenlose) Kritikerin spricht – durchaus nicht ohne Talent. Ein bißchen viel hochsymbolistisches Getier, Eulen, Eidechsen, immer wieder Katzen und der Strich so klassizistisch glatt – sie nickt anerkennend, »sehr gut kannst du zeichnen«; aber noch besser sich erklären. Daß er selbst die Katze ist, »der schwarze, einsame Kater, verstehst du?« und reibt schnurrend seinen Kopf an ihrer Schulter, stemmt seine Füße gegen die Leisten ihres Stuhls, »bequemer so, versuchs bei mir doch auch mal.« Was, Schulterreiben, Füßestemmen? Er fängt schmeichlerisch ihre Knöchel mit beiden großen Händen, schwupps hat er ihr die Ballerinaschuhe abgezogen (ohne die geringste Furcht vor Fußschweiß, unter dem sie jedoch zum Glück nicht leidet), schon massiert er inniglich ihr schwarzbestrumpftes Gebein. Voggelin. »Du hast so wunder – zierliche, weißt du, wunder-«

Ihr Diplompädagogenbewußtsein schrickt auf, nix Wunder, magere Plattfüße, erst recht nicht zierlich, Quadratlatschen bei ihrer sonstigen Minifassung, Größe siebenunddreissigeinhalb – schamhaft will sie ihm ihre Läufe entziehen, unsicher schielt sie in seine schwarzen Augen – oh Augen?

Die nämlich blitzen auf jetzt. Rüde läßt er ihre Beene fahren (huh wie werden die so kalde), er wirft die Lippen auf (küssliche Lippen, wie schon erwähnt?), er schüttelt die Faust. »Also auch DU! Auch dir hat man gesagt, wie allen von euch, bloß keinen persönlichen Kontakt mit den Knackis, auf keinen Fall und unter gar keinen Umständen. Stimmt doch, oder?«

Sie nickt ehrlich, obwohl – nichts obwohl, er sackt zusammen, plötzlich derartig verurteilt und vergessen – Leonore stellt sofort ihre Quanten in seinen grünen Schoß zurück.

Tief seufzt er auf, aberwitzig dankbar der schöne junge Bursch, neigt sich und dann küßt er ihre Strümpfe, vom großen Zeh bis hoch zum Knie, murmelnd, »was hast du nur für herrliche, schlanke, schöne –«. Sie streichelt ihm die Stoppelhaare, er atmet den Duft ihrer Wäsche (Ponds Körpermilch, gemixt mit Rive gauche), sie atmen gemeinsam eine Weile. (Wenn jetzt ein Pfleger? Kommt nicht. Amtliche Betreuerin, studiert, da haben sie Ehrfurcht. Zu recht.)

Und nichts ist entspannender (und für den gesamten Körper) als eine Fußreflexzonenmassage. Da gibts doch irgendwo eine Stelle – diese Stelle – ja, »wo hasdudas gelernt?« Ihre Stimme schon ganz taumelig.

Kokettes Grübchenschneiden, Grübchen, er hat ja Grüb– »eben grade, hier, bei dir. Du hast so süße – du bist so –« und noch ein Tuck grüblicher, und seine Hände so behutsam, warm, »so – irgendwie – nicht böse sein, aber man möcht dich am liebsten in die Jackentasche stecken und immer bei sich tragen. Direkt beim –« er nestelt am Hemd, »direkt beim Schmetterling, sieh mal.«

Ein Ach über die bräunlich zarte Brustwarze, ein Oh über seine goldig schimmernde – Schwarmvokabeln füllen ihren Mund.

Doch brav streckt Leonore die Abwehrklauen wider ihn, in der Jackentasche? immer bei sich tragen? Solche Wünsche bringen Unglück! Auch draußen schon, wie sehr erst hier drinnen.

Er aber läßt sie nicht aus seinem Griff entkommen, beruhigende Reflexmassage, »nicht Nora! Ich weiß alles, was die Pädagogin denkt. Du aber – »und plötzlich ganz kindlich vertrauensvoll, »du FÜHLST doch ganz anders, ich täusch mich doch nicht?« Nein, wenn auch – nichts wenn, DANN! Verschwörerisch an ihrem Ohr, und sein Atem duftet kälbchensüß, »du weißt das doch auch, daß es GUT ist, wenn ich noch wünschen kann. Überhaupt noch wünschen, was Wirkliches, Tatsächliches, nicht nur immer ausgedachte Hirngespinste, mein ich.«

Beschwörend hebt er die Rechte, ihr Linker friert: »Kein sozialpädagogisches Ja-Aber, bitte Nora, bitte sag: Ja oder Nein?«

Und so demütigend schmerzhaft flehentlich, er, der draußen jedes Mädchen haben kann – Leonore haßte sich gradezu für ihre kleingläubige Fachidiotie: Ja, ja und aber ja.

Wie er erglänzt, erglänzen MUSS, sie in die Arme schließt, so dankbar, als wenns ne Gnade von ihr wäre, den schönen Jüngling schön zu finden.

Aber noch einmal versucht sie sich herauszuwinden (aus was heraus? er wird doch nicht, er kann doch nicht, WO DENN!), »du, Ulrich, ich wollt ja so gern noch was über deine Bilder hören. Ulrich!«

Supergeschickt. Das Einzige, womit du einen Mann von seinem Zeugungswerkzeug ablenken kannst, wenns schon im Anschlag liegt, das ist sein Werk. Der unsterbliche Tail, Leonore spielte eifrig Nachwelt.

Bald saßen sie aneinandergekuschelt, seine Linke um ihre Fessel gelegt, die Rechte zeigt und erklärt.

Assoziationslabyrinthe, daß Derida in gelbem Neid ersticken müßte. Der schwarze Kater schleicht, Grinsekatze hinter den Spiegeln, aus einem Pharaonengrab heraus, wandert in Begleitung einer Fledermaus, »die Anima der Mumie, Nora, verstehst du?«, wandert durch die Wüste, zeugt mit der Sphinx den Gestiefelten Kater, »er will ja auch mal witzig sein, dem Pathos ein Schnippchen schlagen, als Kater Murr mit dem Hut auf dem Kopf.« Der braut mit der Braut »bevor sie vögeln, weil, Hoffmann hat ja auch ein Porno geschrieben, kennst du das? Schwester Monika? Die immer die Vorhäute ihrer Geliebten für den Ehemann sammelte und dafür Hiebe auf den Popsch bekam?« Küßt sie eilig auf die Schnute, »keine Sorge, Sadomaso bin ich nicht. Deshalb brauen die beiden auch nur die Elexiere des Teufels, der deshalb in Wahrheit der Luzifer ist, der Lichtbringer, Shithändler.« Und eine gülden gekrönte Schlange züngelt empor, sucht nach dem Haupt der Medusa, findet den Spiegel der Wahrheit, das sterbliche Bild: Hier, der Mann mit dem Loch. Das Loch im Kopf, das Loch in der Zeit.

Ulrichs Faust fährt an die Schläfe, die schönen Augen stieren, »hier, hier wars, das Loch. Immer ende ich am Schluß, ich kann malen, was ich will, immer das Loch.« Er stößt die Finger gegen die

Stirn, immer wieder fassungslos, besonders im Herbst, »endgültig, verstehst du? END-gültig für alle Zeiten!«

Und das ist nicht auszudenken. Er ließ seinen Kopf gegen ihre Schulter plumpsen, sie hielt ihn mit aller schwächlichen Kraft, kein Kinderlied, das helfen kann, Ende, basta, aus.

So blieben sie lange.

Bis er seinen Schopf hob, er nahm ihr Gesicht in beide Hände, schaute sie an, so sehnsuchtsvoll, grenzenlos sehnsuchtsvoll, daß sie ganz schnell die Augen zuklappen mußte, wie unaufhaltsam ihm ihr Mutterherz entgegenstürzte. Und fühlte seine Lippen auf ihrem Mund, er küßte sie mit einer Andacht, alle Mauern weichen, Gitterstäbe sinken, und sein Mund und seine Hände wie immer schon bekannt.

Draußen scheppernde Stimmen, Klirren, Spritzbesteck und Tranquilizer, drinnen umarmen sie sich fester, und ihre Haut schmeckt gut. »Ein Glück, daß ich den weiten Rock angezogen –« schnippchenschlagend sie, »das hab ich gleich bemerkt, als du zur Tür rein –« komplizenhaft er, während seine Hände, oh Hände! – sie schaute ihm immerfort ins Gesicht und staunte. Daß er so schön sein kann, nach all den langen Jahren noch, so ganz unglaublich gläubig schön.

O.k., und faktisch geschah endlich dies: Er hob sie hoch, setzte sie auf den Tisch, und dann vögeln sie miteinander. Im dämmernden Besucherraum, hinter der Tür klappert das Abendessen mit Gebrüll vorbei, auf dem Tisch sitzt Lörchen, ausgebreitet unter ihrem weiten Rock, Strumpfhose und Schlüpfer baumelnd am linken Fuß, aber davon bemerken beide jetzt nichts, hingesmoggen, eingelullt in seinen Armen, an seiner Brust, und ihr Staunen nahm kein Ende. Wie ist das möglich, nach so vielen Nächten nur mit der Phantasie allein: Er vögelte wie Pergolesi, so liebend sinnenfromm.

(Und kundig. Unfaßbar souverän geduldig. Technisch absolut perfekt. Nichts hat er verlernt in dieser langen Zeit, wo Klitoris und G-Punkt sitzen –) Leonore wollte grade der erste Seufzer aus der Nase zischen, da, oh Schreck, es werde Licht!

Ein greller Blitz, im Neonschein kauert sie peinlich – nein nicht peinlich. Beschwichtigend birgt er die Verschreckte an seinem Schmetterling, ganz sanft und dennoch (und grade deshalb) überaus inständig erinnerte er sie an ihre Innenwelt. Dabei murmelnd, »Nichts, Nora, hab keine Angst, niemand kommt rein, nur ich.«

Trotzdem, sie fängt seine Hand unter ihrem Rock, zieht sie hervor, küßt sie gerührt, wispert an seinem Ohr, »nicht, Lieber, bitte, hier gehts nicht so für mich, aber bitte, laß dich sausen.«

Daß er so fragend schauen kann, ohne Gier, unfaßbar nach fünf – sie zog ihn innig an sich, den Mund an seiner goldfarbenen Brust, dann horchte sie nur noch auf ihn.

Aber sausen lassen konnte man das auch nicht nennen, erst recht nicht Ekstasis, Entgrenzung, diese stillen unterdrückten Schnaufer, der kleine, fast schluchzende Ächzer am Ende. (Ejaculatio sine Orgasmo? Das unerkannte Übel vieler Männer?)

Sie ließ den Rock fallen, hielt ihn mit Wehmut, lange standen sie an den Tisch gelehnt umarmt. Irgendwann einmal werden wir alle erwachen, und alle Schuld wird für immer vergessen sein, untergehn im großen einstimmigen Hosianna.

Später hatten sie ihre Kleider geordnet und saßen wieder zivilisiert einander gegenüber, wenn bald ein Wächter reinkommt.

Wie schüchtern er sie fragte, ob sie denn nur aus Freundschaft, nicht auch ein ganz klein winziges bißchen aus Lust dort oben, dort auf dem Tisch gesessen habe?

Sie tröstete ihn mit der Wahrheit: »Doch. Aber wenn du draußen wärst!«

Und das malte er nun so hemmungslos schwelgerisch aus, so verlockend, so überzeugend, daß Leonore nachgrade einen Schreck bekam, sie fühlte all ihre Maximen schwindeln.

Sofort folgsam resigniert er vor ihrer Besorgnis: »Ich weiß ja, das erzählen schließlich alle, du bist glücklich verheiratet, gehst nicht fremd. Mußt du auch nicht, sollst du nicht, ich bin ja kein Schwein. Draußen –« er läßt kläglich die Wimpern zittern (lange Wimpern, schwarze Wimpern, solche wie Harald sie hat), »draußen wär das wohl gar nicht passiert?« Doch, Ullo, doch, das eine Mal bestimmt.

Er jauchzt und quetscht sie an sein Herz, »war ich wirklich wie einer von draußen? Findest du, daß ich wirklich nicht pervers geworden bin? Nicht gierig, egoistisch und gemein?« Er küßte sie im Triumph, als sie ihm schwor, daß er ein außerordentlich wundersamer, ein ganz großartiger Liebhaber geblieben ist, trotz Knast.

»Niemals, nie vergesse ich das, mein ganzes Leben lang bereue ich diese Stunde nie.« Auch sie nicht, nirgendwann.

Und dann blickten sie auf die Uhr, brav rückte er ab. »Aber wenigstens – du mußt dir Bilder aussuchen, Nora, bitte!«

So fand der Pfleger sie, vertrauenerweckend pädagogisch über die Bilder gebückt, und grade riet Leonore zu größeren Formaten. Und konnte gleich amtlich werden, ob es erlaubt ist, Packpapier zum Malen mitzubringen?

Bedauernd hob der Mann die molligen Hände, »wir haben hier leider zu wenig Platz, wissen Sie?« Ach ja, sie weiß, und unter solchen Fachgesprächen verbarg sie den letzten Augenblick, »bis nächste Woche«, jetzt komm ich noch zweimal, und dann – sie war durch den Flur geschnürt, am pflegerischen Guckkasten vorbei, aus dem man ihr prüfend hinterhersah.

Ulrich aber – derartig erfrischt zurück in die Gemeinschaftszelle? Merkwürdig. So ausgeglichen plötzlich?, heiter gradezu? – SEHR merkwürdig!

Und auch Leonore prunkte im Glanz ihrer guten Tat, zumindest solange sie in der S-Bahn saß.

In Wedel war sie allerdings schon hibbeliger, was Richard wohl – der wird doch nicht etwa? Sie rannte nach Hause, vom Mitteilungs- (oder Geständnis-?)drang geschwellt, riß die Haustür auf, rief und horchte –

Keine Antwort. Nicht in der Küche, nicht im Bad, obwohl seine Jacke am Haken hing? Sie fand ihn in seinem Zimmer verkrochen. Zusammengekrümmt im Lesesessel, doch ohne Buch, ein alter, kaputter Mann.

Sie wußte sofort, was – wieder einmal – geschehen war. Sie sprang an seine Seite, er tappte nach ihrer Hand, lehnte den Kopf an ihre Hüfte. »Der Schwule?«

Ja, der Schwulenmörder. Tot. Plastiktüte übern Kopf, erstickt, so wie er auch sein Opfer erstickt hat. »Obwohl draußen extra ein Schild hing, Suicidgefährdet – eine halbe Stunde zu spät.« Richard verbarg seine dummen, vergeblichen Worte in ihrem Schoß, hätte man doch, wie konnte das nur, siebzehn, ein halbes Kind, wie entsetzlich.

Lange ging das so, und als er sich endlich aus ihrem Rock herauswühlen konnte (demselbigen, ja, und gewaschen war sie auch noch nicht), da wußte sie schreckhaft, was er jetzt sagen würde.

Er, Richard, hat Schuld, Henker im Dienst der Aufklärung. Daß ohne seine griechischen Geschichten der Junge sich weiterhin als Drachentöter hätte fühlen können und sicher jetzt noch leben würde. Als Held, als Rächer der Verführten, und das war das Allerschlimmste: »Grade dafür hab ich ihn – ja, ich hab ihn gehaßt! Ich hasse ihn jetzt noch!« Richard schlägt sich die Faust gegen den Schädel, Leonore packt seinen Arm, »aber du hast ihn nicht töten wollen!«

»NEIN?« Höhnisches Gelächter, er entreißt ihr sein Hemd, »aber ich wollte ihn brechen. Ihn winseln sehn in Reue. Ich hasse ihn! Diese dummen Augen, tot wie schöne Glaskugeln, genauso leer. Daß er überhaupt nicht bereit war zu sprechen, mit niemandem, daß er frech und achselzuckend sagte, ich will vergessen, nichts anderes, Reue intressiert mich nicht, und dazu grinste – oh dieses widerliche Grinsen. Ich hab gesehn, ich hab das gesehn, was sein Opfer sah, damals, als er auf mich los ist: Einen dummen, grausig erniedrigend dummen Tod.«

Leonore stach ein Messer ins Gedärm, wo waren meine Augen! Bei Friedhelm, der mit Lustmord kokettiert und Richard –

sie hockte sich neben ihn, umfing ihn, kann man, darf man einen Menschen mit seinem Haß versöhnen?

Sie heulten ein gerüttelt Maß hoffnungslos einer dem andren in den Pullover.

Und sprachen die ganze Nacht und konnten sich nicht beruhigen.

Sie nicht, weil sie ihn mit seinem Haß alleingelassen hatte, und ganz ohne irgendetwas zu bemerken!, er nicht, weil er diese schauerliche Selbsthinrichtung eines Siebzehnjährigen – »ich find's richtig, RICHTig!« Er donnerte sich gegen die Brust, hob das verschwollene Gesicht, »ich hab ihn gesehn, »aufgebahrt«, den klaffenden Mund, die glotzenden Augen, ich hab ihn immer noch gehaßt! Keinen Funken Reue, nichts hab ich gespürt als – recht so!«

Erschrocken wirft Leonore ihre Arme um ihn rum, der glotzt, klaffend – unheimlich außer Rand und Band. Richard, Richard, RICHARD! Keine Beschwichtigung möglich. Der gütige, weise, kluge Mann, ein greinendes Bündel, Rotz und Wasser; ihr trommelte das Herz, die Hirnfüßchen jagten. Doch alle Hilfswörter aus der psychologischen Trickkiste: Identifikation mit dem Opfer, begleitet von omnipotenten Schuldgefühlen, unterstützt durch Agressionshemmungen – tönerne Schellen vor dem sich in Selbstverzweiflung windenden Mann. Als wenn er auf diese Weise bezahlen könnte – ihr Motor bumperte, unbedingt zum Therapeuten, Supervisor, so schnell – am besten morgen noch. Er ist am Ende, Haß ist das Letzte, womit sein Über-Ich klarkommt.

Als sie soweit war, drückte sie ihn sanft in seinen Sessel, eilte hinaus ins Bad, Valium, für heute Valium. Widerstandslos schluckte er die Pillen extra stark, ließ sich brav ins Bett bringen, nickte ergeben, als sie zum Telefon sprang, noch den Nachtdienst informierte: »Mein Mann ist krank, eine schlimme Magen-Darm-Geschichte, Koliken, die ganze Nacht. Er kann auf keinen Fall zum Dienst, bestimmt die nächste Woche nicht.«

Erst jetzt zog er sich, mit ihrer Hilfe, die Cordjeans aus, verzagt blickte sie auf sein schlottriges Gebein, wie dünn er ist, so sterblich dünn, eilig deckte sie ihn zu.

Und huschte endlich zum Waschen, ganz fremd und sehr weit weg roch sie den verräterischen Liebesrückstand, wer war das, wann und wo, dort irgendwie im Leeren auf dem Tisch? Sie lief zurück ins Ehebett, behutsam hob sie die Decke, Richard kroch sofort in ihre Arme.

Sie lag, horchte auf sein Valiumschnaufen und dachte sich gewaltsam weg von aller Schuld; Supervision, die Ebenen wechseln, von der Moral zur Psychologie. Unschuldig, ich konnte nicht anders, Erlösungskraft der Unfreiheit, steh dem Richard bei.

Als er spät mittags erwachte, da hatte sie schon alles geordnet, die Therapeutensitzung abends, mit dringlicher Bitte um längere Krankschreibung, »selbstverständlich Frau Füxle, in so einem Fall, unbedingt muß Ihr Mann Abstand gewinnen, da haben Sie vollkommen Recht,« und morgen für ein paar Tage in die Heide.

Richard nickte zu allem, so willenlos und gefügig – sie betrachtete ihn bang, das Wort »Frührentner« schoß ihr grausig durchs Gemüt.

Umso hektischer trieb sies zum Arbeitstisch, Geldverdienen, wenigstens einer.

13

Schlierig grau in grau gähnt der Himmel, graubraun röchelt der abgerissene Garten und grau krümmt sich Anne, die hutzlig im altmodischen Hausparka durch den Moder stapft - am Wochenende, sie reckt ächzend den Rücken, harken, unbedingt. Und wehe, die helfen nicht alle, ALLE, voran Katharina mit ihren ewig nur kindischen Frühlingsgefühlen.

Sie fuchtelt ins Öde, Briefe knistern in ihrer Hand und einer natürlich, "mit so ner übertrieben subjektiven Schrift", von Harald.

Zornig schnaubt Anne durch die heut sehr spitze Nase, gestern der Anruf bei Jensch war wirklich von ausgesuchter, längst schon vergessener Peinlichkeit gewesen. Der Mann hatte sich gar nicht wieder einkriegen können, endlos sein: "Wie konnte das nur passieren, Frau Meister! Sie hätten das doch wissen müssen, daß Ihre Schwägerin - wie soll ich mal sagen, daß Ihre Schwägerin eine, eine - eben eine Künstlerin ist. Das ist ja an sich was Wunderschönes, draußen bestimmt, aber hier drinnen? Diese Menschen, verzeihn Sie Frau Meister, aber die sind doch in der Regel sehr idealistisch, um nicht zu sagen phantastisch, wie soll denn so eine - und noch dazu ein Zuhälter!"

Anne hatte verzweifelt und wider schlechtren Glauben ihre gesamte Sophistik aufgeboten, ob nicht grade ein Zuhälter, erst recht so einer wie Harald Stöwer, nur durch Phantastik auf den Weg zur Realität gelockt werden könne? Und in Jenschs verblüffte Pause nachsetzend (unter Katharinas anfeuernden Blicken) außerdem, bei Bildhauern sei das anders, die stehen - sie entblödete sich nicht die Schlagworte runterzukloppen, "von

Berufs wegen mit beiden Beinen auf der Erde." Und was Männer anginge - "Frau Lichtenstein ist keine romantische Träumerin, die verlangt was Vernünftiges vom Mann, wenn der nicht bereit ist, sich zu ändern," (sie ölte ihre Stimme), "ne Therapie, Herr Jensch, eine Therapie zu machen, dann ist sie im Handumdrehen weg, die setzt ihm das Messer auf die Brust, darauf können Sie Gift nehmen."

Katharina waren die Beifallsklatscher runtergefallen, ne Therapie? Wer hat denn gesa- im Gegenteil!

Jensch aber: Auf diesen Köder, "Therapie", war er sofort angesprungen, und "Sonderanstalt" entlockte ihm gar einen regelrechten Triumphjuchzer. "Das versuch ich ja schon lange, Frau Meister, Sie dürfen bloß nicht denken, daß ich jemals den echten Resozialisationsbemühungen eines Insassen im Wege stehe, auf keinen Fall! Aber Herr Stöwer wollte ja nie. Er hätte das nicht nötig, seine Sexualität sei völlig in Ordnung, er sei zufrieden mit seinem Charakter, er ließe sich den von niemandem nehmen. Wie soll ich jetzt plötzlich -"

Mühsam hatte Anne das Weiberwort durch die Zähne gepreßt, "die Liebe, Herr Jensch, die Liebe. Und selbst wenns nur VERliebtheit wäre, aber in diesem Zustand ist ja jeder von uns bereit, sein Wesen zu ändern, wenns sein muß, erst recht ein gefangener Zuhälter. Und es MUSS sein, ich kenne meine Schwägerin," die wüst ihre Locken schüttelte, "bei allem Enthusiasmus, dessen sie zweifellos fähig ist," unbeirrt von Katjas zischelndem Protest beendete die Pädagogin ihren Satz, "illusionistisch ist sie nicht. Auch wenn sie verliebt ist, Frau Lichtenstein weiß, worauf sie sich einläßt, ohne Therapie läuft da gar nichts."

Katharina war die Faust aus der Hosentasche geflogen, zum Glück konnte sie grade noch den Schwung aufs eigne Hirn ablenken, sonst hätte sie ihre Unterhändlerin niedergestreckt und grade in dem Moment, da endlich das zähe Mißtrauen am anderen Ende bereit war nachzugeben.

"Also, wenn das tatsächlich so ist, daß er selbst - man könnte erwägen -" Nach einem letzten, bauchkneifenden Tauziehen, hatte er schließlich einen Hoffnungsschimmer blitzen lassen. "Wenn ich auf Ihre persönliche Mitarbeit rechnen kann, Frau Meister, ein Anrecht auf Urlaubsregelung hat er ja schon, und wenn er tatsächlich ernsthaft selbst um Therapie ansucht - zu Weihnachten vielleicht - Mit mir kann man immer reden, im Gegenteil, es ist ja unser Bestreben..."

Als Anne den Hörer aufgelegt hatte, war sie widerlich schweißgebadet, Katharina aber, statt in angemessner Dankbarkeit dahinzuschmelzen dafür, daß Frau Anne Meister ihre gesamte Reputation auf dieses infantile Liebesspiel gesetzt hat, Katharina erlaubte sich allen Ernstes zu mulpsen und zu schmollen. Entmündigt. Genötigt. Und was Er dazu sagen würde, wie Er denn Vertrauen zu ihr fassen könne, wenn einfach alles über seinen Kopf - sie fühlte sich gewaltig gedemütigt.

Trotz späterer offiziöser Versöhnung -: In Anne grummelt es auch heute morgen noch.

Läppisch, die schallende Sehnsucht aus der geöffneten Werkstattür, dies permanent sich drehende Amorem filii, die soll mal lieber an ihren echten Sohn denken, nicht an irgendwas eingebildet Söhnliches im Zuhälter, das es zu erlösen gilt.

Oder zu erzwingen?

Plötzlich, und in die innigste Sehnsucht Pergolesis hinein - kreischend brüllt der

Stein Protest, breitbeinig, beide Fäuste am elektrisch betriebenen Schlagbohrer steht die Metzin, dringt ein auf den jaulenden Granit, ein Loch sprengen ins Gemäuer, sie prangt, triumphierend über jeden Widerstand, im aufspritzenden Staub, und die "künstliche Aorta am Herzen aus Granit" ist, wie symbolistisch, augenblicklich eine angerostete Eisenkette.

Anne überaus mißbilligend hinter ihrer sofort verhangnen Brille, und nicht nur wegen des infernalisch banausigen Lärms. Diese brutal verzerrte Grimasse unter Radlermütz und Schutzbrille, wenn Katharina mit der Flex am Werke ist!

Dieses maschinelle Unterwerfen des Stoffs, nur weil jeder Aff ein Elektrokabel zu bedienen weiß, (auch Wieland hätte sich schaudernd abgewandt von diesem monströsvergewaltigenden Anblick) - Anne streckte mürrisch die Briefe in die Wolke vor ihr, endlich, der widrige Bohrer verstummt, Katharina grapscht.

HARALD. Das Spitzeisen gehoben -? Aber! Sie reißt sich die Brille von der Nase, wirft Haralds Brief beiseite - fast wär er in den Dreck geflogen, wenn Anne nicht -: Das andere Kouvert? Irgendwas Amtliches, irgendwo irgendeine Ausstellung von irgendeinem Kollegen? Was gibts denn da zu röcheln? "Ralsbeck, Anne, der Wettbewerb -" jipprig schlitzt die Bildhauerin am Umschlag, starrt, strahlt auf, sie brüllt. "DER PREIS! Mensch, Anne, ich hab den Preis!"

Sie glotzen sich an, Katharina packt die Freundin um den Parka, stemmt sie in die Luft, tanzt mit der Zappelnden durch die Schrotten. "Vierzigtausend Mark und mein Brunnen! Im Neubaugebiet von Ralsbeck, auf dem Einstein-Platz!"

Sie hopsen. Durchbruch! Endlich Durchbruch!
Ralsbeck, zweihunderttausend Seelen, trotzdem ein bedeutender Kunstpreis, große Namen, und jetzt Katharina Lichtenstein, Empfängerin des Nachwuchsstipendiums. IHR Brunnen auf dem Einsteinplatz, IHR Brunnen, Collage aus Natur und Kunst, Granit, Eisen, Plastik, alles in Katharinas Marmorschalenwasserbad groteskharmonisch vereint; Winfried C. Giesecke zückt seinen Homecomputer -: Sie reckt die Arme und ist bedeutend wie die ganze Welt.

Später, um einiges später, als sie bereits bei der Umorganisierung des Alltagslebens angelangt waren: "Zeitweilig, vor allem am Ende, wirst du in Ralsbeck wohnen müssen, Katharina", da erst fiel ihnen Haralds Brief ins Auge zurück und Katharina schuldgefühlig aufs Herz. Vergessen. Ich konnte dich vergessen!

(Anne aber frohlockte heimlich hinter ihrer Anteilsmaske, so lange noch die Ruhmsucht im liebevernebelten Hüttchen derartigen Raum hat - sie zählt die Ruhmsucht unter die Ichstabilisierenden Leidenschaften.)

Deshalb verzieh sie jetzt auch der Freundin deren schafsmäßige Ergriffenheit beim Lesen des Briefes, der offenbar nur ein Zettel ist, wahrscheinlich mit nix als dem einen Satz, den eine Frau nie müde werden kann, zu hören.

Wie pütscherig Katharina den Wisch in der Brusttasche birgt - nachher, sehr viel nachher, am Abend als sie ein Siegesfest auf Ralsbeck feierten mit allen Freunden des Hauses, da hatte Anne das Brieflein dann auf dem Fußboden erspäht, beim trunknen Griff nach Zigaretten achtlos aus Katjas Latz gefallen.

Da hatte gestanden "Worüber man nicht reden kann, Herr Jensch, darüber soll man schweigen. Ich schweige immerfort von dir, Katharina."

Anne aber rümpfte, wasn Abiturientenniveau, wie kann nur - grade tanzte die Könnerin an der Besserwisserin vorbei, leicht verglasten Blicks, lachend in Steinmetz-Paules Armen, und lachend nahm Annes Eheherr auch seine Alte am Schlafittchen, "wir haben ja nen Knall. Paß auf, wenn der Stöwer draußen ist, ohne pathetische Gitter und trutzige Mauern - einer von vielen."

Und dann tanzten sie alle in Garten und Werkstatt herum, feierten ein rauhes Fest, modrig und staubig, so wies zünftig ist, und die Kinder brieten Würstchen am nebligen Novemberfeuer; morgen schwänzen wir Schule, hurra, unsre Katja wird ein großer Staa.

Am nächsten Morgen (Samstag, offizieller Regelbesuchstag, "Sonderbesuche gibts für Angehörige natürlich nicht so oft, wie für Betreuer, Frau Lichtenstein, das müssen Sie verstehen") und schon wieder mit Schädelbrummen in den Knast.

Doch noch ist Katharina in dem angenehmen Alter, da Leiden zur Veredelung des Menschen beiträgt. Nix fahle Haut, elfenbein. Und Elisabeth hatte ihr vor dem Spiegel beigestanden, Beraterin in Liebeskleidung fürs Gefängnis. "Ein richtiger Ganove? Der zu allen böse ist, nur zu dir, zu uns nicht!?" Die blonde Hexe klatschte in die Hände, "toll, mit dir erlebt man immer neu was Spannendes."

Was der Sohn, kaum daß die Tür hinter dem singenden, springenden Löwenäckerchen zugefallen war, mit andren Kommentaren würzte. "Das find ich einfach nicht gut an meiner Mutter, daß die immer so viele neue Männer haben muß. Warum kann ihr nicht mal ganz normal, wie Anne auch, EIN Mann genügen! SO toll ist sie nun auch wieder nicht, wie sie glaubt." Stopfte sich mürrisch eine Birne in den Schmollmund.

Und während sich die Hinterbliebenen wieder einmal um Toleranzerziehung bemühen mußten, wie jeder Mensch ein ganz eigener Kosmos für sich selber sei und nur an seinem eignen Maß zu messen, war Katharina zur S-Bahn gelaufen, und kein Gedanke blieb hinter ihr zurück.

Alle Pulse schlagen IHM entgegen.

Mit langen Schritten war sie den Bahnsteig auf- und abgerannt, 11 Uhr, in zweieinhalb Stunden werde ich Ihn sehen.

Sonst sah sie nichts mehr. Gleichgültig wischten ihre Blicke das wiesenweite Herbstpanorama entlang (vom Bahnhof aus glaubt ein Unerfahrener ja, direkt ins Bilderbuch hineinwandern zu können, dabei ist sofort hinter der ersten Pappelreihe Schluß mit Weiden, Knüppelzaun, melancholisch welkendem grünen Spinat, und die bekannten ziegelroten Menschenkisten stapeln sich gen Himmel), gleichgültig gegen das sonst so verwandschaftlich wilde Krähengekreisch rennt Katja Langbein hin und her, Harald, wie er wunderschön sein muß, wenn er, wenn er - hingesmoggen - ihr Busen sprengt beinah die taubenblaue Sammetjacke - ach, wenn er - ?? Was quakt denn da so perma- , WEN meint dieses Greinen?? "Frau Lichtenstein! Endlich bleiben Sie ma stehn! Ich ruf Ihnen schon die ganze Zeit!"

Katharina stiert fremd in eine graue Scheibe unter ihr, aus der es wütend fordert, nimm mich wahr, nimm mich gefälligst endlich wahr!! "Ach, Frau Schwarz, entschuldigen Sie bitte -", da war es schreckhaft in Katharina hochgeschossen, das ist doch eine von Annes

Betreuten, der Mann, irgendjemanden halb aus Versehn erschlagen oder so? DIE FÄHRT DOCH NICHT ETWA AUCH?!

Aber ja, Frau Schwarz fährt auch ins Gefängnis. "Jeden Samstag, Sie wissen ja, mein Mann", die Schmach zerrt ihr den Mund schief, "wohin fahren SIE, wenn ich bitten darf?"

Ausweglos, kein Entkommen möglich, an der Pforte treffen wir uns wieder. "Ich fahre auch ins Gefängnis, einen Freund besuchen."

Das Händepatschen, oh und ah, was für ein Zufall, da können wir ja zusammen, und wie gut, daß es solche Menschen gäb, wie die Frau Meister und Frau Lichtenstein, was für ein Trost. "Sie wissen ja gaa nich, wie schlimm das is für ne anständje Frau. Alle zeigen mitn Finger, der Mann von der Freundin erlaubt se nich mehr, dasse mit mir spricht."

Umso dankbarer ist sie, sich jetzt aussprechen zu können, "da vageht die Faaht schnella, und man is nich so allein."

Katharina hält angestrengt ein Grinsen vors Gesicht, alle Liebes-Götter steht mir bei! Taub, bitte, bitte taub, wie soll ich IHM - doch unbarmherzig hing sie an der Leine; diese Nächste MUSSTE sich erleichtern dürfen. "Wie gut, mit Sie fahn zu könn, das Schrecklichste, wissen Sie, das is dieses Schweigen immerzu." Und blickte so bettelnd; zähneknirschend trottelt Katharina ihrer Pflicht zur Billigkeit hinterher, in die S-Bahn, aufs gleiche Plastik mit Frau Schwarz.

Verkrümmt hockte sie der fremden - Genossin?! gegenüber, vergeblich bemüht, alle Sinne abzuriegeln, daß wenigstens ein Restlein allgemeiner Menschenliebe glühen bleiben kann - aussichtslos.

Diese Jammerfrau. Das ewig mechanische Wiederkäuen der immergleichen hoffnungslosen Kotze, lirum, larum; warum-grade-sie, diedoch-niemals, wenn-das-meine-Mutter-wüßte, ein Glück, daßse das nich mehr erleben braucht, und dann der Junge, wie das noch werden soll- - -

Katharina saß ergeben ächzend unter dem Geniesel, registrierte überscharf peinigend jede bitterbiedre Leidensspur in den Zügen der - Gefährtin? Blick weg vom Gesicht, auf die Ausverkaufskleidung, bloß weg, aber am widerwärtigsten war der Künstlerin die riesengroße Einkaufstasche voll mit frischer Wäsche, pingelig geplättet, "lange Untahosen für den Winta, das solltn Se Ihren auch mitbringen das nächste Mal." Und die Vertraulichkeit, berechtigt? Qualvoll. "Na, schon aufgeregt? Ja, so die ersten Male is das imma sehr schlimm, manche halten das nich aus, imma so vor allen Augen. Was da aba auch für Leute bei sind! So Frauen - Sie wissen schon. Die Zuhälter sind ja die Gemeinsten von allen, unvabesserlich, sogaa drinnen, mit Jungens, wissen Sie! Die ham doch alle Aids, ich hab imma Angst, daß Otto sich anstecken tut, die beißen doch auch manchmaa, ham Sie das gelesen? Stand inna Zeitung, grade neulich, da hab ich - aba was ham Sie denn auf einmaa! Sie sin ja so blaß plötzlich, is Ihnen nich -"

Katharina ganz grün, sie rang um Atem. Bitte nicht, bitte nicht auch noch - sie fährt sich an den Hals, Frau Schwarz besorgt über ihr, zum Riechen nah. "Nein, nichts, Frau Schwarz, wir haben nur gestern gefeiert. Ich hab solche Kopfschmerzen, bitte, ich kann nicht zuhören, leider." Sie ließ sich gegen die stinkenden Kopflehnen fallen, Augen zu.

Frau Schwarz nestelt emsig in der Tasche. Ein Fläschchen. "Zun Einnehm. Ich hab imma was bei. Kreislauf un Kopfschmerzn, von Arzte."

Und Katharina schluckte tatsächlich gehorsam (katholisch die Zunge rausgestreckt), Wirbelsturm im Hirn. Aids? Zuhälter, Analverkehr? Sie würgte an der Frage: "Muß man eigentlich einen Aidstest drinnen machen?"

Sofort beugt die Kundige sich vor: "Is kein offizieller Zwang, aba sie machens. Heimlich, wissen Sie? Wenn Eina was hat, und irgendwas hat jeda da drinnen, un wenns die Zähne sind. Otto sagt, soviel Blut abgenommen wie jetze, ham se früha nie."

Katharina, ob Zwang oder heimlich, sie atmet auf. Bestimmt Er nicht - Jensch hätte mich - Röte schießt ihr ins Gesicht, wär ich sonst nicht - ?! nein, wär ich nicht: nix Liebster.

Frau Schwarz, die ihren Schützling nicht aus den Augen läßt, fuchtelt ihr Dunst ins Gesicht, "bald sind wir da. Die frische Luft wird Ihn gut tun, Sie werdens gleich merken."

Und Stampfkartoffeln, Stampfkartoffeln, ewig klappert das Mühlwerk, immer im Kreis. Leute steigen ein und aus, Kuchenplatten, Blumensträuße, Wochenendbesucher ganz wie sie.

Als endlich Galgenberg kam, Katharina wollte langstapfig voraus - "warten Sie doch, is ja erst viertel vor - " jetzt erst schaffte sie's, brutal stellte sie die Quatschmaschine ab, "bitte Frau Schwarz, lassen Sie uns schweigen. Ich fühl mich nicht gut, ich muß in Ruhe sein, ja?"

Beleidigt klappte der Mund zu, "entschuldigen Sie, aba-ich-hab-ja-nua-gemeint-" Undankba, richtich -

Katharina trappte neben ihr, immer im Haraldtritt; HA-RALD, HA-RALD, HA-RALD.

Und stop. Schon eine magre Schlange vorm Tor, es nieselt novembrig. Kein Dach zum Unterstellen, werden alle Kindlein naß. Frau

Schwarz zeigt mit nacktem Finger, "da drüben, die junge Frau mit den beiden Kleinen, der ihr Mann hat noch 10 Jahre. Einbruch, imma wieda rückfällig. Ob die durchhalten tut? Das Kleinste is geboren worden, da war er schon drinne. Zwei Jahre kommtse schon."

Viele Frauen in Abendgarderobe, hohe Stöckel, nasse Füße. Gesichter - das Kriegswort "verhärmt" drängt sich in Katharinas Mund, Mitleid tritt ihr in den Bauch; egal daß aus Frau Schwarzens Haaren ranzige Vergeblichkeit ihr in die Nase steigt, auch unter ihrem Seidenzeug tropft Schweiß.

Im Gewirr von Schirmen wächst der Menschenhaufen (doch wie sich die schmächtige Kumpanin das Ärmchen ausrenken muß, um Katjas Wimperntusche zu beschützen, kriegt die Prinzessin oben gar nicht mit), Falten, Knitter, Krähenfüße - gezeichnetes Ich? VERzeichnetes doch wohl, sieht Katharinas Steinmetzauge, indes sie mechanisch einträgt, was nur immer in ihr mentales Merkbuch reinpaßt: den geduldigen Tierblick einer Türkenmama unterm Kopftuch, die gramzerklüftete Gebirgslandschaft eines alten Mannes, dessen einzjer Sohn - wenn der rauskommt, wird Er schon unterm Rasen liegen, die Klagemaske einer Frau, die ewig unten bei den Kröten hocken mußte, die junge, ordinär geschminkte Nutte, die treu zu ihrem Loddel hält, sich selbst -? Die ein rachsüchtig verliebter Gott in Haralds Arme warf? Wie unter ihr erniedrigend die Knie zittern.

"AH!" Die Pforte. Dröhnend schwer beginnt Katharinas Herz gegen die Rippen zu poltern, vernebelt ihre Blicke. Schemenhafte blaue Uniformen, Paß abgeben, Schlüssel, "zu wem?" "Ha-rald Stö-wer", schwer wälzt sich die Zunge in ihrem Mund, gibt widerstrebend

Seinen Namen preis: prompt fährt Frau Schwarz zusammen. "Der also, DER!?"

Doch die große Gliederpuppe hört und sieht (zum Glück) nichts mehr. In ihr tönt einzig nur Sein Name, zu singen auf Pergolesi, wir kennen das Stück bereits.

In diesem Takt hatte sie irgendeinen Zettel in die Hand gedrückt bekommen, in diesem Takt waren ihre Füße durch die Glastür geschritten, mit ihr davongeschwankt übern Hof, die Treppe rauf, an nebligem Blau vorbei, den grauen Schlauch entlang - hochatmend halt an der Barriere.

Leibesvisitation; Hände huschen diskret an ihrem Samt auf und ab, fahren ihr flüchtig unters Gelock, ergeben neigt sie die Mähne, alle Sinne fest verriegelt, unantastbar, unsichtbar dem fremden Übergriff. Selbst das schwarze Plapp und Quak neben ihr, "da müssen Se aba aufpassen, der Otto hat von ihn erzählt, der Stöwa is ein ganz ein Harta", verstummt vor Katharinas unverschämt entferntem Glotzen; die Treppe hoch in blutsauserischer Stille.

Und dann die Eisentür. Zwei Wächter, dramatisch auf der Bühne, WAS wolln die? Ach so, den Zettel, ihre Hand streckt sich aus, das Papier wird abgepflückt, das Tor für einen Kiek geöffnet, laut ruft es: "Otto Schwarz" und "Harald Stöwer".

Ein Eisenrund, Männer sieht sie stehen, einer löst sich, nein, nicht Er, ein anderer, schrill die Kinderstimme ganz weit unter ihr: "Papi!"

ABER! Wieder blaues Öffnen, ein Schritt, SEIN Schritt, Blick, SEIN Blick: wie schön sich schwarz und rote Locken mischen.

Ausbumpern lassen in one-an-others Armen.

Und Frau Schwarz hatte dagestanden, inexistent im Universum dieser Prachtgeschöpfe -

wir wissen, der Apoll von Belvedere, gepaart mit Athena, der Freiheitsstatue, Lörchen, erspar unsrer empirischen Mickrigkeit bitte eine genaue optische Schwelgerei – die Kinoleidenschaft der beiden (vor deren Überzeugungskraft selbst die Beamten mitleidig ihre Augen senkten) fraß an ihr. Natürlich, solche Dämchen kriegen alles, selbst hier drinnen noch. Bestimmt geben die ihr den Mann bald nach Hause, trotzdem dassa Zuhälta is und Totschläger fast niemals rückfällig werden. Weil se die Schwesta von Dokta is, un Geld hat, und wegen ihra Haare. Und sie selbst is grade mann zehn Jahre älter wie dies verwöhnte Puppchen, und Ottos Kuß so miefig grau wie ihre, seine Glatze.

Krampfig wollte sie sich ins Liebesgemengsel drängen, doch ihr "darf-ich-vorstellen-mein Mann" - im Donner der Gefühle summt ein Mücklein, lästig, ungehört.

Freudejauchzen, Lustentzücken, himmelhohes Weltentrücken - als die andre Welt dann langsam wiederkommt, hat er sie schon in die Kirche geführt (zum Altar? Ach ja, wie einfach: Ja), ein Plätzchen in der Ecke, von beiden Seiten Wand, sie mit dem Rücken zum Publikum.

Aach. Und ihre Augen stammelten einander alle Schönheiten des Leibes und der Seele vor, mit denen ein gütiger Gott sie überschüttet hat: und nur für Dich, ewig nur für Dich, damit ich Dir mehr zu verschenken hab.

Aber - es füllte sich der Raum. Auch Gottes Haus? Tisch an Tisch, und jeder Tisch ist eine Insel, an der das öffentliche Meer knirschzähnig nagt; der Platz an dem sie sich innig ineinander senken wollen, wird immer schmaler, rutschiger, Katharinas Augen glitschen immer öfter zur Seite, unbehaglich stechen Blicke ihr in den Rücken: "Entschuldige, aber ich kann nicht so sitzen bleiben, ich fühl mich so ungeschützt", sie wechseln die Plätze, Wand im Rücken, Harald an der Seite, vor sich den Raum.

Die Gefängniskirche, auch Aula. Mit Theaterpodium, auf dem jetzt Kinder Dreirad fahren, Kuchentheke, an der die Frauen Schlange stehn, sechzig Tischchen, für Vater, Mutter, Kind. Alle schon besetzt, nebenan legt eine ausgehfein gemachte ältliche Frau ein eigens mitgebrachtes Deckchen auf, der Mann, dem sie sich wild entgegenwift, also zwanzig Jahre jünger bestimmt -unwahrscheinlich viele Tätowierte, als wenn sies dem Erkennungsdienst noch extra leicht - einer sogar die ganze Stirne voll mit Arabesken, und so viele Menschen mit riesigen Zahnlücken - es summselt und brummelt und wispert im Saal, und die Schätzchen werden nicht nur gedrückt, überall tauchen Hände in Blusen, grabbeln unter den Tischen, Zungen fuhrwerken in Mündern, Augen verdrehn sich - Katharinas flüchten zu Ihm.

Kein Fels in der Brandung, ein Wrack auf der Sandbank, Finsternis deckt seine Liebessonne. Drunter bläkend Angst. "So ist das hier, Katharina. Alles, was ich dir bieten kann. Wirst-dus-denn-aushalten?" Sie beschwichtigt ihn hastig mit einem Kuß, in dem sie ihre Furcht ersäufen will. Furcht der Prinzessin; was, wenn der Frosch nur ein FROSCHkönig bleibt?

Und um sie her sechzigmal dasselbe. Ordinäres Knastliebchen, für jeden Beamten einsichtig bis in den Unterleib, den klaffend sehnsüchtigen - SIE hielten keusch eiskalte Händchen, betasteten sich nur mit Blicken. Furchtsam? Sie spulten das Liebesvokabular ab: sehnen, dehnen, hoffen, offen, warten, harren (mit Genitivbildung: Deiner harren), denken, schenken, Lieb und Trieb und gib und

Dieb -? Mein Herz hast du gestohlen, und ich muß warten, daß es mir zurückekommt. Oh, es blähte sich ihnen im Munde, der nicht in tiefen Küssen schweigen kann, wo alles um sie her die Spucke tauscht.

Katharina bibberte unter zuversichtlichem Getue, kalt kroch die Furcht vor Aussatz an ihr hoch, mit Schellen klappern, unrein, unrein; es ist ein ander Ding, die Krankenwärterin zu spielen, ein anderes, selbst angesteckt zu sein?

Täppisch griff sie zum Desinfektionsmittel, umsprühte sich mit einem Schutzanzug, undurchdringlich für jede Wanze - auch für Ihn? "Ich hab einen Preis bekommen, einen Auftrag, Platzgestaltung in Ralsbeck..." Harald, barfüßiger Knacki in Winterkälte, blickt zum erleuchteten Fenster hinauf, Weihnachtsbescherung, Katharina umtanzt fröhlich den Baum, ihm aber ist der Eintritt verwehrt. Soll sich aber trotzdem freun, uneigennützig, ihr zu Liebe. Was er auch tut, er gönnt ihr jedes Glück, doch unter seiner Freudenlarve krümmt sich der Wurm: je höher Du steigst, desto tiefer falle Ich hinab. Und eh sie sichs verwehren kann, stehn leidige Erinnerungen Schlange. Immer wieder diese Männer, deren Pimmel kläglich schrumpeln, sobald die Geliebte in der Gesellschaftshierarchie ne Stufe höher -

Wasn Blödsinn, Leonore! Nur bei unsereinem, Kümmerling, denken die Hühner an Gesellschaftshierarchie, weshalb auch wir dran denken müssen. Aber doch nicht bei einem Zuhälter, Lörchen! Du kennst einfach die Loddl nicht. Nix Wurm. Im Gegenteil, je höher die Alte zu stehen kommt, desto länger wächst Ihm die Waffe. Vierzigtausend Eier, und ein Platz in der Zeitung, von wegen schrumpeln, der Stöwer küßt sie, daß ihr die Puste ausgeht und der Schlüpfer tropft, aber dalli! Und wenn ihr noch irgendwas durch den Kopf gehn kann, dann nur das eine Wörtchen: ENDLICH!

Endlich einer, der sie zu nehmen weiß, MEINE, und grade weil du die Größte bist, unter dem lohnt sichs ja überhaupt nicht für mich!

Und wenn sie ausgeröchelt haben, dann flüstert sie ihm – wie konnt sie das Wichtigste überhaupt so lange vergessen! – daß er bald draußen ist, Weihnachten, bei ihr zu Haus, im Bett. Und dann keuchen sie nochmal ineinander rum, lange, und sehr viel später, wenn sie die verwuselten Blicke mühselig entwirrt haben, nur fürn kurzes Momentchen, versteht sich, dann sagt sie ihm eilig das mit der Therapie. Und Sonderanstalt. Und er stutzt nur ne winzige Sekunde, dann ist ihm alles wurscht, wenn er nur bald und schnell und oft ihre Titten nackt zu fassen kriegt und noch was andres und alles.

SO ist das, Leonore, wenn sie wirklich so besoffen einer von des andren Schönheit sind. (Genitiv)

Doch es wurde nicht nur gekost, es wurde auch vernünftig gesprochen. Es gibt eine Zukunft, wir haben eine Zeit!

Er fragt sie nach dem Sohn. "Stefan. Wie hält er das aus, ist er nicht rasend verliebt in seine wunderbare Mutter?" Und schon loht die Eifersucht ihm aus den schwarzen Augen? (Was ihm nebenbei – *herrlich zu Gesichte steht, weiter* – Katharina hebts den Brustkorb, auch im Schreck; wie, wenn ich ihn eifersüchtig sehen will, nur einfach, weil er dann so SCHÖN ist?)

Sie pustet ein scheinheiliges Lachen aus dem linken Nasenloch, faßt seine Faust, "och, wenn du ihn fragen würdest, du würdest dich wundern. So begeistert ist er nicht von mir, der zieht die Anne vor. Mich findet er kindisch, unvernünftig – unweiblich auch irgendwie." Trotzig läßt sie die Mähne um die starken Schultern fliegen, "dafür ist Lisa ganz verrückt nach mir –" da hatte er sie schon wieder gepackt, er auch, auch er, strudelnd tun sich erneut alle Unterwelten auf, Hand in Hand und Aug in Auge stürzen sie gemeinsam ab. Warum gabst du uns die tiefen –

Aber.

Ein Ruckeln am Tisch, ein Knarzen, zwei Einbrecher reißen die Tür zur Außenwelt auf, "guten Tag. Ich will Ihn nur ma meinen Mann vorstelln, dürfen wir uns nen Augenblick setzen?" Und gieriges Spionieren, Ehepaar Schwarz.

Und mit ihnen Gesumse, beobachtet, bewacht - Harald hart, beleidigend beiseite ohne aufzusehen: "Nein, dürfen Sie nicht. Wir haben was zu besprechen. Verschwinden Sie, aber sofort!"

Otto Schwarz, ein abgetriebner Klepper, bäumt sich wütend auf gegen seine Alte, die ganz verdattert schnappt, "na-also-so-was": "Ich habs dir doch gesagt! Was mußt du nur immer so aufdringlich sein -", doch Kehrtwendung zu Harald, spuckend vor Ohnmacht, "DU bild dir bloß nix ein, Stöwer, DU nicht! Und wenn du die Allerberühmteste ficken würdest, du selbst bist gar nix Besseres, wirst nie was Besseres, nur ein ganz mieser, kleiner Knacki, genau wie wir!" Und ehe Harald noch aufspringen kann, hat er die quäkende Frau hinter sich hergezerrt, zurück an ihren Platz, wo man sie noch längere Zeit gestikulieren sehen kann.

Die beiden aber - auf diese Episode ist keine RückSicht zu nehmen - nein? Wie Er hochgefahren war, raubtierisch wachsam, daß sein Muskelspiel fast sein blaues Hemd zerfetzt hätt - O! Und seine wegfegende Handbewegung - O und A und A und O: Nichts ist, Er Welt.

Und wie die Welt die Augen zu ihr wendet - er stürzt in ihr Geschau, mit einem Sprung zurück, hinein. Heiß fordert es an ihrem Hals, "ein Kind. Ich will ein Kind von dir."

Katharinas graue Lichter brechen. Und mit wonnevollem Entsetzen weiß sie: Ich auch. Will ich auch. Und dann rasen die Worte mit ihm davon, die uralten, sterblichen, primitiven Worte. Wie er sie schwanger sehen will von sich, und bei der Vorstellung, wie er sie ganz allein von seinem Kind entbinden wird –, *da hätten die beiden fast nen gemeinsamen Abgang bekommen, ja. Die aufgesperrte Riesenmöse, und er ist sein eigener Sohn, den sie ans Licht bringt, unter Schmerzen. Sie krepieren vor Wollust, die ganze Kirche schwimmt im Saft*. Und Katharinas Verstand ersäuft in seinen Blicken, ihr ganzes Eingeweide stürzt ihm entgegen. So wollt ich immer, immer – immer schon?

Wenn jetzt nicht die Mauern wären. Und Uhren. Und Schließer. "Aufbrechen, meine Herrschaften, die Zeit ist vorbei."

Das fährt ihnen in die – ja auch Glieder. Doch für dies knorrige Zeichen des Fleisches haben die beiden jetzt keinen Sinn. Sie fassen sich tiefer, viel tiefer, wie bewußtlos jagen seine Worte mit ihm davon. Und enden bei dem einen Satz: "Katharina, ich will DICH." Ganz, alles in ihr, bis in jeden Blutstropfen, alles. "Al-les. Weißt du das!"

Sie starrt gebannt. Die ganze Frau ein Ja. Ein simples: SO also ist das. Ja.

Und um sie her, erbarmungswürdig, kläglich, die Beschwörungen des Abschieds. Männer, die ein letztes Mal ihre Zungen in die Münder ihrer Frauen bohren, zurück in die Zellen mit euch, wo die aufgepeitschte Gier sich vergeblich an Papierfleisch wetzt, die Frauen ab nach Hause, wo das leere Bett ihnen entgegengähnt, Kinderküsse, Müttertränen, Schluß mit lustig, schlägt dumpf die Tür.

Und auch das zukünftige Elternpaar war umschlungen bis zum Kirchenausgang getaumelt, dann nahm es öffentliche Haltung an, ein straffer Händedruck, kein Zweifel kann uns anfechten, unser JaWort gilt auf ewig, in vier Wochen zeugen wir das Königskind.

Und Katharina Zitterknie stützte sich mit den anderen Frauen die Treppe runter. Deine bin ich, Meiner, du.

Und vor dem Damenklo, Geduld, "man will ja nicht während der Besuchszeit gehn, wo jede Minute so kostbar ist." Die Frauen trauerten einander zu, Tränenschleier, eine Dickliche tröstet.

"Ja, is schwer. Aber in andren Knästen ises noch viel schlimmer. Viel, viel schlimmer. Da gibts nur alle vierzehn Tage nur eine Stunde Besuch und noch dazu mit Trennscheibe und immer ein Schließer dabei, hier kann man sich wenigstens umarmen."

Dankbarkeit quoll auf, Ergebung, Demut, bescheidene Folgsamkeit und immer Geduld. Tugend der Frauen. Im müffeligen Pippidunst.

Als Katharina gepinkelt hatte (frei schwebend über der angestrullten Brille) - da stand ja auch Frau Schwarz. Hastig drückte sich die Liebverwehte an der Knieselfrau vorbei, den Flur entlang, durch Gitter, Glastür, übern Hof. Eingereiht in die Wartenden vorm Ausgang. Viele zurückgewandt winkten, aus den Mauerlöchern hingen Arme, wedelten, die junge Frau, die zehn Jahre noch zu warten hat, dann ist sie nicht mehr jung, hob ihre Kinder immer wieder hoch, zeigte auf einen karierten Arm: "Da ist der Papi, winkt ihm Tschüß."

Und das Tor zur Freiheit öffnet sich, stickiges Gedrängel, Schlüssel, Ausweise, Türe auf, hinaus. Draußen, da standen immer noch welche, konnten nicht genug kriegen vom Abschiednehmen. Eine schöne, blonde Frau mit Taschentuch, das sie lange wehen ließ. Älter schon, flüchtig erinnerte sich's in Katharina, der grauhaarige - Herr, die hatten dagesessen, nix Fummeln, ne Art Verbundenheit, inniger als Fleisch je reichen - die werden durchhalten.

Damit solperte sie davon.

Blind pochte es in ihrem Kopf, blind pochte es in ihrem Bauch, der Liebespfeil, erst jetzt hat er sie in den Lebensnerv getroffen. Schoß und Brust und Uterus, bis dorthin, wo die Seele zuckt; ihr taumelndes Hirn griff nach literarischen Visionen, um - Hans Henny Jahnn, ich muß ihm unbedingt Hans Hen-

Um sich dran festzuhalten? Wollte sie vorgaukeln, doch nein, um tiefer, noch viel tiefer - ? "Aba nu warten Sie doch, Frau Lichtenstein! Ich ruf ja schon die ganze Zeit", keuchende Seitenstiche neben ihr, schlenkernde Tasche, und gleich darauf Entrüstungsschwall: "Nein-also-so-was, was-der-sich-überhaupt-einbilden-tut, das-ist einer-der-Allerschlimmsten, ich-will-Sie-nur-warnen, ein-Zuhälter-der-schlimmsten-Sorte, dem werden auch Sie noch verfallen, wenn Sie so weitermachen, warten-Sie-nur-ab-" bis hin zum S-Bahnhof.

Da endlich blieb Katharina stehen, am Fahrkartenautomat. "Frau Schwarz. Ich möchte jetzt alleine fahren, bitte. Und alleine warten. Überhaupt alleine sein. Verstehen Sie?" Und zog sich nen Erste-Klasse-Zuschlag.

Die ärmliche Frau, so stehn gelassen, bis oben quellend voll, es zischte aus ihr raus: "OH DIE! Die wird sich noch umkukken, die! Die sitzt nich lange aufm hohen Roß mehr. Männer aussuchen, als wär sie selbst ein Kerl, erzählen ja alle in Wedel. Na warte! Wenn DER sie erst in der Mache hat, der weiß, wie man Frauen klein kriegen kann, der ja. Nix Nase hoch mehr. Der tritt die in den Sumpf, sobald er draußen ist. Die wird das auch noch lernen, und wenn sie hundertmal Bildhauerin ist, IHM wird sie die Füße lecken. Da nehm ich Gift drauf, Gift!"

Und ihr gedemütigter Stolz, immer schon gedemütigt, ein langes geducktes Leben lang, frohlockte die Treppen hoch, stellte sich abseits, grinste höhnisch, "wie die da steht, so versunken in sich, der HAT sie schon im Griff, so wie die aussieht!"

Und da hatte Frau Schwarz auch zweifellos recht.

14

Gehört und genehmigt, Mädel. (Obwohl das mit dem Kind natürlich ne Übertreibung ist, aber eine wirkliche. Hoffentlich hast du deiner Kleinen ne Spirale eingebaut, die Pille vergißt sie in nächster Zeit garantiert.) Is schon anständig dem Stöwer gegenüber, unsre Lore, muß man sagen. Wenn der jetzt keine Ruhe findet in seiner Zelle, dann nur weil heute noch nicht Weihnachten ist. Daß er Sie HAT – sinnliche Gewißheit – unübersehbar, bei dem Knüppel, den er vor sich herschwingt. (Du hast ihn doch mit einem Riesen ausgestattet, so richtig mächtig zum Beneiden, nicht wahr Leonore?)

Aber – und das war Otto – wie der sein Ding die ganze Nacht bearbeitet – während sie frömmlerisch Tantra macht – krebsrot gewixt und trotzdem nicht zum Stillstand zu kriegen: Das will unser bürgerliches Suppentöpfchen nicht erblicken müssen? Wie er mit seiner Matratze koiTiert? Da gibts so ein Loch, Lörchen, zwischen Bettkante und Auflage, wenn man das polstert, mit Fett einschmiert, ein Pornoheft in die Decken gebettet – er, knieend davor, Ihren süßen Namen auf den Lippen und dann rin mit dem Dicken in die Margarine – nein? Willste nicht? Sublimieren soll er? Nen viehlosophischen Brief über die Liebe an Sie schreiben? Kind! Nach fünf Jahren ohne Weiberfleisch, da werden ganz andere schon zum Tier, da gibt's keinen mehr, der noch romantisch ficken kann wie draußen. –

Zack flog ihr der Pfropfen raus. Doch gibt's Einen, Ulrich Wusinski.

Ulrich Wusinski, Ullo, das Kind! Otto raste sofort an die Tür, daß bloß kein Spion – Eckehard hastet ans Fenster, und wenn wir im Zigarettenqualm ersticken, alles zu.

Unser Lörchen hats gemacht, auf dem Tisch in der Psychiatrie, hurra!

Sie wurde geknudelt und gedrückt, Otto reichte ihr hochformell die Hand, willkommen bei den Unsrigen, dankte ihr im Namen der ganzen Gruppe. »Leonore, wenn das SO ist, dann darf dein Stöwer Briefe schreiben, rausdenken den Saft, so lang du lustig bist, bis in den frühen Morgen. Wenn auch der Ullo nicht grade Zuhälter, nur ein zerknirschter Zufallsmörder is, aber –« schon gut, schon gut, Leonores Ritter erhoben sich, heute soll jede Einschränkung der Freundin streng verboten sein.

Heute feiern wir ein Fest. Daß die beiden RICHTIG ficken konnten, romantisch, beinah so wie draußen, »du hättest TATsächlich fast nen Abgang bekommen? NUR wegen dem gottverfluchten Licht nicht? Ehrlich, sag ganz ehrlich, NUR deswegen?«, und ihr Ja erfüllte jeden der Männer mit so besoffen übermütiger Dankbarkeit, daß die Mutter Mühe hatte, ihr Schmerzgeheul zu unterdrücken.

Später erbrachen sie sich alle nacheinander in ihren Schoß; die Panik vorm Schlappi am Kreuz, das ist das Allerunerträglichste am ganzen Knast. »Kastrieren wolln die uns! Demütig kriechender Eunuch, das ist ihr eigentliches Resozialisationsziel!« Manni ballte die schüttere Faust, und die Eunuchen krochen in die Zelle rein. Dieter, der nach vier Jahren Knast seine Alte nur noch mit Unterstützung eines aufgeschlagnen Pornos vögeln konnte. »Fürchterlich war das, besonders für die Olle, die glaubte ja, ich wollte SIE nicht mehr!«

Und Klaus, der tagelang rammelte, ohne daß er je ans Ende kam, »meine Frau war vollkommen aufgerieben, wenn die nicht so ne Engelsgeduld gehabt hätte –« Eckehard finster, »manche bringen DESWEGEN die Weiber um, nachher, wenn sie rauskommen, vor allem Huren müssen dran glauben. Wir haben hier einen, Alfons, der hat eine kalt gemacht, gleich in der ersten Nacht nachdem er wieder draußen war. Ausgelacht hat sie den Schlappschwanz, weg mit ihr. Er aber zurück in die Kiste, wo er für immer hingehört.« Und würgt erbittert die Luft.

Otto zwackt mit Scherenfingern durch den Qualm, »total folgerichtig in der ihrem System, Schwanz ab, damit unsereiner sich nicht mehr fortpflanzen kann, Rassenpflege, wie –«

Aber Manni unterbricht besorgt, »hört auf mit Jammern. Unser Schwesterchen ist schon wieder ganz zu Tode betrübt, dabei hat SIE doch grad das Gegenteil erlebt, nen unkastrierten Liebesfick mit fast allen Schikanen. Jetzt –«

Doch das Wort Liebes-Fick rief plötzlich Falten auf alle Gesichter. Wie, wenn der Ullo sich in dich verknallt hat! Richtig, in größenwahnsinniger Kinderleidenschaft!

Beklommen starrten die Männer auf die fuchtelnde Frau, die heftig Abwehrzauber trieb, auf keinen Fall, ganz sicher nicht, Krankenschwester hat er gesagt.

»Krankenschwester?! DU?« Otto griff zum Säbel, »das läßt du dir doch wohl nicht bieten! Daß der dich benützt, damit du ihm den Angstschweiß abwäschst und den Schieber wechselst!« Er blitzt sie entrüstet an, doch schon hat Klaus das Wort gepackt, »nix benutzen, du täuschst dich, Otto. Solche wie Ullo, Mamas Liebling, die KÖNNEN gar keine andere lieben als nur ne Krankenschwester.« Und hochbesorgt zu Leonore, die sehr erschrocken unter den Stirnfransen hervorlugte, »paß auf, Mädel, paß bloß auf, der liebt dich schon.«

Und die Ratschläge prasselten nur so auf sie nieder, sofort sagen, daß es nicht geht. EIN Lichtblitz, mehr nicht. Ganz rabiat, nix mehr. Der packt das nicht, fünf Jahre vor der Brust und ne ewig hoffnungslose Idealgestalt im Hirn.

»Der bildet sich noch ein,« Manni wars, der lehrerhaft den Finger hob (indes sie langsam ansteigend errötete), »der bildet sich sonst noch ein, er könnte so eine wie Dich auch draußen in Wirklichkeit haben. Dabei –« ein harter Blick von Mann zu Frau, »du liebst uns ja nur deshalb so innig krankenschwesterlich, weil wir gefangen sind. Als Gefangene überhaupt. Draußen, ohne unsre »Delikte«, als Herr Jedermann, der wir ja sind, da –«

Stille. Aller Augen gehässig auf ihr, die schmachbegossen in ihrer durchgeschwitzen schwarzen Herrenjacke auf dem Plastiksofa hockt, entlarvt, ihre Liebe als kitzelnder Eigengenuß entlarvt?

Aber Dieter. Erhebt sich breit, gewaltig im Lederwams, ein Schritt, er faßt sie in seine mächtigen, nackten Arme, verbirgt sie vor den Knickerlingen. »Mit MIR würdst du Motorrad fahren, auch draußen. Ohne lügenhafte Krankenschwester, in Helm und Lederanzug, die Elbe entlang.«

Und wie selbstverständlich sie an Dieters Retterbrust ihre Zerkirschung versteckt, (daß nicht alle in ihrem kleinen Schoß ein Plätzchen finden): sogar Otto wurde weich. Generös bleckt er die Zahnlücken, »o.k., du ziehst die Jungen, Starken, Schönen vor, Verbrecher aus Lust, drinnen WIE draußen, o.k.« Hochherziges Achselzucken, »solange solche noch mit dir vorlieb nehmen – die

Geschmäcker sind bekanntlich verschieden – hast du irgendwo auch ein Recht drauf, unsereinen zu verschmähen. Einsichtig. Und außerdem –« der galante Klaus fällt ein, »außerdem hat sie beinah nen echten Höhepunkt gehabt, vergeßt das nicht, das IST ein Beweis für ihre Integrität, jawohl.«

Großmütig faßte Eckehard schließlich zusammen: »Freie Auswahl, auch für unsre fromme Schwester, Otto hat recht.« Und mit gewaltiger Aufrichtigkeit, die endlich Leonores Schmollgesicht von Dieters Bärenlocke hob: »Wir waren ja nur eifersüchtig, daß du nicht mit UNS auf dem Tisch gesessen hast, mit uns allen auf einmal, Leonörchen.«

Doch auf dem Tisch sitzen darf sie nicht wieder. Auf keinen Fall noch einmal diese LiebesNummer, ein Kind wie Ulrich VERRECKT, stößt sich den Schädel ein an unmöglicher Zukunft, Frau Krankenschwester!

Mit diesen Ermahnungen bewaffnet, war sie zum dritten Mal in die Psychiatrie getrapst. Fürsorglich geschützt auch vom braven Leib, Mensis ganz außer der Regel, Pforte zu.

Überhaupt war ihr der Sinn auf Tisch-hocken vergangen; zu Hause die schwerlastenden Blicke ihres Mannes, müde, so müde aller Experimente mit der Wirklichkeit, nicht einmal der Supervisor kann noch helfen. Aufgezehrt der letzte Jünglingstrotz zum Quia absurdum, von jetzt an gibt es nur noch Wiederkäuen?

Selbst der Psychologe hatte Leonore zugeraten, sich nach einem Altersruheposten für den Eheliebsten umzutun, »Sie haben recht, diese ewige Vergeblichkeit hält Ihr Mann nicht lang mehr aus, Frau Füxle. Er braucht unbedingt eine sublimierendere Tätigkeit, finde ich auch. Doch momentan als erstes: Ruhe, vor allem Ruhe.«

Also wälzte Leonore heimlich Stellenangebote, wenn sie nicht hastig kloppend an der Schreibmaschine buckelt. Die Zeit drängt, an allen Enden.

Und rannte derart verschattet ins Haus 18, amtliche Betreuerin unter Termindruck, ich muß ihm sofort sagen –

Aber das Sofort sah anders aus.

Ein dunkel funkelndes Glitzern; kaum daß die Tür pflegerisch geschlossen war, der schwarze Kater hat sie schon in seinen Samtkrallen gefangen. Küßt sie so überwältigend vertrauensvoll, so stürmisch gegenwärtig – sie kann grad noch hastig piepsen, »Ulrich, es geht nicht. Ich hab meine Tage!«

DIE Enttäuschung im Knabengesicht. Grenzenlos zurückgestoßen in tausendfünfhundert leere vermauerte Nächte: Leonore erbarmte sich, und augen-Blicks; bis zur Besinnungslosigkeit.

Ohne zu wissen, wies geschah, plötzlich lag er hingegossen auf nem Stuhl, grünkittelig umflossen, gaukelnder, schaukelnder Schmetterling, die schwarzen Wimpern zitternd gesenkt, die vollen Lippen schwelgerisch geöffnet, ihre Jeans knieten vor ihm im Staub, und ihr Pagenkopf wippte emsig auf und nieder über seinem Schoß; Melkmaschinchen der Humanität. (So im Schlüsselloch, durch das zum Glück noch! keiner spionierte.) Sie mühte sich redlich, den Mund zum Andachtskelch zu spitzen, was ihr diesem einen unter meinen geringsten – bald würgte sie, von gering kann keine Rede sein, Kiefernklemme droht. Hoch und runter, rein und raus, ihre Zunge belauert ungeduldig den fremden Batzen, fleischigen Knüttel, routiniertes Getrommele auf seine Spitze; beeil dich, Junge, bevor ihre Menschenliebe am Starrkrampf erschlafft.

Schon sieht sie sich kauern, widrig im Leibesapparat schwitzend und rackernd, krampfend aufgesperrtes Maul, bitte lieber Gott mach doch, daß meine Mechanik durchhält, bis er endlich nen Orgasmus – zur Beschleunigung griff sie ins eheliche Trickkästchen, die manuelle Stimulierung des Analbereichs ist prinzipiell empfehlenswert, im besonderen aber in Fällen von verzögerter Ejakulatio; verblüfft registriert ihr Zeigefinger ein extrem weiches, nachgiebiges, gradezu mösenhaftes Eingangstor – da, Dank oh Dank, maunzt es von oben, sie verdoppelt die Geschwindigkeit, rührt heftiger im schlüpfrigen Fleisch, sein Schwengel flutscht nur so hin und her, prall, praller am – gedämpft klagender Quiek, dezentes Aufbäumen, es platzt aus ihm heraus, und sie schluckt tapfer. (Bitter, medikamentös vergifteter Schleim, zwei Tage später piekte prompt ein Eiterpickel auf ihrer sonst so glatten Schulter.)

Doch pflichtbewußt bis zum letzten hielt sie noch ein Weilchen sein nunmehr vertraulich wabbeliges Kleinod im Mund, tarnte ihre Lockerungsübungen, Kinnbacken kreisen lassen, unter zärtlichem Gezüngel, bis er seine Hände eingesammelt hatte, um ihr Gesicht legte, sie zu sich nach oben bat.

Wie sie die Augen aufzerrte und in sein geschämiges Grinsen schaute, bist du mir böse, ich hab dich ausgenutzt, vergib mir, ich Schuft, da mußte sie den dummen Kerl an ihr erschöpftes Mamaherze betten und ihn (und auch sich selbst?) trösten über seine Gier. »Nur das Gefängnis, ich weiß Ulrich, in Wirklichkeit bist du anders, niemals hättest du draußen einen solchen Überfall nötig gehabt.«

Aber eben doch, eindeutig: Überfall. Das Wort zwang ihn zum Auseinanderrücken. Zeit und Raum und Gitterstäbe. EINmal, ein einziges Mal, unwiederholbar in der Vergangheit, da hatte es ein Wir gegeben. Heute –? Er schämte sich redlich, doch nur Frau Diplompädagogin Füxle konnte ihm herzlich verzeihen, seine Nora nicht mehr.

Von jenseits der Mauer schon warfen sie einander grade noch floskelig bekritzelte Kassiber zu; wie geht es deinem Mann – nicht gut. Nein, nicht deinetwegen. Von dir haben wir gar nicht gesprochen. (Was Ulrich weiter zurücktrieb, so gar nichts bedeute ich draußen? Was MIR drinnen ein Wunder war, ist draußen nicht mal ne Eifersucht wert?)

Nein, nicht, wenns um Mord und Tod geht, das mußte auch Ullo schließlich einsehn. Obwohl er ganz auf Richards Seite stand, »Schuldgefühle muß dein Mann bestimmt nicht haben. Homosexuellenmörder SIND Nazis, schwule Nazis, der ihre Sexphantasien möcht ich nicht kennen. Männern mit der Pistole in den Hintern schießen, hier war mal so einer, der hat sich auch weggehängt, und auch zu Recht. Is sogar ein gutes Zeichen für den trotz allem moralischen Charakter des Jungen, daß er sich selbst gerichtet hat. Da kann er deinem Mann nur dankbar sein für diese Selbsterkenntnis, die einzige Tat, mit der sein Opfer ihn erlösen darf.«

Doch als sein eigner Finger zur Schläfe fahren will, das Loch, SEIN ewig schlimmes Loch in der Zeit – sie fängt seine Hand,

Schutzmantelmadonna, kurz wühlt er seinen Bosselkopp an ihre Schulter – ganz unvermittelt lacht er auf. Bübisch, und rückt auf einmal wieder an sie ran, ganz nah ans Ohr, sie neigte sich: empfing sein Geständnis. Auch er ein Opfer. Sein Vater wars.

Er zappelte genierlich, »mit meinem Papa hat es angefangen. Sonntags in der Mittagsstunde, wenn die Mama schlief. Auf seinem Schoß von hinten. Verstehst du?«

Versteht sie recht? Daher die unvermutete Nachgiebigkeit seines Schließmuskels? Jawohl, Analverkehr mit dem achtjährigen Sohn. »Unser Schnuggelstündchen hat er immer gesagt, und –« Ulrich bekennt flüsternd, hinter Leonores Haar verborgen, »mir hat es Spaß gemacht. Auch so, körperlich, verstehsdu, im Po. Ich hab mich jeden Sonntag drauf gefreut.«

Und dann beichtete er sein gesamtes Sexualleben: Bisexuell mit Hang zum Satyrismus. »Ich hab meine Dorli wirklich geliebt, aber oft, wenn ich eben grade mit ihr zusammengewesen bin, hab ich mir trotzdem noch nen Jungen suchen müssen, und nachher, zu Hause hab ichs mir noch mal selbst gemacht.« Er flackert, »Findest du das säuisch?« SÄUISCH? Nein, aber äußerst anstrengend. Und zeitraubend. Und – aufzuckende Panik, »aber – washasdudenn alldie Jahre gemacht!?« »Nein, keine Angst«, er versteht sofort, »ich hab kein Aids. Erstens hab ich mich hier grad eben testen lassen, zweitens bin ich im Knast mit niemandem zusammengekommen. Geht nicht, die machen dich fertig, wenn du dich ficken läßt, da biste für die drinnen der allerletzte Dreck.«

Todtrauriges Glotzen beiderseits, daß die Männer ihre Lust so grausam verachten müssen.

»Aber –« listig schlängelt Ullo an ihrem Hals, »ich kanns mir auch alleine schön machen. Hinten UND vorne, verstehst du?« Und zu ihrem Staunen erfuhr die Lauscherin, daß man sich sogar eine kleine Apfelsine in den Popo stecken kann (erschrocken kneift sie die Hämorrhoiden zusammen), »das macht Spaß, riesigen Spaß,« er windet sich genüßlich.

Und wieder Aber: Auffahrend aus wollüstiger Erinnerung, »findest du das schlimm? Muß ich deswegen jetzt meinen Vater verwerflich finden?«

Verwerflich? Ulrich flehend, um Vergebung flehend, »mir geht es gut mit meinem Sex, sonst war alles vollkommen normal bei uns, vollkommen normal! Ich hab meine Prügel bezogen wie jeder andre auch, nur sonntags nie. Ich liebte meinen Papa, er war Zigeuner, das ist so üblich bei denen!«

Wenn auch die Sozialtante den letzten Teil des Satzes sofort zurückweisen mußte – urteilen? Verurteilen? »Ich weiß nicht, ich, noch als ich achtzehn war, wollte ich meinen Vater verführen, immer hab ich ihn verführen wolln, das war mir völlig bewußt. Obwohl, wenn er –« Eilig küßte Ulrich ihr obwohl und wenn und aber von den Lippen, bitte, bitte, wir sind vom gleichen Blute, du und ich. Blutschänder, frei wie niemand sonst, bitte. Sein Überschwang warf Leonores Tasche mit Poltern und Getöse vom Tisch, soll poltern, er frohlockt, »noch NIE hab ich das jemandem erzählen können! Nur dir, das erste und einzige Mal, ich wußte, daß du genauso bist wie ich, daß nur DU mich verstehst.«

Und damit hatte Leonore volle Entschädigung. Für dieses »Nur-Du, daß-nur-du-mich-verstehst«, dafür ist sie bereit, ALLES zu tun, dafür lohnt sich jeder bittere Geschmack im Mund.

Die beiden versanken für ein seliges Momentchen in ihrer innig zweisamen Dankbarkeit, da riß es ihn schon wieder hoch. Immer mit Ruck, »ich hab ne Idee, Nora, ne tolle Idee für uns zwei. Du benutzt mich einfach als Romanfigur, alles, was du von mir brauchen kannst. Damit auch du was von mir hast.« Und breitete sich hin auf seinem Stuhl, fuhr ordnend durch sein Stoppelhaar, bitte lächeln, fürs Familienalbum. Einmal für immer, unvergeßlich.

»Was kannst du verwenden, meinen Mund? Meine Augen? Ach, bitte, meinen Schmetterling!«

Verlegen, dennoch luchtern, prüft sie ihn ab, seine Lippen (weltschmerzliche Lippen) sitzen schon lange dem Harald im Gesicht? »Ist dir das gar nicht peinlich? So als Objekt, wehrlos meinen Konstruktionen ausgeliefert?« Er strahlt, »im Gegenteil! Für mich ist's ne Ehre, dein Objekt zu sein, ich kann dadurch nur schöner werden.«

Sehr schuldgefühlig plierte sie ihm ins vertrauensvoll leuchtende Frätzchen, doch als sie anfangen wollte zu bekennen, wie sie im Grunde gar nix andres als nur ne heimtückische Spannerin ist,

»jedes Mittel ist mir recht, JEDES!«, um sein Häßlichstes, sein Unsichtbares, ganz Geheimes zu erwischen: Sonntags, der kleine, geile Ullo auf dem Schoß des Vaters hopsend – da küßt er nur schalkhaft ihre Hand, »ich weiß, was ich fühle«, und verschwindet unterm Tisch.

Er rutschte auf dem Fußboden herum, klaubte ihr Gerülle zusammen, Lippenstift und Kugelschreiber, nicht den Tampon zu vergessen.

Und eben als er dies Zeichen ihrer Fleischlichkeit gerührt ins Täschchen stopfen will, »trotzdem war das unheimlich lieb von dir, vorhin, sone richtig weibliche Heldentat –«

Mit Donnerkrach die Türe auf. Ein Pfleger, jung, unverfroren, dreist. Wie ertappt fuhr Leonore hoch vom Stuhl, Ulrich unter dem Tisch hervor. »Au, mein Kopf.«

Streng musterte der Mann das unordentliche Gesox am Boden, die konfuse Betreuerin am Tisch. »Schluß, meine Herrschaften, die Besuchszeit ist vorbei.«

Schon hat die Pädagogin sich gefaßt, richtet sich auf zu voller amtlicher Würde, »wieso denn so plötzlich? Wir hatten doch letztes Mal viel länger Zeit? Auch war Ihr Kollege bei weitem höflicher!«

Unbeeindruckt, der abschätzige Wächterblick, »das hat seine Gründe. Anordnung vom Chef. Sie sollen ihn morgen mal anrufen.«

Leonore, je heißer sie irgendwas in sich hochsteigen fühlte, was denn bloß?, desto hierarchischer verschloß sie ihr Antlitz, ich habe studiert, DU nicht! ICH weiß, was ich tue.

Aber der Bursche duckte sich nicht, blickte spöttisch auf Ulrichs impotente Faust, leckte sich den Schnäuzer. SO eine, das seh ich sofort, alterndes Knastliebchen, die kann jeder haben, läufige Hündin, die! Der potente Verbrecher, letzter Kitzel für die völlig Abgefeimten. Wie die sich in den Mantel windet, der Knacki noch mal hastig seine Pfoten abwischt an der ihrem faltigen Hals – zum letzten Mal, das schwör ich dir! – der arme Bubi und son gruftiger Vampir. Und das Wort, was alles krönte, war, Schlammfotze, die.

Sie, da doch nichts mehr zu verlieren ist, komm ich noch einmal oder schon nimmermeh?, in wunderbar gelassener Heuchellosigkeit, in freimütiger Noblesse küßte sie Ulrich auf Haralds Mund. Wuschelte ihm durch den Pelz, heuchellos abschiednehmend auch er,

»danke, vielen, vielen Dank, für immer Dank, meiner lieben Krankenschwester.«

Sie drückten einander die Hand, wir bereuen NICHTS.

Und auch kleine Damen können schreiten.

Aber lange hielt sie sich nicht im Damenschritt, so eben noch durch den scheinheiligen Park, knapp hinterm Eingangstor begann sie zu traben, bei der S-Bahn galoppierte sie bereits. Kein Entkommen. O Jesses, das war falsch, ich hätte nicht, ich dürfte nicht, was, wenn das rauskommt. Morgen der Anruf, wenn Richard, grade jetzt, und die Gruppe, und die Anstaltsleitung, Richards Job –: Reue. Sie bereute ALLES.

Glührot hatte sie unter abgeschlafften Arbeitsmumien den Felsbrocken ihrer Untat hin und her gewälzt, schwitzend, und sie selbst am schlimmsten, eiskalt in Sturzbächen die Achseln runter. Ich hätte »das« nicht machen dürfen.

Nach Hause galoppierte sie nicht mehr, sie schlich im Dunkeln, Seitenpfade, was soll ich tun, ich kanns ihm nicht sagen, ich muß. Und wußte sich nicht zu fassen, warum so plötzlich diese reißende Scham? Weil Die jetzt Bescheid wissen? Was Die über mich denken? Das kann doch wohl nicht – oder wegen Richard? Sie duckte sich schon jetzt unter seinem – gerechtfertigten? Zorn. Warum denn heute erst? Das letzte Mal – wieso war das letzte Mal alles so vollkommen anders?

Verstohlen wischte sie zum Haustor hinein, wieselte den Flur entlang, nestelte lange im Täschchen. Und wieder mal den Schlüssel vergessen, zaghaft zirpte die Klingel.

EIN Blick aus Richards Brille, selbst durch den Nebel seiner Müdigkeit erkennt der Mann das Ehefrauenchaos.

Seine Schultern in der grauen Hausstrickjacke sacken, schwer schleppend an ihrer Dämlichkeit schlapft er in die Küche, läßt sich auf die Bank fallen, legt die Ohren an: »Also. Was war.« Die fromme Beppa wibbelt im Eck, lispelt mit dem Mündchen, nippert am Teetässchen, stottert lieblich. Nicht böse sein, Richard, aber weißt du, mir ist was passiert.

Der Gatte ergeben, »das weiß ich. Drum ohne Vorrede bitte. Wo, wie, unter welchen Umständen und Bedingungen ist die Wirklichkeit wieder einmal, und immer wieder neu, zur Karrikatur deines Romans geworden.«

So müde, so – hoffnungslos, zynisch? Leonore durchfuhrs. Wagte nur mehr zu pischpern und mit abgewandtem Blick. Es ist mir geschehen.

Hätte sie aber den Mumm gehabt, ihn anzuschauen – zum Schaudern. Die Kollerader lief ihm fingersdicke auf, sein Angesicht ein roter Luftballon, und das (nurmehr gehauchte) Wörtlein »abgelutscht«, das riß ihn dann vom Küchenstuhl.

»ABGELUTSCHT! In der Psychiatrie, wie ne bezahlte Hure, meine Frau! Ja, hast du denn gar keinen Stolz –«, holte aus, klebte sie an die Wand.

Die sitzt, seine Hure, und hält sich die Backe. Deshalb also, DAS war die Reue, wie eine bestellte Dirne; schamüberflutet bietet sie ihm sofort die andre Wange dar, geschieht mir völlig recht.

Doch komische Oper, batti, batti, bel Ricardo, ist sich heute nicht. Richard brüllte. Und jahrelang, und ganz entsetzlich im Ernst.

Schluß jetzt, endgültig Schluß und aus, »ich ertrag diese romanhafte Tändelei mit der Wirklichkeit nicht länger! Das kleine Lörchen, das am Puppentischchen so niedlich mit dem Leben spielt! Ja, geh doch selber klauen, am besten räubern! Mit Friedhelm im Wohnwagen, von Sparkasse zu Sparkasse, und du protokollierst mit! INDUKTION!« Er schnaubte, »Menschenfresserei, nix andres ist diese deine verlogene Induktion!« Und spie übern Tisch, so höllisch verächtlich, sie winselte in ihrer scheelsten Schande, Blutsauger ich, wie wahr, daß du mich nicht mehr liebst. »Aber das sag ich dir!« Das Läuschen duckt sich unter der Pranke des Löwen, jetzt kommt der Todesschlag, grausam exakt aus geblecktem Gebiß artikuliert der Ehemann: »Nicht länger mit mir! Ein für allemal, endgültig Schluß jetzt.«

Leonore starr. Stierte. »Endgültig Schluß«, ihr klapperten die Zähne.

Richard, der geliebte Richard, aus weiter Ferne schon rechnete er ab. Eisig, unbestechlich, keine Zerknirschung reicht an den gerechten Richter mehr heran. Und nichts als Schulden bleiben unterm Strich.

Das kleine Mädi, das mit Pappis Scheckheft in der Tasche überall und nirgends seine gefräßige Neugier stillt. Jedem Augenblick zappelnd im Schoß, zeig mir dein Geheimnis, dann zeig ich dir auch meins. Die Welt ein großer Rummelplatz, und am liebsten fährt das Kindchen Geisterbahn.

»Auf meine Kosten!« Die Rächerfaust donnerte auf den Tisch, vor Schreck sprang eine Tasse schreiend auf den Boden, Richard zermalmte sie wollüstig mit seinem Hausschuh.

Leonore nurmehr von der Wand gehalten. Von Richards Wand. Auf Richards Bank. In Richards Kleidern; nackt würde sie das Haus verlassen müssen, und der Winter schlägt knöchern gegen das Küchenfenster.

Doch so geschieht mir nach Verdienst.

Nicht unterwürfig nahm Leonore das Verdammnisurteil an, sie bettelte nicht um Gnade. Wenn auch das rechte Auge in Tränen ertrinkt, der einzige, der eine, und ich zu DUMM für seine Großmut!, das linke nahm in Freiheit die Verbannung auf sich. Gerecht. Ich selber will, ich MUSS dich von mir befrein, Ungeziefer, Wanze, ich.

Und im Untergrund ratterte schon die hastig angekurbelte Maschine zur Selbsterhaltung. Ne Stelle als Köchin, Kaltmamsell fürs erste, Artikelchen fürs Wedler Tageblatt, Seniorenkurse an der Volkshochschule (»Was ist Glück?« die Einsicht in die Notwendigkeit), möbliertes Zimmer – fast hätte sie die Schultern gereckt, verhungern werd ich nicht – aber, oh Gott!, ohne IHN!

Der rüttelte sie jetzt, schmerzhaft zum Fühlen, hilflos schlackerte ihr Pagenköpfchen in seinem Griff. »Und übermorgen wissen alle, daß du, meine Frau, dem Wusinski einen geblasen hast! Die Allerdümmste, MEINE FRAU!« Und rückte ihr seine Brille vors Gestier, aus jedem Glas schossen Explosionen, »wenn ich durch dich jetzt auch noch meinen Job verliere, jetzt, grade jetzt, wo das mit dem Jungen –«

PLötzlich – er stürzte plötzlich zusammen. Ließ sie fahren, plumpste auf den Stuhl zurück, sein Kopf knallte gegen den Tisch, blieb liegen. Lumpensack. Und dann wackelte das Geschirr, schepperte, klapperte, klirr.

Leonore drehte es alle Innereien um. Und um. Einsam, wie einsam. Und ich nicht wert, sein Weib zu heißen. Nicht würdig, dem Verzweifelten, durch MICH Verzeifelnden, die Hand zu reichen. Weg mit der Spinne, raus in den Winter, mit so einer Schmarotzerin DARF er nicht leben. Sie ergraute auf der Stelle.

Aber – jedoch – trotzdem? Möglich? Wirklich? TATsächlich?

Der unerreichbare Geliebte, streckete er tatsächlich die blinde Hand hinüber? Hinüber zur Verräterin?

Leonore wagts nicht zu fassen. Die Dämliche und SEINE liebste Hand? Festhalten am Tisch mußte sie sich, stützen, schlohweiß und schwarz vor Augen. Sie schwankte hoch, wankte hinüber, taumelnd neben seinen Stuhl. Und er, oh Seeligkeit, unglaubliche, unfassbare Seeligkeit, er rotzte ihr heulend den Pullover naß.

»Ich kann nicht mehr, ich kann einfach nicht mehr«, er schniefte ihr ins Hemd.

Leonore aber hielt den Gatten mit einer solchen Inbrunst am Busen, daß es ihr fast das Hirn gesprengt hätte. Daß er, trotz ALLEM, bei ihr noch Schutz und Trost suchen kann – sie dankte (und ohne jede rational-agnostische Einschränkung), sie dankte Gott. So furchtbar, grauenvoll unausdenkbar bibberte die Winterkälte in all ihren Winkeln nach, nackt im Schnee und ohne IHN; sie mußte sich gegen den Tisch stemmen, sonst wäre sie zusammengeklappt unter dem wunderbaren Gewicht von Richards Haupt.

Als sie dann später im Ehebett lagen, einander zugewandt, doch vorsichtig, jeder unter seiner eignen Decke, er hielt ihr seine Müdigkeit entgegen, »zu Tode erschöpft«, schuldhaft wußte sie auf einmal, was das heißen soll – da wagte sie das Letzte; sie erzählte ihm eine neue Geschichte. Einen Gelehrtenroman. Auf dem Lande, in Ülzen zum Beispiel. »Da ist an der Volkshochschule ne Stelle ausgeschrieben.« Richards Augenlider zucken? »Referent für Kulturarbeit, du, mit deinen Erfahrungen –« Glätten sich seine hoffnungslosen Falten? Ein bißchen, ein wenig – und daß auch der Psychologe findet, »sublimierendere Tätigkeit hat er gesagt,« und daß er doch wirklich seine Schuldigkeit am Konkreten genügend lange abgestottert hat.

Und dann schrieb sie ihm eine Idylle. Unter riesenweitem Himmel wandeln sie, jeder ein altes, weises Büchlein vor der Nase, und alle Honoratioren grüßen.

Mit einem Leben wie bei Stifters hatte sie ihn schließlich in den Schlaf gelullt, sie saß noch eine Weile und schaute ihn an. Und schwor bei jeder Furche seines – sie war wieder mal bei: Antlitz angelangt, bei jeder Narbe in seinem Gesicht, – mir noch einmal, ein letztes Mal wieder zurückgegeben, oh Dank – schwor sie: Ich muß mein Leben ändern.

Seine Ohrfeige hatte gesessen.

Doch irgendwann, als sie schon halb im Traume lag, von Ülzen, wo auch sie selbst als Volksbelehrerin tätig werden wird (»was ist Glück? Einsicht in die Vernünftigkeit«), da lächelte sie innig.

Trotzdem: wir bereuen nichts.

Der nächste Morgen fand sie betriebsam und geschäftig. Unverzichtbar trautes Heim; sie hatte den Frühstückstisch mit allem ihr zur Verfügung stehenden Schnickschnack verziert, Kerzlein, Blümchen, frische Vollkornbrötchen, für jeden ein Ei von freilaufenden Hühnern, putt, putt. Und neben Richards Teller lag sorglich ausgeschnitten die Anzeige: Volkshochschule Ülzen, Referatsleiter für Kunst und Kultur.

Lieblich übers Notizblatt gebeugt, hatte sie dann mit ihm die Bewerbung ausgeheckt, Kulturreferent, Theatergruppen, Lesungen, Kunst im Knast? Ob das ausreicht? – »DU! Richard! Der Karl! Bestimmt hat er irgendwelche Freunde in der Berufungskommission! Bestimmt doch!« Und zischte ans Telefon, ehe noch der gute Bürger im Privatmann zur Besinnung kommen konnte, »Du, Kardel, du mußt dem Richard unbedingt helfen, wenn du nur irgends kannst?« Was ne Beruhigung, das tiefe Gelächter im Telefonhörer. Ob er kann? Er kann, er will, er wird! Mit dem VauHaEsDirektor im Lesezirkel, noch heute ruft er ihn an.

Und Leonore juchheite und hurrate nach Leibeskräften, tippte flink, sehr geehrte Damen und Herren, bezugnehmend auf, Richard mitgerissen, die Zeugnismappe in der Hand, wollte grade zur Post eilen – halt.

Der Anruf in Haus 18. Beim Chef der Psychiatrie. Der Papi vergißt nichts. Und hört alles. Bimbam, das ArmeSünderglöckchen läutet. »Wir haben den Verdacht, daß Sie sich heimlich eingeschlichen haben, nach Rücksprache mit Direktor Mühlensiepen vom Galgenberg haben wir erfahren, daß unser Insasse gar nicht zu den von Ihnen offiziell Betreuten gehört. Bis auf Weiteres wird Ihnen der Besuch bei Herrn Wusinski untersagt, alles Andere müssen Sie mit Direktor Mühlensiepen aushandeln. Wir sind nicht länger zuständig für Sie.« Und Klack und weg, ohne daß Leonore zu Worte kam.

Hätte sie überhaupt Widerworte haben wollen? Wars nicht gradezu mit Erleichterung, wie sie sich an ihres Liebsten Brust warf, grollende Brust, doch bald besänftigt, ihr Seufzer wirkte echt, »im Grunde bin ich froh, daß ich nicht mehr hin muß. Grade jetzt, wo wir bald umziehn.« Und bei sich selber dachte sie, alles, was möglich war, hat er bekommen. Mehr kann man wirklich nicht von mir verlangen, oder?

Und während ihr Mann zaghaft auf ihren neuen Gelehrtenroman einzusteigen versuchte, Unterredung mit dem Therapeuten, mit seinem Anstaltsleiter, mit Freund Karl und bald auch mit dem hoffentlich zukünftigen Chef, stürzte sie zum Schreibtisch, trieb hastig Harald und Katharina ins Bett. Daß sie wenigstens das erste Mal gevögelt haben, unter Aufsicht der Gefangenen, bevor alles endgültig zur Vergangenheit geworden ist.

15

Katharina aber an Haralds Angel.

Es fing damit an, daß sie blutete. Unabhängig vom Kalender und anfangs - zu profanen Zeiten hätte sie gesagt - wie ein Schwein.

Heute, jetzt, sagt sie nichts mehr? Sie kauft sich tatsächlich Binden, Damenbinden! und betrachtet sinnend den stillen Strom; rot, was für ne wundersam mannigfaltige Farbe. (Zum Arzt, Spirale nicht in Ordnung? Sie hatte wohl mal angerufen, aber ihr Doktor war in Urlaub, erst nach Weihnachten wieder erreichbar.) Und irgendwie und irgendwie - sie glaubt an keine Krankheiten mehr, nur noch an Zeichen und Wunder.

Die Meisters natürlich in heller Aufregung (dabei wußten sie nicht mal was von dieser verlängerten Mensis außer der Regel, überhaupt nichts wußten sie, Katharina schwieg), aber der Knüpfelschall verstummte. Dafür sah man sie KNETEN! Naturalistisch in Wachs, Krippenfiguren mit den Kindern. Ein herzumkrämpelnder Anblick, Reinhard bekam Hirnzuckungen, wenn er seine sonst so heidnischwilde Schwester in knöchellang fließendem roten Hausgewand am Teetisch sitzen sah, und die beiden Kinderköpfchen, Rosenwangen, Marie, die reine Magd; nischt wie Marzipankartoffeln und Ammenmärchen. Und ins Bett ging sie nur noch mit Pergolesi im Arm; statt tantrischer AllExtasen suchte sie Sein einziges, Sein eigenes Gesicht. Gottes Sohn, den Zuhälter, Vater ihres zukünftigen Prinzen, Oh!

Doch bannlösende öffentliche Pflichten, Rahlsbeck, erst ab Frühjahr in Sicht, wenn das Eis geschmolzen ist, und alle Brünnlein fließen; der Bruder raufte sich die Haare.

Anne hingegen? Die hatte alle Widerrede eingestellt. Selbst (oder etwa grade?) als zaubersam durchgeistete liebeskranke Mystagogin erscheint Katharina der Freundin unerbittlich überzeugend; einfach per signum. "Wer Katharinas widerspenstige Foxyschönheit derartig zu beseelen versteht, der KANN nichts Dummes von ihr wollen, Reinhard. Außer unsre ganze Liebe wäre nix als Lügendreck gewesen." Aber sich selber so bodenlos zu verdächtigen ist Anne nicht bereit. Allein schon wegen der Nachtruhe, Kräftesparen, wer weiß, was uns sonst noch alles blüht.

Wenigstens keine Erkältungskrankheiten, sie kaufte ihrem Mädchen neue (warm UND sexy) Wäsche unters Madonnenkleid, schwarze, an den Fesseln spitzenbesetzte Leggins mit passendem langärmeligen Oberteil. Und Katharina, als nächtlich goldnes Pantherweibchen, war ihr auf den Schoß gesprungen, maunzte lange dankbar an ihrer Brust. Nein, gibt nichts zu bereden mehr, das einzige, was übrig bleibt: mit Anstand und möglichst wenig Schrunden durch den Sumpf.

Nur die Kinder waren vergnügt. So nachsichtig, so sanft und friedlich - besonders Stefan triumphierte, "vielleicht wird meine Mutter doch endlich vernünftig, so wie andre Frauen auch."

Vernünftig? Wenn sie im Knast erscheint, dann halten alle den Atem an, schwüle Luft, sone bombastisch schwüle Luft ist um die beiden. Sitzen da, stieren sich an und keuchen. Warten, daß die Zeit vergeht. Daß endlich der Abgrund sich auftut, alle zwei auf einmal verschluckt und zu einem Einheitsbrei zermalmt, der nie mehr wieder in seine Bestandteile auseinanderfinden muß.

Und der Stöwer rennt tatsächlich zur Anstaltspsychologin, winselt, bettelt, entblödet sich nicht, die Alte anzuflehen, »bitte, ich muß raus, helfen Sie uns, wir brauchen Wirklichkeit, wir ersticken an unsren Phantasien.«

Jetzt ham sie ihn. Genau da, wo sie ihn immer schon haben wollten, auf den Knien rutschend. Natürlich erbarmt sich die Psychologin am Ende, unwiderstehlich son zuhälterisches Bittebitte, erst recht nachdem sie Katharina geprüft hat. (Die du aber für diese Unterredung nicht heilig ausstaffieren darfst, Leonore, sachlich, Jeans und Zopf, und von Therapiewillen, am besten von Symbiosestörung muß sie kühl und nüchtern sülzen können.)

Dann aber, nachdem noch Jensch und die Anstaltsleitung breitgekloppt worden sind, wir sind ja alle Sünderlein, und Reue kommt niemals zu spät, dann aber:

Unbegleiteter Ausgang zum ersten Advent. Acht Stunden Freiheit an der Leine.

"Bitte, hol mich nicht ab, ich nehm ein Taxi." Als freier Mann will er sie heimsuchen kommen, heute soll SIE es sein, die warten lernt.

Und wie sie wartete.

Allein. Katharina war von so einer düsteren Selbstbeherrschung gewesen, daß niemand ihren Anordnungen zu widersprechen gewagt hatte. Also Tagesausflug für die Hausmannschaft, nach hastigem, zähneklappernden Absingen der von den Kindern geforderten Adventslieder, wie soll ich dich empfangen, und Tür und Tore weit - bald steht Er vor der Pforte, das erste Mal seit Jahren ohne Gitter -

Oben war alles bereitet. In jedem Raum ein Altar errichtet, alle Betten frisch bezogen, blau in blau und bräutliches Weiß. (Zum Glück war seit gestern der Blutfluß versiegt, das wär ne Bescherung geworden auf den hellen Lederpolstern.)

Sie selbst schon ab sechs auf den tattrigen Beinen (nach einer Nacht, an der alle wachsamen Jungfraun sich ein Beispiel nehmen können, und jedes ihrer Lämpchen brannte IHM), sie hatte ihren Leib gepflegt wie's einem Andachtskelch geziemt, alle Unreinheiten von sich getan (bei aufbauender Lektüre, laßt mich doch auf meinem Lokus gelten -), Atemübungen, Om, Om, Bürstenmassage, Bimssteinpolitur im heißen Wasserstrahl, und Haut und Haar troffen von Spezereien. (Doch unparfümiert, die ehrliche Braut.) Aber die blutigrote Seide und das schwarze Katzenfell hatte sie dann doch im letzten Augenblick verworfen, schämte sich des verruchtgetrimmten Käthchens; am liebsten wär sie so wie Gott sie schuf vor Ihn getreten, nur vom Haar bekleidet.

Doch - nach zärtlichem Dank ins Ungewisse, danke, daß ich grade mit diesem Körper ausgerüstet worden bin, nur das Überbein und die Muskeln an den Oberarmen, sonst, Er wird sich freuen - sie wühlte rasend im Schrank; am Ende wars das Allereinfachste, ein uraltes, taubenblau verwaschnes, bodenlanges Baumwollkleid mit weiten Ärmeln, das sie das letzte Mal getragen hatte, als sie schwanger war. Und ohne Unterwäsche, barfuß (die Heizung überall voll aufgedreht), Gänseliesel, die sie ist, für Maskenzauber ist die Zeit zu kostbar. Dann kauerte sie vor dem überlebensgroßen Spiegel im Atelier (der einzige Raum, der nicht sehnsuchtsvoll Seiner harrt), suchte Woher und Wohin hinterm grau-grünen Vorhang ihrer Iris. Da wars plötzlich - als wenn alle Mütter in mir auferstehen wolln. Frauenaugen, uralte Märchenzeiten, und heute, jetzt, ist Hochzeitsmorgen? Mein Hochzeitsmorgen. Warum fürcht ich mich so sehr? Gehts mir denn ans Leben?

Ihr Spiegelbild aber brüllt derartig lauthals ja, daß sie zurückfuhr, die Hand vors Gesicht und hoch auf die Füße, ich bin doch kein Opfer, bin ich ein Opf- ich bin doch nicht - Oper.

Sie eilte auf schmalen aber großen Füßen ins Wohnzimmer, in zwei Sprüngen zum Plattenspieler, nein, nicht Pergolesi, das Hochzeitslied der Susanna, als einmal die Triebe vernünftig waren: endlich naht sich die Stunde, da ich dich, oh Geliebter, bald ganz besitzen werde.

Sie tanzte, tanzte sich die Bangigkeit vom Leibe.

Und er hockt im Taxi, hinten, ohne Blickkontakt mit dem mißtrauischen Fahrer, stiert mit bumpernder Pumpe in den Adventskitsch am Weg. (Klar, es bumpert auch noch was anderes, obwohl er eben grad am Bello sich einen abgegriffen hat; der kluge Mann sorgt vor, bloß nicht den Präcoxler spieln, die erste Ladung ab ins Klo.) Weihnachtsbäumchen, Vorgärtchen, süßer die Glocken nie – Stöwer klapp die Augen zu, dies pütschrige Geschrebere Richtung Wedel, das ist nicht Draußen. Draußen ist nur in Ihr?

Trotzig wirft er die Mähne zurück (schwarzes Geschlängel auf hellblauem Jeansjackengrund), ballt die Fäuste, befiehlt schroff: »zur Elbe, fahren Sie irgendwo gleich links rein.« »Irgendwo links, hier gibts kein irgendwo mehr«, der Fahrer brabbelt, findet, nach Blick in den Rückspiegel, wo der Knacki Messer wetzt, dann doch mürrisch einen Weg durch die Kleinhäuslerei, Wohnen im Grünen, die Ramafamilie läßt grüßen.

Bald steht ein Hafturlauber pathetisch an der Uferböschung, »aber länger als ne viertel Stunde wart ich nicht, und gezahlt wird sofort«, pliert ins verwelkte Grünzeug, in Himmelsgrau und Vogelzug über stinkenden Wassern, aber spüren – tut er nix. Nix Freiheit, nur daß er friert und so schnell wie möglich – Du, DuDU. Doch männlich harrt er zehn Minuten aus, ein klapperndes Sandkorn im Geschiebemergel der Unendlichkeit, dann floh er ins Autogehäuse zurück, und mit verschlossnen Sinnen und quietschenden Reifen (Prämie fürs Eiltempo) gings ab, Ich, du, er, Sie, es, wir, ihr, Sie.

Grade hatte Katharina zum dritten Mal ihren Trauten mit Rosen gekränzt - die Gartenpforte quietscht. Hastig den Knopf, Plattenspie-, Luft, Luft, Sein Schritt die Treppe hoch.

Wer sie zur Tür getragen hatte, wer die Tür geöffnet hatte, wer in der Türe stand - schwarze Locken, schwarze Augen, schwarzer

Mund - die Nähe riß ihnen die Füße weg, gleich im Flur gingen sie das erste Mal zu Boden.

Saßen hellblau auf den weißgestrichnen Dielen, starrten sich an, Wortschatz Null: Ooch. Dann dümmliches Gelach, Gestotter, bitte entschuldige, ich bin so blöd, ich auch.

Überhaupt nur noch Auch. Streckten unbeholfne Hände nacheinander aus, glotzten töricht, mit Bumm lag ihr Kopf an seinem Hemd. "Ich hab alles verlernt, ich weiß nichts mehr." - "Ich hab nie was gewußt." Murmelte er ihr ins goldene Fließ, untergetaucht, eins in des anderen: Duft! Wer hat gesagt, der Geruch sei der niedrigste Sinn von allen? Ein Mönch, auf sicher - aber erst das Schmecken! Mund an Mund die Seelen tauschen. Und auch -

Der Tastsinn? Sie so blank und splitterfasernackedei unter der Nonnenkutte? Ohne jeden Umweg zack, ihre Titten in den Händen? (Und was für Titten, klein und spitz, wie Ernas Lumpi) – Lörchen! Da fällt ihm doch sofort alles runter vor Schreck. Soviel unschuldige Frömmigkeit verkraftet ein fünf Jahre lang wixender Loddl nicht.

Soll er auch nicht? Grade nicht? Weil nur der anfangs impotente Mann die wahrhafte Liebe zu erlernen vermag? Die Liebe zur Persönlichkeit? Holla, wo sind wir! Im deutschen Pfarrhaus? Hattest du uns nicht ne heidnische Göttin versprochen?

Aber der arme Kerl hockt da, endlich Weiberfleisch, zupacken will er – und hält ein Engelein in den Armen, das Halleluja singen möchte.

Sie knieten auf den harten Dielenbrettern, nestelten an Knöpfen, Reißverschlüssen, und die Augen gingen ihnen über: Deine Schultern, deine Brust, diese prachtvolle, männlicheweibliche Brust. Und über seiner linken Knospe ein pfennigkleiner schaukelnder, gaukelnder Schmetterling, der pochte warm und zittrig unter ihren andächtigen Lippen.

Doch - auf der Schwelle ziehts. Gänsehaut, ribblig den Kosefingern. Krächzend ihre Stimme aus der fremden Welt der Worte: "Komm." Täppisch zurrt sie ihn hoch, stolpernd, das Kleid über den Busen gerafft, auf schwankenden Beinen wanken sie ins nächste Zimmer, zur erstbesten Lagerstatt. (Ihr Schlafzimmer, flache, breite Liege, obligat blauweiß bespannt, Pflanzen, Bücher, weißer Teppich, die käsig-bleiche Wintersonne spinxt luchtern direkt ins Bett.)

Wo jetzt die beiden aus den letzten Fetzen steigen, wer kommt in meine Arme, du. Und des Staunens und Frohlockens war kein Ende, wie schön, wie schön, wie unaussprechbar schön du bist. Auch grade die nervigen Bildhauerinnenarme boten mannigfaltige Entzückungen, und das einzig angemessne Wort: "Zart, Katharina, wie bist du so zart."

Aber? Nix Zeichen des Willens aufgepflanzt? Schön wie ein Gott und göttlich ohne Ständer? Die Zeit verrast (eine Stunde und vierunddreißig Minuten schon, zuzüglich der Stunde Fahrtweg!), und die sind immer noch in begierdeloses Gebet versunken? Du willst uns doch nicht weismachen, Lörchen, daß deine Kathy so sehr nur von seiner Heiligkeit durchdrungen ist, daß es ihr überhaupt nicht in den Sinn kommen KANN, ihm aufs Gemächt zu schielen? (Das, nebenbei, auch in ohnmächtigem Zustand schon einen imponierenden Anblick gewährt, in prallem aber – EINIGE Bübchen hier im Hause haben schon unter seinem Knüppel geächzt, einige!)

Los, mach was, Fellatio oder Tantra, oder irgendwas, wir wolln die beiden im Liebesknoten sehn, aber dalli!

Doch Katharina schielte nicht. Sie überschaute klar die Sachlage, und bevor er anfangen konnte, sich seines fehlenden Triebes zu erinnern, schlenkerte sie sich auf die Füße, lächelte verheißungsvoll. (Auch neckisch schief, zu viel Andacht bedrückt das Menschenfleisch?) "Möchtest du rauchen? Shit? - DasmerkenDiedochnicht, nachher?"

Nachher? Die? "Nein", er nickte folgsam, und schon jetzt ganz benebelt, von der eigenen Unschuld.

Bald wanderte ein Räuchlein zwischen den beiden Nackerten hin und her, und sie erzählten: Kindermärchen.

Klein-Harald und sein Käthchen: Gemeinsam stromern sie, Händchen in Händchen, durchs wirre Gestrüpp ihrer Kindheiten; bald taumelnd zwischen Gut und Böse, wahr und falsch.

Und das Allerunheimlichste ist, daß man niemals wirklich wissen kann, ob die Fee nicht grad die Hexe ist.

Lange waren sie durch den versumpften Wald gestrauchelt, unter Kröten und Schlangen, *zwei Stunden und siebzehn Minuten, nix als Labern!* dann endlich erreichten sie die Höhle, mit der bekannten Giftnatter drin. Und das Mädchen als Erlöserin der sieben Raben. Sie pirscht sich ins Dunkel, von hinten wirft sie die Schlange nieder, er hebt sein Schwert, Kopf ab. *Klar, heißt noch was andres.*

Zusammen rissen sie dem Drachen die Leidensmaske runter, erschraken furchtbar über die brutal sanfte Grausamkeit des armen, armen Opferlamms dahinter. Tot, zum Glück, sie wurden nicht zu Stein.

Aber lange mußten sie sich aneinander halten, was ist das fürne haßerfüllte Mutterliebe, die den eignen Sohn einem rachsüchtigen Vatergott opfert! Aye, aye Sir, danke für die wohlverdiente Dresche auf dem Klo. In dämlicher Demut, mein geliebter Gebieter. Sie bibberten sehr, Katharina wurschtelte Decken heraus, ihren trostlos verschlagenen Gefährten einzumummeln; ja, sie stand dann sogar an seiner Seite, hielt ihre Fackel hoch und hinderte ihn nicht mit ihrem stillen Geheul, als er - das flüsterte er in die Kissen - als er eine junge Katze totschlug und dazu lachte. Triumphierend, böses Kinderglück, sie lachte mit ihm. Böse, wie er.

Aber sie. Jetzt war stilles Geheule an ihm: Sein wonnevoll strotzendes Mädchen, vampirisch aus dem Tod geboren, gegängelt von den Abschiedsblicken des oh, wie gütig! sich ins Grab hustenden Vaters, unter Särgen aufgewachsen?

Plötzlich wars ganz dunkel im Zimmer, und sie fürchteten sich sehr. Verkrochen sich vor ihren Nachtgespenstern unters Deckbett, schuhu, schuhu.

Und so im Dunkeln verborgen, nur noch Mund und Hand und Haut und Haar, da ging ihnen der Sinn auf, der Sinn von allem, aufgehen, ganz simpel, leiblich.

Sie waren keine guten Liebhaber jetzt, schlichte Tiere ohne das Raffinement ihrer Erfahrungen, er über ihr, sie unter ihm, scheu und unbeholfen, und grade das war das Wunder.

Von draußen wogten Tücher auf und ab, tönte zwiefach sanftes Seufzen, ein melodiöses Weilchen lang, innen: Du-in-mir-und-ich-in-dir und ich und du und wir, zum Staunen. (Nicht, daß Katharina jetzt plötzlich den sagenumwobenen Vaginalorgasmus gekriegt hätte, um so was Meßbares wie nen Orgasmus handelt es sich gar nicht mehr – sie staunte einfach über Mann und Frau. Über Möse und Schwanz. Innen und Außen.)

Die kann noch staunen? Die hat noch irgendwas zum Staunen im Gehirn? Stöwer, die schaut dir ja zu! Was bist du für ein miserabler Loddl, wenn du ihr irgend eine Möglichkeit zum Denken läßt! –

Hört der nicht, der hingegebne Hornochse. Vögelt die Mutter wie ein Haustrottel, in Missionarsstellung, als wenn er noch nie was vom Kitzler gesehn hätt! Und hat dann natürlich prompt nen flotten Abgang, nicht mehr als sieben Minuten durchgehalten! Miese Leistung, Alter. Sehr miese. Da stellt man sich tote Kinder vor oder sonst was Abturnendes, da löst man Matheaufgaben, sechs mal neun, wenns eim zu schnell kommen will, da läßt man sich doch nicht so einfach gehn, noch dazu beim ersten Mal! SO kriegst du deine Olle nie an die Kandare!

Die aber, die Olle, empfängt ihren Geliebten mit allen Herzen, und als er noch dazu, "nachher", mit unsagbar knabenhafter Neigung, seinen Lockenkopf an ihrem Busen birgt - sie ist selig wie die ganze Welt. Sein Vertrauen, er hat mir sein Vertrauen geschenkt. Eine Riesendankbarkeit macht ihr die Augen naß.

Und eine ebensolche Riesendankbarkeit hob ihn später von ihrer Brust.

Und dann schlug er die Decken zurück, sie war plötzlich sehr nackt unter seinem Blick.

Und jetzt spielt sich dieses Schreckliche ab, wovon unsereine als Frau ja nicht so gerne redet, diese Geschichte: Und Abram erkannte sein Weib. Das ist schon grausig und fürchterlich, dieses Erkanntwerden im Fleisch. Dieser Weg ins Innere der Leibeshöhle, diese unheimliche Story von Preisgegebensein bis in die Eingeweide -

Katharina, trotz oder wegen? Tantra, graulte sich lange. Schämte sich auf einmal sehr, unter seinem Schauen zum einsam zukkenden Tier werden zu sollen. Und grade, weil er sie so schrecklich innig koste. So bis in alle Innereien ausgeliefert seiner erkennenden Liebe - davor errötet ihr Trieb.

Daß schließlich an ihrer jungfräulichen Angst seine Gier erstarken konnte, an der faßte sie Mut, wenigstens gemeinsam blind im irren Tanz des Körpers; bald war jeder Rückweg abgeschnitten. - : Und dann gabs, wenn es noch Worte gab, nur noch solche wüsten. (Diese hundsgewöhnlichen Worte, wie öffnen, eindringen und so weiter. Kein reiner Spaß für ne denkende Frau, ich kanns euch sagen.)

Bis schließlich, nach langem Weh und Ach, ich kann nicht, es geht nicht, doch, doch, du kannst, ich liebe dich, ich will es, (und unermüdlich kundig, auch seine Hände) bis schließlich der ersehnte Schrei sein Trommelfell zusammenzucken ließ, und er sich auch kopfüber in den Abgrund stürzen durfte.

Sie riß die Augen auf aus ihrem Rausch und sah ihn, über sich, das Haupt zurückgeworfen (und was das heißen soll: Antlitz - Apoll ist nichts dagegen, so männlich einsam selbstvergessen, HINGEGOSSEN seiner Lust), allein seine Wimpern, lange, schwarze Kinderwimpern, zitternd gesenkt über den kühnen Wangenknochen - OH!

Da warfs ihn schon hoch, sie schrie mit ihm, hob sich ihm noch mal entgegen, fing ihn ein mit allen Flossen, du Schönster, du Liebster, du Allerallerschönster du.

Und wie er die Locken ihr zuneigt, aus seiner fernen Männlichkeit zurückkommt, wie er die Augen aufklappt, direkt in ihre hinein - nix trauriges Tier, er lächelt ihr ganz einfach zu. Ganz einfach, kumpelhaft listig auch, bestanden, das erste Abenteuer haben wir bestanden.

Sie lachen, daß es ihn hinauskatapultiert, drücken sich, umhalstern sich, unendlich erleichtert; ein Schnippchen, wir haben Ihnen ein Schnippchen geschlagen. Impotentia coeundi? Eine häufige Erscheinung bei Haftentlassenen? Nicht wir. Unsre Liebe schlägt auch den Knast, wir besiegen alle eure Perversionen.

Na, wenn du meinst, daß sone simple Hausfrauenliebe das Rechte für nen Loddl ist, Leonore – was? die Erlösung vielleicht noch? – ganz schön schief gewickelt, Mädel. Solche Blumenbeetgeschichten hat der Typ schon tausendmal erlebt. Jedes Hühnchen, das sich dumm in ihn verknallt hat, hat sich genauso hirnlos in seine zärtlichen Wimpern vergafft, wie deine Süße. Ganz genauso leiblich dämlich. Und deshalb Beine auf und singen, ihimer und ehewihig, ihimer und ehe– Wenn das alles ist, was du ihm bieten kannst, schlichte Hausmannskost, ganz wie bei Muttern – sechs Wochen nach der Entlassung ist der weg. Nachdem er ihr vorher noch die Nase eingeschlagen hat, für immer. Aus mit Schönheit, zur Strafe für ihre aberwitzig dumme Unschuld. Geschieht ihr völlig recht.

Aber. Wie sie noch hopsen, wir wollen lustig, lustig, lustig sein - ein Fleck im weißen Laken. So weiß wie Schnee, so rot wie Blut - sie schaut in seinen Blick - duster wie Ebenholz. Und als sie irgendwas Erklärendes stammeln will - "laß." Ganz samtig sein Bariton, "laß, das ist doch SCHÖN." Schwarz. Gebannt von diesem schwarzen roten Schön. Ja. Und da hat er sie schon, er, der Dämon, der -

Jetzt läßt du uns ans Ruder, Lörchen, von blutigen Dämonen weißt du nichts.

Er fickte sie, nach allen Regeln der Kunst, er kelterte sie aus, leckte ihr Blut, ihren Saft und seinen Samen, lutschte sie leer und wieder voll und wieder leer, bis sie nur noch ein einziges schwellendes, quellendes, fließendes, strömendes, zuckendes Loch ist, ein gierig aufgerissnes Vieh, demütig heult unter seinem Knüttel, unter den letzten, wahren Worten, ich will dich morden, ich will, daß du zerbirst von meinem Schwanz, ich will dich ficken bis in deinen Tod. Und sie ein einzig klaffendes Ja, nix andres mehr. Und diesmal weiß er, wo die Rute bei ihr sitzt, er faßt sie mit den Zähnen – gut, daß die Kinder nicht im Haus sind, ihr Kreischen hört man noch fünf Straßen weit und dann rin ins Spundloch. Und immer weiter, rauf und runter, und alle Hände voll geschäftig, bis sie um Gnade winselt, ich kann, ich kann, ich kann nicht mehr, und trotz und grade wegen dem noch einmal in den siebten Himmel hochgeschraubt, und noch einmal, dreimal Hochsprung, dann erst, in ihr drittes Wahnsinnsschrillen, endlich selber abgedrückt.

Kurz vorm Herzstillstand, drunter darf man bei soner Emanze gar nicht erst anfangen. Sonst hat sie dich ewig im Griff.

Aber. Als sie zu Sinnen kamen. Erloschne Blicke, erbrochne Augen. Katharina raffte, ganz rücksichtslos, alle Decken an sich, starrte ihn an, der Löwe ist los. Ganz langsam, und sehr grün waren plötzlich ihre Lichter, ganz langsam rückt sie ab. Bis sie die Wand im Rücken spürt. Sie kauert sich zusammen, wickelt den Stoff um sich rum (blutbefleckt, und aus ihr raus rinnt es in sachten Tropfen), späht aus langen Zotteln zu ihm hin.

Der liegt, den Kopf in Fäuste und Kissen vergraben, verlassener kann Ares nicht liegen, und es ist ihm sehr kalt.

Schweigen, in das auch noch von draußen irgendwelche Krähen schrein.

Endlich hebt er das wirre feuchte Fell, ganz ruhig nickt sie in sein todtrauriges Grinsen. "Ich weiß jetzt, was das ist. Wie man Hure ist. Und Zuhälter. Ich. Auch ich. Es ist gut, daß ich das weiß." Und sogar, daß sie dankbar für dieses Wissen jetzt ist, sagt sie, ganz ernsthaft redete sie, von ganz hoch oben, wie Kinder, die auf den Tisch steigen, um den Mond zu begreifen, erstaunt und sachlich. "Ich hab geglaubt, das kanns für mich nicht geben, Vergewaltigung zur Lust. Ich dachte, das ist ne kranke Männerlüge. Du weißt, wir haben das erste Mal drüber gesprochen, Holofernes." Er weiß. Und ist schon geköpft, *und kastriert, trägt sein abgeschlagnes schänderisches Stücke zu Ehren ihrer Keuschheit auf ewig der Jungfrau voran. (Auf ne Stange gespießt natürlich, in Silber gegossen, und eigenhändig.)*

Heh, Stöwer, glotz nich so bedrippelt! Was is denn passiert? Du hast sie zum Irrsinn hochgewixt, das getan, was jedes Weib sich ergiert – und die Kleene macht in beleidigte Persönlichkeit!

Aufstehn und gehn, aber sofort. Ab zum Kiez, noch zwei Stunden Zeit zum Gesundstoßen, kannste doch, sieben mal hintereinander, sone Persönlichkeit ist absolut giftig für Unsereinen, Alter!

Katharina, ein tapferes Bräutchen (dabei kullern zwei Tränen über die Silbermonde ihrer Wangen, die brennen ihm im Zwerchfell, daß er ächzt), Katharina streicht mit blutbeschmierter Faust eine Strähne von der Backe und sagt die schreckhaft entscheidenden Worte: "Ich will nicht. Ich will dich nicht als Zuhälter. Als Hure will ich dich nicht lieben." Und stärker strömen die Quellen hervor, doch ihre Stimme zittert nicht (wohl aber sein Herz, bumm, bumm, ich hab verspielt, hab sie verspielt, bumm, bumm): "So eine mörderische Lust KANN ich nicht wollen, und ganz primitiv nur: Weil ich einen Sohn hab."

Und er schaut ihr verzweifelt ins tropfende Mamagesicht, ein Gänseblümchen, das nur von Bienchen angeflogen werden darf.

Zum Quieken, wie reuevoll der pliert! Tief zerknirscht, daß er dem Kindchen mal gezeigt hat, wasn richtjer Kerl is! Was Weib sein im tiefsten Grunde zu bedeuten hat!

Stöwer aber, Bettelmann, läßt Lumpi hängen, verspricht, wenn sie nur bitte, bitte bei ihm bleibt, für alle Zukunft einzig noch: Humanfick. Wenn zwei sich innig ineinander senken, nicht schnöde Lust – zum Wahnsinn! Statt ihr gewaltig eine zu schallern, daß sie sich erinnert, wie sie kreischen kann, und hoch auf die Füße, raus aus dem Liebesknast! Der aber jaulend im Eunuchenchor: weh und ach über sein beschmutztes Röschen, seine durch IHN! verunreinigte Quelle, sein mißbrauchtes, von IHM selbst mißbrauchtes Schwesterchen! – Und eine THERAPIE, um Vergebung röchelnd eine Therapie erflehn, eine Therapie gegen Geilheit, der reuige Kapaun! Wenn nur das Hühnchen bei ihm bleibt, alles, alles, Herrin, bitte alles, doch, bitte, bleibe bei mir.

Und dieses ganze widerliche Winseltheater warum? Damit sie ihn zurück an ihre einzigartig seelenvollen Titten läßt, ins blankgeputzte Häuschen ihrer vernunftgemäßen PersönlichkeitsEkstase?

Weil sie so unbeschreiblich goldig aussieht, und ganz besonders unbeschreiblich als besudelte Priesterin der Tugendliebe.

Trotzdem, sie, bitte Leonore, – schöner ist ein Loddl nie, als wenn er um Vergebung fleht. Ihr schmilzt der Tugendstachel, o.k. nix andres augenblicklich mehr, sie nimmt ihn wieder gnädig auf ins Bienenhaus, bitte. Selbstverständlich, nicht ohne die obligaten

Ermahnungen zu vergessen, alles gebongt, und seine Versprechen, ich will das niemals nie mehr wieder tun, nein!

Und dann, endlich, die zukunftsträchtigen Rat-Schläge, aus dem Erlöserfundus ihres Weiberschatzes. Klar, Tantra, göttlich möschenhaft geordnete Lust, ohne Angst vor der verschlingenden Kali; das Ideal des zahmen Kuscheltierchens.

Und der, der –. Ja, der horcht, ge-horcht, Karnickel in der Hoffnungsfalle wie wir alle, und ewig ja und amen. Selig, selig, tränenselig, daß sie ihm wenigstens mit ihrer Fotze nicht auch das Schößelein entzieht.

Die schöne Fee, piep, piep.

Deren Schönheit inzwischen aber schon recht schwächlich aus den Laken kukkte, bekifft auch, wie das Friedenspfeifchen mehrfach die Prinzipien hin und herwechseln mußte. Besorgniserregend silbrich, und der Rostfleck am Kinn – *der arme Sünder, vollends getroffen von ihrer ungewohnten süßen Schwäche,* wagt es. Er neigt sich vor, hebt schüchtern die Arme, zieht die Ausgepumpte an seinen Schmetterling. Und, oh Dank, oh Wunder, sie ließ sich fallen, sie atmen eine verzagte Weile lang gemeinsam erschöpft. Ein ausgezutzeltes Häufchen.

Da steigts ihm in die Nase, wie oft er das gewittert hat, Frauenblut gemischt mit seinem Sperma. (Und jedesmal riechts anders, stinkend geil, wenn eine ihre Tage hat – o.k., gehört sich nicht, vom Riechorgang zu schwärmen. Das wollen unsre feinen Damen gar nicht wissen, wie tierisch gern sie ihre eigne Scheiße schnuppern. O.k.) Aber die, die Katharina, die soll ja wohl nach frischen Lebenssäften duften, nix Mensis; Wunde! Weil die Spirale rauswill und ein Kindlein rein, oder? Eine Verwundete also, durch Ihn verwundet das zukünftige Mütterchen seiner Brut –

Er wickelt sie auf, ärztlich ernst, *in Frauenkrankheiten kennt er sich aus,* äugt auf die kleine Lache vor ihrem Kupferbusch. Dann ihr ins schuldbewußte Grinsen, "WIE lange blutest du schon? Bist du verrückt? Drei Wochen lang?"

Fast wär sie zurückgefahren, vor der verdienten? Ohrfeige, aber er – Bravourleistung, Stöwer, nicht umsonst ham wir dich Kraftsport treiben lassen, er reckte die Arme aus, nahm das Mädel hoch, ganz wie ein Baby trug er sie aus dem Bett. »Wo ist das Bad?« und setzte sie kurzerhand in die Wanne.

Im warmen Wasserstrahl mußte sie ihm versprechen, auf sicher morgen zum Arzt zu gehn, egal zu welchem. »Ich ruf dich mittags an, wehe, du bist noch nicht dort gewesen.« Und sie nickt fügsam und pariert, sonst gibts ein Donnerwetter.

Und dann plätscherten sie, Katharina tamponverstopft, im Wasser. (Was die Uhr tickt wissen sie, noch eine Stunde und fünfundzwanzig Minuten und sieben Sekunden um Hoffnung zu schöpfen.) Daß wir es schaffen, obwohl - ? Lange wortlose Fragen von Wannenrand zu Wannenrand. Während die Hände zueinander schwimmen, furchtsam, trotzdem mutig? Seine furchtsam trotzigen schwarzen Augen unterm Hollerbusch: Glaubst du, daß wir es wirklich schaffen können? Ganz WIRKlich, wirklich als wirkliches Du und Ich?

Oder immer nur wieder im ewigen Rad: Nix wissen, nix vas-tan, niemals nix kapieren?

Lörchen, jetzt raus aus deinen Winkeln mit dem Pathos. Jetzt MUSST du mit den großen Worten auffahrn, mit Glaube-Liebe-Hoffnung, diese drei. Und die Liebe, Katharinas Weiberliebe, muß der höchste Glaube sein. Und die sichre Hoffnung. Wenn der jetzt ab in seine Zelle geht als Sünderlein, dann packt er's nie!

Katharina - beruhigendes, erstarktes Lächeln, angemessen der griechisch hochgebundenen Frisur - sie langte ins Regal, träufelte Rosenöl ins Wasser, und Zimt und Nelkenduft, legte ihre Schwielenpranke leicht über seine Lider, "mach die Augen zu, denk nix, entspann dich." Und dschampte raus, griff sich ein großes Kuscheltuch, platschte ins Wohnzimmer, zum Plattenspieler -: ängstliche Sorgen, entfliehet, weicht auf immer...

Sie wischte in den nächsten, frischgewaschnen Overall im Schrank, schlich bloßfüßig zurück ins Bad. Oh säume länger nicht geliebete Seele...

!!!,!!!. Liegen. Wie Er liegt! Im Wasser liegt und lauscht. Jetzt, endlich: die Glieder von Amor gelöst. Schlägt die Augen auf - und da ist es wieder, dieses einfache Lächeln. Aber nicht kumpelhaft diesmal, sie strahlen einander an, plötzlich wie aufgewacht, und dann gibts noch sone urtümliche Gebärde, er neigt sich vor, greift nach ihrer Hand, überfließend küßt er die rauhe Innenseite.

Sie in gebührender Verlegenheit entwindet ihm sacht ihr Arbeitswerkzeug, läßt es hinabgleiten zu seinem Hals, beugt sich über ihn, spricht mit enthusiastischer Kennermiene, "was hast du nur für einen wunderschönen Hals. Wirklich, ich sag dir, wie der Apoll von Belvedere." Und spurtete zum Regal, holte Tücher, "ich werde dich jetzt abtrocknen. Und einölen. Mit meinem Zimtöl. Fördert die Kommunikation, auch die erotische." Und keck aus ihrem Overall, "ich BIN deine Sklavin. Aber ne antike, nicht ne christliche."

Da kiekter! Sofort verzaubert von dem lustig umrieselten Mädchen im Burschengewand. Steigt traumverloren aus der Wanne (klar, Leonore, genauso traumverloren, wie's muß, daß er für sie ein natürliches Kunstobjekt abgeben kann), und warmes, schmeichlerisches Licht hat sie im Bad, sie hüllt ihn ein, sie kniet vor ihm, salbt ihn, ölt ihn, wonnevoll – und dabei immer den Schnabel offen.

Danken, preisen, lobsingen, sie jubelt so unverholen über seine Vollkommenheiten, daß es ihm regelrecht holde Röte ins Gesicht treibt; am Ende liegt sie hingerissen zu seinen Füßen (ihn hat sie gegen die Türe gelehnt, lehnen, wie wunderbar er lehnt, im Kontrapost, nackt an der Tür!), und alles an ihr ist nur noch Mund, aufnehmender, hingebender, verschwiegen tiefer Mund. Hier droht keine Kiefernklemme, hier gibts kein rackerndes, schwitzendes Auf und Ab, nix Melkmaschine: Musike. Sie spielte ihm ein Stück Musik mit seinem Körper vor, so eine von diesen großen Unendlichkeitsmusiken, mit vollbesetztem Orchester und unsäglich einsam-schönen Flötensoli; am Ende schluchzte er vor Lust. Fiel zusammen in ihren Overall, lachend unterm Tränensturz, sie hielt ihn fest und fast hätte sie geschmunzelt. (Triumphierend geschmunzelt, ja.) Ganz fest, ich halte dich ganz fest. Du kannst dir nie verloren gehn, keine Angst.

Bald aber hob sie sein zerflognes Lach- und Heulgesicht zu sich empor, trocknet es mit einem Tuch, feixt ihn an und spricht: "So. Und jetzt ist erst mal genug gebibbert. Du wirst sehn, wir kriegen alles hin. Wir sind ja nicht im Mittelalter. Und außerdem", sie reicht ihm hausfraulich seine Kleider, "außerdem essen wir noch was. Wenigstens Lebkuchen und Früchte."

Nachdem er - schwebend wie auf neuen Füßen - ihre Wohnung durchstaunt hatte (ausgenommen ihre Arbeitsbude, sie will heut nicht sachlich werden müssen), "wie ruhig und klar du alles hast", lagerten sie dann im Wohnzimmer auf den Polstern. Ihr Kopf in seinem Schoß, seine Hände kraulend in ihrem aufgelösten Haar, sprach er ihr alle seine frommen Sprüche vor, und an jeden einzelnen, da glaubten sie in dieser letzten halben Stunde: Ich will mein Leben ändern.

Ja, und auch wir wollen Tantra lernen, wenn das SO ist! Fellatio mit echt religiösem Gefühl! Das gibt's ja leider tatsächlich ganz äußerst selten. Die meisten ekeln sich doch, lauern ja nur, daß de endlich, endlich abspritzt, weg mit dem Giftzeux, stimmt doch, oder nicht?

Wennde mit Hilfe von Tantra wirklich ordentlich blasen gelernt hast, Leonore, dann soll deine Kleine, in Gottes Namen, den Stöwer vom Vergewaltigen erretten dürfen: solange sie nur derart tüchtig lutschen kann, wird uns ziemlich alles andre schnuppe sein. Die Hauptsache abkauen, abkauen is die Hauptsache.

Nun aber – bring sie auseinander, Mädel, genügend Hoffnungsidylle für heute.

Als pünktlich um vier der Taxifahrer klingelte, waren sie gelassen und bereit. Verbannten jede Wehmut aus den schon ins Warten gerückten Gesichtern: "Wir wissen, daß wirs wirklich schaffen wolln." Dann war er die Treppe runter, sein freier Schritt verhallt.
Und als er wieder einfuhr, kontrollierte ihn niemand auf Haar, Schwanz und Arschloch wie sonst bei allen andren üblich; seine Heiligung strahlte so aufdringlich um ihn her, daß niemand ihm zu nahen wagte: Ein durch metafüsisches Blasen bekehrter Loddl –: sehr unheimlich, in Wirklichkeit.

16

In der Wirklichkeit aber. In der Wirklichkeit da gings um die Metafüsik humanitärer Melkmaschinchen, um das Recht auf Heiligung durch krankenschwesterliche Liebesmaximen.

Leonores Gang zu Anstaltsleiter Mühlensiepen: ein moralpapastolisches Duell.

Ich mich schämen? Wir uns vor dem? Vor so einem wie Mühlensiepen, vor einem Büttel? Nein, wir bereuen, und gemeinsam, NICHTS.

Sie hatte sich aufgerüstet, alle Geschütze vorgefahren und drei mal »Golgatha« getankt, wihir verherlassnen Kindlein hier; für den Pranger reicht der Kreuzstab zur Verteidigung nicht mehr aus. Hopsend in Papas Schoß singt sie mit Ullo in recht hysterischem Duett: wir haben nichts Übels getahan.

Oder doch? Als Wusinski hörte, daß sie nicht mehr kommen darf, »einfach nur genickt und gar kein Widerspruch? Kein Gebrüll, kein kindisches Getobe? Was isn in DEN gefahrn auf einmal, so kennt man den sonst ja überhaupt nicht? Gefährlich, Vorsicht, Kollegen, da stimmt was nicht, da lauert was im Anzug. Alarmstufe zwei!«

Und im Anzug war auch Leonore. Einen jeglichen ihrer einhundertneunundfünfzig Zentimeter hochgereckt, marschierte sie im Stechschritt über den verhärmten Hof, zackig die Treppe hinauf, den nie vertrauten Gestank entlang. Und auch die Kopffüßchen nur mehr in den brutal eindeutigen Kategorien von Schlüsselgewalt und Knüppel: ich laß mich nicht verurteilen von EUCH, Oberleutnant Henkersknecht. Für Weiber gelten andere Gesetze als die von Tod und Hölle!

So matriarchalisch bewaffnet war sie vor der Tür des Gefängnisdirektors angelangt, schlug hart dagegen (au), grüßte feindlich den imposanten Umriß der Vorzimmerdame, »ich bin bestellt, Füxle.« Protestantischer nie.

Und schritt zur gepolsterter Doppeltür hinein, gut nur, daß ich den strengen Hosenanzug – ein Bildnis von Seriosität und urbaner Überlegenheit. Sehr aufrecht watete sie durch den Perserteppich auf die weit entfernte Gesichtsscheibe hinterm Schreibtischsarg zu, stand still, aber nicht stramm vor der deutschen Eiche, hinter der verschanzt ein spilleriges Männlein fläzte. (Einer von diesen glitschigen Psychologen, beneidenswert trainiert, sich nach außen erstklassig zu bewachen, und zur Tarnung, zur inneren Tarnung, trägt er progressiv gepflegte, lange graue Haare. Wer sich verrät, sind immer nur die anderen.)

Ohne Leonore zu beachten, die, bestellt und nicht abgeholt, vergebens im weitläufigen Raum Posto zu fassen versucht, befiehlt die Obercharge durchs Telefon eine Untercharge zu sich, »Abteilungsleiter Jeschke zur Anstaltsleitung bitte«, dann erst knappes Köpfeln zum Miniformat unterm Kronleuchter, flüchtig weist er mit der Rechten auf die bulligen Konferenzsessel, »nehmen Sie Platz, wir warten noch auf Herrn Jeschke.« Und ohne Handschlag scheucht er sie beiseite, gleitet vom Thron, eilt amtlich hinaus, ein schwer beschäftigter Schleicher, nutze die Zeit, Anweisungen für die Sekretärin.

Und Leonore eine kleine Nichtigkeit, schon jetzt hat sie Mühe, das Wartebänkchen auszufüllen. Das, wie so die Minuten verrannen, immer mehr zum Armesünderbänkchen wurde, wer ist Abteilungsleiter Jeschke, Ullos Chef? Wenn die uns durch irgendein geheimes Guckloch, ich, auf den Knieen – runtergewürgt die Peinlichkeit, und WENN sies wissen, ich habe nichts Verbotenes – Sex ist NICHT verboten im Strafvollzug, Sex gibts juristisch gar nicht!

Sie hielt sich ein flammendes Plädoyer, ein Rufzeichen jagt das andere, vom Menschenrecht auf Mann und Frau, erwähnte Holland, die konservative Schweiz, und Nordrheinwestfalen und Bruchsal. Alles, was sie gelesen hat, breitete sie um sich her, unbewachter Langzeitbesuch, auch in Jugoslawien ist vögeln erlaubt; gewaltig schwenkte sie die Liebesfahne, und Leonore ist der beste Mensch der ganzen Welt.

Sie verteidigte sich immer hektischer (auch lauschender auf seine geschmeidige Stimme hinter Schloß und Riegel) und klatschnaß schon unter den Achseln.

Endlich donnerte es militärisch heran, ein Tritt wie Gorm Grimme, Abteilungsleiter Jeschke.

Leonore hielt sich ladylike im Sessel fest – wie der sich erdreistet – mit martialischem Ruck der Hur die Kleider abgerissen, was finden die Kerls bloß alle an so einer, keine Titten, keinen

Arsch, die Fotze eingetrocknet; typischer Fall, Knastflittchen, draußen will DIE niemand mehr. Und warf sich in nen Sessel, wegwerfender Nick zur ohnmächtigen Sumpfdotterblume, nein, nichts hat die zum Kontern. Gar nichts. Zertrampelt Matschepampe, keinen Blick wert.

Und auch Mühlensiepen hohnlächelte über sie hinweg, als er sich niederließ, die Bügelfalten übereinanderschlug; ein wichtigtuerisches Luftbläschen, durchsichtig, ein bedeutungsloser Hauch. Leonore kränkte sich sehr, doch niemand achtete darauf.

Und dann ging alles ganz holterdiepolter. Kein Wenn und Aber, Jeschke bellte, und wenn Jeschke bellt, ham alle kleinen Kläffer das Maul zu halten. »Was glauben Sie eigentlich! Wo SIE hinkommen, da blüht die Heide, was? Sie ham sich eingeschlichen, der Wusinski geht Sie gar nichts an, unkontrollierte Kontakte mit Insassen außerhalb der Anstalt sind für Gruppenleiter verboten. Schluß, aus. Wenn Sie das nicht kapieren wolln, dann fliegen Sie eben.« Basta.

Und in ihr Protestgepiepe zischte leise und gepflegt ein Pfeil, der Anstaltsleiter, »bitte vergessen Sie nicht, wir sind hier im Gefängnis, Frau Füxle, und nicht, wie Sie zu glauben scheinen, im:« effektvolle Pause, Zeit zu erbleichen, »im: Kindergarten.« Und grinste ihr unverholen ins ansteigend Krebsrote, ertappt, Kinder –, auch Jeschke weidete sich ein Sekündchen an der luftschnappenden Figur, dann hoch, die Herren wandten sich dienstlich einander zu, weg vom unwesentlichen Quiek.

Ganz bedrippelt war sie abgezogen, plattgeschlagne Wanz entlang, auf der Mauer, auf der Lauer – keine Antenne für das Mitleid in Uniform über ihr – die Ärmste, zusammengestaucht, son harmloses Geschöpflein – sie wackelte am Gitter vorbei, kein Lächeln für die Dürstenden im Flur, sie flüchtete, wieselte, so schnell es die Spinne nur gestattet, Rettung, Freunde! Brüder!! Liebste!!!, ab in den Gruppenraum.

Wo EIN Na-endlich sie begrüßte.

Tür zu, Fenster auf, Luft. Im Rat der Machtlosen. »Jetzt siehst du mal, wie wir gefangen sind!« Otto gradezu triumphierend, »unkontrollierte Gefühle in und außerhalb der Anstalt sind verboten. Wieso wußtest du das nicht, dein Mann ist schließlich Knastlehrer, oder? Du dachtest wohl, Frau Leonore Füxle, große Prophetin der

Weiberreligion, ist über alle Gesetze der Menschenwelt erhaben, was? Jeschke hat vollkommen recht, wo du hintrittst, Mädel, da soll die Heide glühn, gibs zu.«

Das arme Tier, kommt von der roten Birne gar nicht runter mehr.

Manni erbarmte sich, nahm die Verhutzelte zur schmalen, müffelnden Schulter, gab einen seiner Weisheitssätze zum besten, wie, daß die Liebe die einzig unkontrollierbare Freiheit sei oder so ähnlich, und deshalb überall und ewiglich verboten und zu Recht.

Sie strampelte an seinem Busen, doch er hielt sie sicher und fest, alle schauten spöttisch gerührt, wie sie bibbert vor der ungesunden Welt.

Nur Dieter ließ bedauernd die bunte Armmuskulatur spielen, »der arme Ullo. Wo der sich bestimmt schon auf die dritte Nummer freut. Hättet ihr nicht ein bißchen unauffälliger – irgendwie theatermäßiger – ein drittes Mal wär doch –«

»Ein drittes Mal! Dieter!« Frauenfreund Klaus schüttelt mißbilligend die Kennermiene, »ich glaub, du lernstes nie. ER mag sich drauf freuen, doch nur wenn er ein Dämlack ist und von Frauen nix begreifen will, SIE aber? Einmal Kiefernklemme reicht. In DER Hinsicht kommt das Verbot von Mühlensiepen ihr grade passend. Und außerdem der angeschlagne Ehegatte. Noch eine Buchung aus dem Sonderfonds verkraftet sein Psychobudget nicht mehr, stimmts Leonore?«

Die zog sich endlich aus Mannis (stinkender) Umklammerung, zeigt tapfer ihre klägliche Grimasse, »mach ich denn wirklich immer alles falsch?« Und panisches Äugeln in die Runde.

Großmütig erteilt Eckehard ihr seine wenigstens partielle Absolution, »alles nicht, Mädel. Der erste Fick oben auf dem Tisch beim Lampenschein ist völlig genehmigt, da ist selbst Otto einverstanden.« Er schlägt nen Kreis, generös nicken Bärte, Zahnlücken, Glatzen Noras bangen Zweifeln zu – doch dann folgte das Aber.

Ende mit Freundin, Schwester, Liebste: die ewig fremde Spannerin vom andren Stern, die niemals wissen wird, wies drinnen ist.

Aus Ottos genießerisch schnappendem Gebiß, »falsch bist du nicht grade, Lörchen, aber von Grund auf illusionär. Anmaßend illusionär, heile, heile Segen, Jeschke hat vollkommen recht. Überhaupt ist der so übel nicht, wie du als Frömmlerin gern glaubst. Frag den

Gesell. Als der sich im Urlaub ne Tussi aufgerissen hat – wars nicht grad neulich, letzte Woche, Klaus? – als er nochn bißken was wegarbeiten wollte, da hat ihm der Jeschke SOFORT, per Telefon! den Urlaub um ne Nacht verlängert. Klar, is der ordinär, zu ordinär für unser Kunstprinzesschen, aber für unsereinen, Ausschußware grade –«

Dieter schloß ruppig, »ein Kerl vom Hafen eben, wie wir auch.«

Und aller Augen auf ihr, drollig, wenn sie zappelnd im eignen grundlosen Sumpf um Hilfe plärrt!

Doch keine Hilfe kommt. Was fallen muß, soll man noch stoßen. (Sowieso lohnt sichs nicht mehr um die kleine dorre Punze, wo sie doch schon fast rausgeschmissen is, oder?) Selbst Klaus entzieht ihr alle Strohhalme, und noch feste einen druff, heilsam, damit sie endlich fühlt, was wirklich ist. »Und sogar der Mühlensiepen, ganz anders als du denkst. Keineswegs der Schlimmste. Im Grunde nicht anders als du. Auch nur ein armseliges Rädchen, Befehlsempfänger, geduckt nach oben, doch guten Willens. Früher, als er noch Psychologe war, vor jeder Razzia hat er uns gewarnt, Jungs, schafft Shit und Alkohol beiseite, von Zelle zu Zelle gegangen, wißt ihr noch?«

Sehnsuchtsqualsternde Nostalgie, die Guten-alten-Zeiten wiegen einträchtig ihre Silberhäupter, und Manni Lebenslänglich beschließt weise die Sequenz: »Wenn man vernünftig ist, wenn man im Rahmen bleibt, dann sind die gar nicht unsre Feinde wie du glaubst, tun, so gut sie können, alles was irgend möglich ist für uns hier.«

Das aber ging Eckehard dann doch zu weit, so gern auch er verlassne Mütter triezt, »alles Mögliche TUN ist ja wohl n bißchen gewaltig übertrieben, Manni. Zulassen, geschehen lassen, mit weggewandtem Blick, das ja. Sonst aber – faul is der Mühli, höchstens einmal im Monat siehst du ihn im Haus, nach dem Faulheitsprinzip regiert der die Anstalt.« Und stößt den schwarzen Barbus in den Dunst, »das einzje was er fertig bringt, ist Orgien feiern und mit unsren Hühnern. Die schönsten Huren nimmt er sich, sagen doch alle, und die dicke Schneller von Berta drei serviert den Sekt dazu. Nackt, nur mit Schürzchen bekleidet. Das weiß ja schließlich je-«

Nein, jeder nicht, die andren fuchteln ihn zur Ruhe, Otto kopfschüttelnd, »du immer mit deiner Schneller. Der ihr Zweizentnerarsch – nicht draufgebunden, sag ich dir. Außerdem ist der Mühlensiepen viel zu schlaff, um nur nen einzjen Fick mit seiner Sekretärin durchzustehn, faul, viel zu verfault.«

»Wobei Faulheit –« Klaus lächelte scharmant, doch nicht zu Ihr hin, die niemals was kapieren wird, »Faulheit is ja nicht das schlechteste Prinzip, nen Knast zu leiten. Im Gegenteil. Leben und leben lassen –« jetzt endlich der Lehrerfinger aufs ewig Dämliche, »man darf nur nix vom Leben SEHEN, Leonore.«

Und alle schmunzelten mit unerträglich väterlicher Besserwisserei Richtung zusammengeschrumpfte Gestalt, die fifatzig und grausig schielend auf der zerrissnen Ledercouch buckelte.

Doch Otto holte aus zum letzten Hieb, von ganz hoch oben her, »du aber, DU! Du mußt ja immer alles demonstrieren und vor der vollständrigen Weltöffentlichkeit. Wegen der Ehre, wegen deiner gottverfluchten Exibitionistenehre: Leonore Füxle, geheiligt-heiligende Fickerin, im großen Bett der gesamten Nation, sichtbar für jeden, unentwegt bumsend. DAS ist dein wahres, einzjes Lebensziel.«

Spuckte aus, und mit einem Ruck wandten die Männer sich einander dienstlich zu, Schnitzzeug aus der Kiste, heut brauchen wir kein unwesentliches Gesülze mehr. (Und vielleicht ohnehin und ganz und gar nie wieder? Du gehst raus und wir sind da – schon ham wir vergessen, wie du jemals ausgesehen hast.)

Leonore aber, stumm und dumm, schlich davon, ein Weib der Schande und der Schmach. Selbst Herr Siebert an der Pforte mochte heut in keine Gemeinsamkeit mit dieser Kümmerlichen treten.

Überhaupt niemand mehr? Wie sie in der S-Bahn wimmerte, verschmähet, verachtet – (und Friedhelm hat ne Tussi aufgerissen!) vergeblich rief sie alle ihre – nein, Freunde nicht, nicht IHRE guten Geister mehr; unwürdig die blöde Pute, es ist nirgend Rettung vor der Scham, für immer ausgeschlossen aus dem Chor der Seeligen.

Sie schielte auf Deubel komm raus, laß das rechte Auge nicht suchen, was das linke Verlogenes findet.

Und bloß nichts erinnern, was beide Ohren doch hatten erlauschen müssen. Die letzten Worte nämlich »ihrer« Mannschaft betreffs Liebesroman Stöwer-Lichtenstein, hämisch hinterhergespieen, noch bevor das schützende Tor zwischen ihnen zugeklappt war.

Anders läuft deine Story, als du dir in deinem romantischen Schädelchen träumst, Frau Füxle, der Stöwer ist ein ganz ein anderer als sein schönheitstrunknes Dummchen glaubt. Nix Therapie, Dressur zum Schoßhündchen.

Am Anfang, bis er endlich in der Sonderanstalt ist, mit Recht auf Freigang, da hält er sich noch grade man listig bedeckt, quasselt von Liebe und Unendlichkeit, kaum aber ist er regelmäßig draußen, da gehts auch schon wieder rund. Ficken, daß das Herzbandel kracht, IHR Herzbandel, schlimmer als zuvor, und wirklich jede, die ihm in den Wurf kommt. Erst recht im Frühling, als seine Kleine in diesem Kaff da is, Rotbeck oder so, ihre Steine aufbänken. Ätsch, Alte, ich brauch dich nicht zu meinem Glück. Und überhaupt, was isn das fürn lächerlicher Preis, Rotbeck, das gibts ja gar nicht, n Preis für Versager, die niemand kennen wird.

Da is Er doch, Stöwer, ein viel gewaltigeres Kaliber. Wie hast du ihn schreiben lassen? Der Sublimation auf den Schoß gekrochen? Jawohl, der schreibt, der schreibt und zwar nen Tatort, nein, ne Serie. Harald Stöwer unser neuer Krimiautor, das ganze Leben ausgesorgt. Fünfzig Riesen für Authentizität, das acht mal im Jahr – : was kost die Welt. Und er selber spielt den Helden. Nen Loddl, natürlich nen tragischen Loddl. Liebestod im Kugelhagel, weil ich dich so übermenschlich liebe muß ich dich fliehen, das wird von nun an die Prämisse für sein Lebenswerk. Du hast ihn schließlich als solch einen Kitschbruder angelegt, Füxle, oder etwa nicht? Und unwiderstehlich für jede Verkäuferin und für jede – JA! DAS ist es, für die Frauenrolle greift er sich eine, seine Lieblingswixvorlage aus der Jugendzeit, Christine Kaufmann. Ganz das affektierte, dabei aber erfolgreiche Gegenteil von deiner unerkannten Katharina Lichtenstein, nix Faustkämpferin, ein Stöwer, der liebt die manierierten Damen. (Wie übrigens wir alle, merk dir das, du tölpelhafter Nackebaatz.) Hey, das gibt ne Schlagzeile, Quick und Bunte immer dabei, wenn das wilde Käthchen angesprungen kommt, den Faustkeil im Anschlag, und Christine Kaufmann flieht kreischend, in Bustier und ohne Schlüpfer, über Stöwers Veranda hintern Rosenbusch. Klar, er hat n Luxusappartement, Schauspieler, Krimis, mit einem Schlag berühmt, da haust man nicht in soner Bruchbude, wie deine Möchtegern-Katharina.

Und unter den anfeuernden Rufen sämtlicher herbeirasender Reporter, Winfried C. Gieseke voran, bitte noch einmal diesen prachtvollen Hieb, Frau Bildhauerin, ja so, und mit jedem fotogenen Nasenbeinbruch der Rivalin schnellen auch die Preise für Lichtensteinskulpturen in die Höhe; der nächste Auftrag kommt aus Hollywood, mit gebrochnen Knochen und Herzen die Karriereleiter hochgeturnt.

So ist das, Füxle, vollkommen anders, und deine Kindergartenmärchen vom heiligenden Schwanzlutschen sind nix als einzig pubertäre Illusion.

Ende, basta, aus.

So schwer geschlagen war sie nach Hause gekrochen, so krüppelig flatterte sie unter ihrer Decke im einsamen Arbeitszimmer, plierte nach dem Obstmesser im Regal: Recht habt ihr, vollkommen recht, und jeder, Jeschke voran. Widerlich, ich widerlicher Kindergartenvampir. Rattenhafte, kleingeistige Betrügerin im angemaßten Mantel der Großen Mutter, billige, berechnende Heuchlerin, scheinheilige Spannerin: Lügnerin vor allen. Vertilgen die Wanze, ausmerzen den Wurm, ein Fehler im Maßwerk der Evolution: her mit dem Messer. (Leonores Traumtod, der altrömische Herzstich. Obwohl sie sich bisher eindeutig nur das Anrecht auf Erhängen erworben hat, oder, noch ehrloser, auf Vergiften, hinterhältig, tückisch wie sie selber ist.)

Kurzum: der Gewissenswurm benagte sie derartig grausam, daß selbst der ausgemergelte Ehemann, von ihr ausgemergelt!, schließlich nicht umhin konnte, für ein kleines (verzeihendes) Weilchen ihre kalte Hand zu halten. Und so geschwächt waren seine Abwehrkräfte, daß er sie mit dem Spruch aller Impotenten zu trösten versuchte, wer weiß wozu das alles schließlich gut ist: »Sicher bist du ein bißchen dumm, sehr dumm manchmal, ja, aber SO bösartig dann doch wieder nicht. Mir jedenfalls hat deine Kinderei am Ende aus dem Knast herausgeholfen, ohne dich hätte ich trotz allem weitergemacht. Und Magenkrebs bekommen. So eine schädliche Illusionistin bist du am Ende wirklich nicht. Wirst sehn, in Uelzen –«.

Uelzen. Freund Karl hatte angerufen, eine Dreizimmerwohnung, Balkon und Garten in Aussicht gestellt. Und ein Vorstellungsgespräch mit dem Kulturreferenten, ganz informell und vor allen anderen Bewerbern. »Als Abendessen getarnt, mit Frauen. Du mußt mir helfen, Leonore, und grade durch das, was im Knast kindisch sein mag, deine –«

Doch noch durfte sie keine Lobeserhebungen vernehmen. Tief und schmerzhaft muß die Missetat brennen, nur dann kann sie, vielleicht, Erlösung bringen vom Ungezieferdasein.

Aber, zaghaft spitzte sie die Lauscher: Helfen. Daß SIE noch jemals jemanden helfen, daß so eine wie sie noch nützlich sein kann! Sie, der Fehltritt im Gewebe Gottes! Sie wagte kaum die lügnerischen Augen auf den Herrlichen zu richten, wenigstens einem, und nicht dem Geringsten, hab ich ein Zwiebelchen gereicht, vergib, oh Richard, du, mein Anvertrauter, vergib mir: meinen Selbstbetrug.

Klar vergibt er am Ende. Abgekämpft und ausgepumpt, war dem Gatten jedes Mittel recht, die Brille seiner Frau vom Obstmesser zu lenken, sogar ein neuer Lebenssinn wurde ihr von ihm versprochen, »du könntest Kurse geben, Wielands vernünftige Sinnlichkeit, das wär doch ein wichtiges Thema, Lörchen...«

Heute war ER dran, sie einzulullen mit ihrem Gelehrtenroman, wenn wir einmal Rentner sind, dann blüht um uns die Heide, und dann SOLL sie wirklich blühen. Unschädlich, harmlos, eine Seniorengeschichte; diesmal stopft ER sie mit Valium, Ruhe, bloß endlich Klappe zu.

Aber ihre Prüfungen sind noch nicht vorüber.

Drei Tage und drei Nächte exzessiver Bußübungen lagen hinter Leonore, ach, mein Sinn, wo willst du endlich hin, aaach mein Sinn, wohin: tief hinab in ihren Seelenkrater war sie gestiegen, hohlwangig und auch sonst sehr eingefallen starrte das Armsünderlein aus dem Spiegel zurück – da dudelte das Telefon. Ein Feuerstrahl durchfuhr sie, sie wußte sofort, Er ists.

Ja, Friedhelm Gesell. (Der im Urlaub, wars nicht grad letzte Woche Klaus?, ein Mädchen – doch nein, Entsagung heißt das Erlösungswort.) Sie jauchzte auf, als wenn von ihm allein die leibhaftige Vergebung jeder Schuld kommen sollte. (Hat Er nicht verlangt, die Katharina soll den Harald glücklich machen?)

Wie klingt sein Baß so wundersam vertraut befehlend. »Schwester, ich hab ne Wohnung, komm sofort und hilf mir streichen.«

Schwester, hilf mir. Sie jubilierte ihr »ja«. (Und grade, wenn er eine weggearbeitet hat: hingeben, los- und freilassen, ja, ledig!, ihn lieben nur um seiner selbst willen –) sie schmückte sich, putzte sich auf (wappnete sich?) mit allen humanitären Pflichtvokabeln, die ihr zu Gebote stehn.

Nur nicht grade mit Handwerkerskleidung (das Hilf-mir hatte sie, wie stets, in metaphorischem Sinne verstanden); als manierierte Dame verließ sie die Wohnung. Und kein Ehemann, der sie zügeln konnte – Reinhard war in Ülzen, das Terrain für den Seniorenroman sondieren – affektierter als jede ausgebildete Schauspielerin trippelte seine Gattin in rostrotem Kostüm und schlankem blauen Mantel (an dem allerdings zwei Knöpfe fehlen) der S-Bahn zu. Lobpreisend den Herrn und alle alten guten Geister, die sofort wieder emsig bereit sind, am Schrebergartenglück Stöwer-Lichtenstein zu zimmern.

Und wie er ihr dann über den Bahnsteig entgegengeschlendert war, wie er sie beim Bubikopf packte, küßte, tusendstund (gieriger Beifall aus der vorüberfahrenden Bahn), Leonore war herrlich überwältigt: Einer, wenigstens einer, der einzige?, der an mich glaubt. Hab ich dich wieder, ja ich hab dich. Sie lag an seiner Lederjacke, Freudentränen hinter den Kontaktlinsen, wie er sie hielt – sie glaubte inbrünstig ans Happy-end.

Und Friedhelm nahm sein Schwesterchen an der Hand, hinaus in den Wintersonnenschein, wir haben ein Haus, das wächst im blauen Himmel.

Jedoch. Gar zu arglos hopst das Voggelin an Frieders Handschuh, er MUSS den Kontrabaß erschallen lassen: »Damit das klar ist, glaub ja nicht, daß du heute bei mir schlafen darfst!« Und riß die Faust aus ihrer prompt zuckenden Kralle, türmte sich auf über ihr, daß alle vorbeihuschenden Passanten sich gehorsam duckten, »heut abend fährst du brav zu deinem eingeschlafnen Ehemann zurück, bei mir gibts kein Gustieren!«

Gustieren? Das Wort hatte sie doch noch vor kurzem? wenn eine Dirne aus Vergnügen – sie blitzte auf. Mit einem Schlag um dreißig

Zentimeter erwachsener, maß ihn, der schrumpfte, »ich verstehe deine Wortwahl nicht.«

Im Handumdrehn hatte Friedhelm die Waffengattung gewechselt (immer angewurzelt auf der Straße, und alle spärlichen Hausfrauen müssen einen Bogen um die beiden schlagen), wie unsäglich weich der Räuber schnurren kann: »Und wenn ich dich bitten tu? Weil ich beim ersten freien Aufwachen in deine klaren Augen schauen will? Damit ich mich selber wiedererkennen kann?«

Oh Je. Klare Augen; Leonore, der Gattin so gleich, erbleichte. Hob die bunten Fäustlinge flehend empor, »bitte Frieder, bitte, wenn du mich nur ein wenig magst –«

Und silberblickte so herzig – wenn er sie mag. Ach ja, das Schwesterlein so babyklein, Kuß auf die Schnute, du Gute. Stimmt; er kräuselt den Schnäuzer, entsinnt sich. Beim großen Bruder und am liebsten naggedei auf dem Schoß, das kleine Schnuggelpützchen. Und wenns hoch kommt, soll er Onkel Doktor mit ihr spielen und dabei aus seinem Räuberleben vertellen, sie ist bereit ihm jedes Wort zu glauben. (Wars nicht so verabredet gewesen?) Andererseits – er feixt auf das putzige Weiberl herab, warum eigentlich nicht mal nach ihrem Pfeifchen, er kann sichs ja leisten. (Da gibts diese Kleine, nein, nicht Karin oder sowas Abgebrauchtes, ein Mädel vom Wohnungsamt, ei waren der die Äuglein verschwommen, als er ihr mit Räuberehrenwort versprochen hatte, »ich weiß ja, wo Sie zu finden sind. Sobald ich den Vertrag in der Tasche hab –« das war auch ihr so wundersam ins Unterleibchen gefahren, schöner als im Fernsehn. Und wenns am Ende dann zum Weinen ist: einmal lebt ich im Kino, mehr bedarfs nicht. Süße Zwanzig, was will man sonst.)

Großzügig lächelt der Held auf seine alte Tugendfreundin nieder, »nur ein Scherzchen, Schwesterherz, damit wir nicht aus der Übung kommen. Ich weiß ja, du bist deinem Liebsten treu, selbst, wenn du mit nem andren fickst.«

Und Küsse, unverschämte Übergriffe, das ganze Kleinhäuslerviertel hinunter, daß alle grünen Witwen ihre Fenster putzen sollen. Ein Kamerateam ist immer dabei.

(Klaro, der Räuber braucht ein Publikum, deshalb wird er geschnappt. Einmal ein Ding drehn, nur l'art pour l'art und ohne daß man ICH rufen müßte, ganz nur für sich allein, DAS wäre Freiheit, oder?)

Aber und deshalb. Niemand schaut zum Fenster raus. Die bilden sich wohl alle ein, wir wären Dutzendmenschen, ganz wie sie? Drei Schritte vorm Haus (postmoderner Wohnungsbau, rot-weiß verzierlicht): »Nein, die Wohnung zeig ich dir noch nicht!« Unwürdig einzugehn unter sein – aber nein, profaner: »Wir brauchen Farben und Pinsel, zum Spielen hab ich dich nicht eingeladen. Wir gehn jetzt erst mal bei Georg Schmidt vorbei, Zeichenlehrer bei uns, dein Alter kennt ihn bestimmt.« Lauernd, wie sie aufschreckt! Und OB Richard den kennt, auch sie, prophilaktisch steigt's ihr rosig untern Pony, sie stammelt was von Mühlensiepen, seinem Verbot, ihrer Gruppe –

Als sie aber solches redete, gab Frieder ihr einen Backenstreich und tobte: allso willst du deinen Bruder vor der Welt verleugnen?

Verleugnen! Leonore tief getroffen, ja, hatte sie denn – und bevor noch der Hahn ein zweites Mal Kikeriki schreien kann, war sie ihm schon gefolgt. Zeugnis ablegen für den Glanz der Wahrheit: ich liebe dich, mein Bruder! Und der erstrahlte, wie wunderschön du bist, wenn du dir selbst die Treue hältst.

Seit an Seite schritten sie schäbige Straßen hinunter, gräulich bestrüppt, Georg Schmidt wohnt pittoresk, als Freund von Schatten und Kontrasten.

Dieser Kontrast allerdings, der sich da in seiner Haustür spreizte: Aberwitz! Der Gesell mit der Füxle, das darf doch nicht – er schätzt Richard als einen kooperativen und überaus besonnenen Kollegen, und da steht plötzlich die Frau, ganz dreiste Gaunerromantik und keine Spur Distanz in den verloddelten Augen! Wer will fleißige Handwerker sehn.

Wie penetrant unschuldig sie dann auf der Kellertreppe saß, von einer Sünde weiß ich nix und ganz unverfroren nur den Gesell im schmachtenden Visier. Wie er sich bückt, wie er den Pinsel prüft, den Quast, wie er geht, wie er steht, wie er da ist. Wundervoll geliebtes Material, genauso geschmeidig soll sich Schön-Harald bewegen.

(Doch wenn Frau Leonore mal den Georg Schmidt befragen wollte, ein herrlich freischweifendes Raubtier ist Friedhelm nicht.

Ein abgehetztes Herdentier, das hinterm Wolfspelz kläglich mäht. Umgetrieben, wundgelaufen, ja, wenn sie nicht Augen hätte nur für ihren Kitschroman, dann könnte sie den Totenschädel grinsen sehn. Jeder kann ihn erkennen, die Meute der Verfolger wird er nicht mehr los. So sieht ihn Georg Schmidt, der Zeichenlehrer.)

Das Füxle aber vernünftelt bekanntlich nur nach seinen Trieben – das Füxle schaut auf Ihn, so zehrend traumerisch, daß Er die Wimpern von Eimern und von Kübeln heben muß, mitten in ihr Herz hinein: Schwester, deine Augen. Küssen, zuküssen, öffentlich vor aller Welt und dazu predigen, »Leonore, ich liebe dich.«

Und Georg Schmidt stund bei ihnen, aber der Anblick wärmete ihn nicht. »Hier habt ihr noch ne Decke, für nachher dann.«

Sie aber? Sie lachten, lachten den Kleingläubigen aus, der höchstens was von irdischer Liebe verstehen mag, von IHRER aber – Und gingen erhaben ohne Decke.

Dann aber im post-sozialen Wohnungsbau, in der eigenen Wohnung.

Es war schon ein (gradezu erniedrigend) überschäumendes, bruststsprengendes Jubelgefühl gewesen, als Friedhelm das erste Mal die Wohnungstür aufgeschlossen hatte. Irrwitzige Erleichterung: statt Schweißfuß an Schnapsfahne im Männerwohnheim wie für Haftentlassne üblich – ein großes Zimmer ohne Klo. Ein zweites Zimmer, kleines Zimmer ohne Klo. Weite Fenster ohne Gitter, ein Balkon! Und ein Badezimmer mit blauer Wanne! Und eine Küche mit hellgrünen Einbauschränken, und in der zwei Menschen sitzen können! Er war durch sein Schloß getanzt, seid umschlungen. Die Kleine vom Wohnungsamt, aber die hat erst heute abend Zeit. Und andere, alle, am Ende auch Leonore, aber holla!

(Keine drei Stunden ist das her, und schon wird Zelle Nummer 3 unten links bewohnt von seinem Namen, F Punkt Gesell, in Schreibmaschine, nach Hause mitgebracht vom Knast. Nach Hause.)

Er führte Leonore ein an schwebender Hand.

Mit welch glückseligem Hausherrenstolz er sie durch sein zukünftiges Heim geleitete, F Punkt Gesell – heiß quoll es auf unter ihrer Wimperntusche, hastig erstickte sie ihr Herzkrampfen in einer übertrieben innigen Umarmung; ich hab ihm nicht geholfen, hab ihn allein gelassen in seiner schlimmen WohnungsNot! Was er durchgemacht haben muß – übermütig warf er sie hoch ins gut Gelüftete, »kein Grund um zu Jammern, Schwesterchen, ist alles vorbei. Ich habs geschafft, allein geschafft. Jetzt gehts nur noch aufwärts.« Und tupft ihr mit seinem Hemdzipfel den feuchten schwarzen Fleck vom Bäckchen, klappst sie aufs Ärschgen, »so, und jetzt an die Arbeit.«

Doch wieder halt. Noch eine Peinlichkeit zu berichten, Leonore hat ja diese Vorliebe für peinliche Erfahrungen, der Mensch ist ein gebrechlich Ding, ihre Hämorrhoiden. Grade als sie Mantel und Kostümjacke abgelegt hatte, platzte eine Hämorrhoide, netzte Schlüpfer und Rock (letzterer zum Glück rostrot) mit reichlich Blut. Sehr reichlich, ein Rinnsal die dünnen Läufe hinab.

Er aber. Eh sie noch Zeit fand, ihre Glühbirne anzuknipsen, war er schon erschrocken mit Wasser und Tüchern behilflich, »das ist kein Witz mehr, Leonore, so viel Blut ist übertrieben, du mußt dringend zum Arzt.«

Bald baumelten Slip und Rock an einer Schnur über der Heizung am Fenster, »prima, kann gleich jeder sehen, hier ist ein Weib im Haus.«

So brüderlich besorgt, und als Leonore scheu in einer Unterhose von ihm aus dem Bad gestaxt kam; Altweiberarsch? Friedhelm in Gastgeberlaune musterte sie wohlgefällig, Mädel dreh dich, klopfte ihr den Po, »astrein, Leonore, für dein Alter, wirklich, meine Hochachtung!« Und noch ein Puff, wie rührend schüchtern sie nachfragt, aber damals, bei Adelheid?

Er lacht breitlippig unterm Schnurri heraus, »du darfst mir doch nicht immer alles glauben, Kleines, du weißt doch, ich bin teuflisch, wenn mich die Hexe reitet.« Tut sie aber heute nicht, die Hexe ham wir eingesperrt, wir selber sind entkommen, und alle lieben Engelein lächeln uns zu.

Und damit befahl er sie hurtig an die Arbeit.

Schenkelfreie Mode der Spartanerinnen, sachlich legten sie zusammen die Wohnung mit Plastikfolie aus, Kante auf Kante, bitte exakt, meine Liebe.

Meine Liebe; die Löwen halten Mittagsruh.

Jedoch, o Weh und aber. Nachher erhob sich, o weh, doch grellend das Aber. Als der Rock trocken war, die manirierte Dame im Kostüm.

Ein Blitz, er schleuderte sie nieder, stürzt sich über sie. Die Linke zerrt am Rock, die Rechte an der Seidenbluse. Kaputtmachen, zerfetzen, schlagen, schänden; schnapp macht das Maul, reißende Pranken, der Wahnsinn brüllt: ich sehe was, was du nicht siehst, und das ist bestialisch grauenhaft zum Morden.

Sie unter ihm –: jetzt bewährt sich die literarische Schulung. Noch ehe sie zu Ende gedacht hatte (und tatsächlich zitierte sie glasklar, grade in diesem Moment): `ein jeder Engel ist schrecklich`, hatte sie schon ihre ganze Manneskraft zusammengenommen. Packte ihn beim Schopf, rief ihn hart mit seinem Namen. »Frieder!« Und als ihm trotzdem, erst recht der Säbel rausfährt, die Schlinge um den Hals und weg vom Fenster, namenlos zu Nichts zerstampft, ewig wortlos mein, die Zeugin meiner Schande, da wirft sie ihm beide Arme um den Nacken, in tiefstem Alt, direkt aus der Herzgrube in höchster Not SINGEND in sein stieres Wüten, »Frieder, ich bins, DEINE Leonore!«

Er stiert – , starrt – , blickt –?, schaut!?! und kracht zusammen über ihr, sein Sturz hätt ihr beinah die Rippen gebrochen.

Dort an ihrer aufgerissnen Bluse blieb er liegen, sie hielt den scheppernden Scherbenhaufen; jetzt erst zitternd, doch weit und innig wie die ganze Welt, um deiner Zähren, um deineer Zähhären Wihillen.

So mischten sie Rotz und Wasser. Lange.

Dann hatte er den Kopf gehoben, und wie er sich mit beiden Fäusten die Augen auswischt, schniefend – süßer, lieber, wundersam zerbrechlicher Mann, Frieder du, mein zartes Brudertier. Der streichelt ihr die blinden Seelenspieglein zu, sagt das altmodische Wörtchen »thanks« und auch auf Deutsch; gerettet, grade mann noch so gerettet.

Trotzdem, besser raus.

»Hoffentlich hat die Wohnung keine schlechte Strahlung, ich weiß gar nicht, was in mich gefahren ist, Liebes. Das war nicht ich, das kam eindeutig von außen. Bestimmt hat vorher ein Knacki hier gehaust, ein Triebtäter, bloß Augen auf und wachsam sein.«

Friedhelm schon an der Tür und beide Knorren um die blaue Lady rumgelegt, er küßte sie so abgründig er nur vermag (das heißt, er traf wohl noch ins Schwesterherz, sämtliche innerlichere Eingänge aber waren, wachsam auch sie, sorgfältig verriegelt, und das gute Argusauge wacht an allen finstren Orten).

Und das Argusauge wars auch, was jetzt sah, wo Not am Manne war.

»Friedhelm, du brauchst doch sicherlich Geld, oder? Darf ich dir, bitte –« treuherzig zum Steinerweichen, »mein Knasthonorar für Oktober geben? » Vierhundert Mark und gleich auf der nächsten Bank zu beheben. Sie bettelt so niedlich, doch er schmeißt wütend den Grauschopf zurück, »damit ich ein Bett kaufen kann, ja? Und bei jedem Stoß in dich mitzähle, wieviel ich dir noch immer schulde? Nee, Mädel, nicht mit –« beutelte sie gröblich hin und her, die aber wieder mal so grenzenlos no capito, daß ihm vor ihrer Blödigkeit die Waffen aus den Händen fielen, und er am Ende dann genötigt war, aus Ehrgefühl versteht sich, einen Scheck anzunehmen.

»O.k. dann lösen wir den gleich mal ein. Sowieso schon lange keine Bank mehr von innen gesehn.«

Später dann, als sie aus dem Geldpalast herausgeschlenkert waren – und ihr Bruder hatte sich wunderherrlich seltsam ausgenommen, Robin Hood in Marmor, Glas und Funkelstein, der Kassierer hatte drei mal den Scheck gewendet und beäugt, und Friedhelms bübisches Grinsen das steht ihm gut, soo gut – vier Scheinchen knisterten in seiner Jackentasche, er grinst sie an, »Lore, jetzt gehn wir essen. Und zur Feier des Tages –« erwartungsfrohes Funkeln, »du rufst jetzt sofort mal die kleine Adelheid an, wir gehn zum Griechen, ich lade euch beide ein.« Und schupste die Lütte ins nächste Telefonhäuschen, sie hoppelte, verdutzt zwar aber brav wie stets, die Schwesternschaft bewähren.

Wie freudig hatte Adelheid ihr Ja geträllert, siehste, er hat mich nicht vergessen, jetzt bin ich dran; wir wissen, auch sie lebt schon fleissig für ihre Memoiren, und ein Räuber putzt ganz ungemein.

Zunächst aber war nicht sie sondern noch einmal die Alte dran. Friedhelm führte der kleinen Adelheid alle seine Künste vor. Er knutschte Leonore, innig wie noch nie, beim Griechen um die Ecke, gelehrig schaut das Mädchen zu. Dann aber war der Wein gekommen; der große, weltumspannende Liebende sieht auf und – läßt die Schwester sitzen.

Obwohl Leonore am Telefon die Adelheid beschworen hatte, die Sache der Frauen nicht zu verraten – Adelheid verriet. Und mit springendem Vergnügen. Selbst wenn du zwanzig Jahre weiser bist als ich – mein Fleisch hält alle Räuber fester.

Leonore saß und glotzte. (Mit beiden Augen, klar und deutlich.) Die gleichen Gesten, die selben Worte, »sieh mich nicht so an, ich könnte süchtig werden nach deinem Blick, was hast du nur für klare Augen.«

Und Adelheid ein einziges, quietschvergnügtes: Ätsch.

Da ging die Hexe. Geschlagen. Faltig. Alt.

Und zu Hause, wo Richard sich im Bette wälzte, da schämte sie sich so grauslig, daß sie sich nur im Dunklen auszuziehen wagte. (Und der treue Gatte unterdrückte jede Frage, erzählte auch noch nichts von ihrer neuen Wohnung mit Blick auf Felder, Wiesen, Birkenhaine.) Er nahm sie an seinen Schlafanzug, den sie ihm jämmerlich bis auf die Haut durchnäßte.

Viel später kamen mit der Wut dann auch die Worte und schließlich das lange vom Ehemann ersehnte, einzig rettende Sätzchen: SO NICHT MIT MIR!

Katharsis, ihr Stolz, das erste Mal seit diesem unseligen Knastprojekt wieder ihr Stolz (Hornochse, ich, meine eigne törichte Idee! Wie konnt ich nur so blind –) tief innerlich atmete Richard auf, endlich erkannte er seine Leonore wieder.

Am nächsten Morgen saßen sie immer noch aufrecht im Bette, bei zugezognen Vorhängen wegen der Halsfalten, und das Eheweib hatte die ganze Nacht hindurch versprechen müssen, hinfort nominalistischer zwischen idea rei und a parte rei unterscheiden zu WOLLEN! »Nix ausdenken mehr, bitte ganz ohne jede Hypothese, die du überprüfen mußt, jetzt schreibst du gefälligst mal einen TATsachenroman, ja?«

Sie versprach: ein Alterswerk in Ülzen.

Auf der anderen Seite aber, hinterm Tor?

Kaum daß die Alte abgedackelt war, und das war, grade von hinten ein Anblick zum Gottserbarm, Laufmasche im schwarzen Strumpf, stolpernd auf den ungewohnten Stöckelschuhn – sie geht davon und nimmer kehrt sie –

Aufgestört zur Göre kukken, wie Schnodder, das billige Triumphgegrinse?, und ihre Zähne sind auch nicht grade. Und die wasserblassen Augen winzig, und die Beine – »du hast noch viel zu lernen, meine Kleine. Deinen eignen Wert nach Männergier bemessen, welche kriegt die meisten Steifen präsentiert, wasn erbärmliches Ziel! Mir zu erbärmlich, ich gehe.«

Stand auf, zahlte, der Ehrenmann.

Und dann tigerte er durch die verlassenen Straßen, und dann schämte er sich so grauslig – nachher hing er kotzend überm Klo. Über seinem, in der neuen Wohnung. (Doch immerhin, nichts ging daneben, das läßt hoffen.)

Nach zwei Tagen, zurückgekrochen in den Knast, nach Hause, nach zwei Tagen in der Zelle: er rief an. Leonore verzeih.

Sie aber? Sie, auf-ewig-deine-Schwester: »WAS willst du? Verzeihen? Nichts gibts zu sagen, gar nichts mehr.« Legte auf und ist noch mächtig stolz, auf ihre neuerworbne Fähigkeit zur »Abgrenzung«.

Über ihn in der Zelle kein Wort.

Doch nach dreien Tagen: *Holla Gesell, wir raten dir! Ein Junghuhn, was für die Hände. Ein Kind, meintwegen pfiffig, aber noch formbaren Gemüts. Zwölf Jahre Vormundschaft, das reicht erst mal. Nach DEINEM Drehbuch laß die Puppen tanzen, hopsassa!*

Und dann eilte er zum Wohungsamt, Ausschau halten unter den Töchtern des Landes und keine über dreiundzwanzig.

FINIS

Sechs Monate danach.

Licht, Luft, Frühlingsschein, ein Tag in rosenroten Söckchen.

Wie Leonore Füxle auch, Winter ade, in Jeans und Turnschuhn grüßt sie die zweite Hälfte ihres Lebens, heute marschieren wir, nach Ülzen in die Heide.

Einigermaßen hart war ihr dieser Winter geworden, ne ganze Menge Ballast hatte sie abwerfen müssen in dem vergangnen halben Jahr.

Klar, daß sie als erstes aus dem Knast geflogen war, hochkant und karacho. Obwohl sie das natürlich vorher wußte (auf sicher hat der Zeichenlehrer Schmidt seine Pflicht zur Denunziation erfüllt), war sie doch noch einmal hingegangen, das hatte sie sich, »gleichsam zur Buße«, auferlegt. Standhalten der verdienten Selbst-Beschimpfung, wenigstens die Würde, ja, Herr, ich bins, hatte sie sich bewahren wollen, taub jedem ehemännlichen Schonungsspruch. »Ich denke gar nicht daran, krank zu sein, meine Taten, und wenn sie noch so blödsinnig sind, die DARF ich mir nicht nehmen lassen.« Mehrere stolze Ausrufzeichen.

Doch wie sie dann nach Haus gekrochen war, nix Würde, erst recht kein Stolz, das demütigende Wort »Schmarotzerin« brannte auf ihrer Visage, und der letzte gehässige Satz des Anstaltsleiters kreiselte unablässig in ihrer Birne herum: »Wir alle haben den Eindruck, daß Sie weit mehr für sich hinausgetragen haben, als Sie jemals hineinzubringen bereit gewesen sind.«

Mit letzter Willenskraft hatte sie ihre Schmarotzerfigur ins »ARBEITSZimmer« geschleppt (was hast DU je schon »gearbeitet« in deinem Leben!), gegrapscht nach dem Stapel schmuddeligen Papiers auf dem Schreibtisch, ab mit Harald und Katharina, endgültig ab in den Müllschlucker mit den verlogen triefenden Gestalten.

Und drei schlaflose Nächte später war sie tatsächlich gesenkten Hauptes zu einer Therapeutin geschlichen, Fachrichtung »neuro-linguistisches Programmieren«, Umwertung aller Werte, auf Knopfdruck per Trance direkt und mitten mang ins Unbewußte.

Da war dann das erste Wort, das sie unter Heulen und Zähneklappern einprogrammiert bekommen hatte, »Abgrenzung« gewesen und gleich das nächste »Selbstverantwortung«.

Diese beiden Zauberwörtchen, man solls nicht glauben, der altvertraute Ehemann staunte nur so, die hatten dann einiges Geröll ins Kullern gebracht: Schluß mit verkrachter Poetin, ab morgen ist Leonore Füxle Lokalredakteuerin beim Ülzener Tageblatt (eine halbe Stelle zwar nur, aber doch immerhin Erdberührung, mit festem Vertrag und Minimumsrente). Sogar zum Verkehrshindernis avanciert die modernisierte Reporterin, mit vierzig Stundenkilometern über die Landstraße im eignen, forth-hand gekauften Minicouper. (Ratenzahlung, Kredit bei Richard) Auch ein Volkshochschulkurs ist von ihr angekündigt, »Determination oder Verantwortung, der freie Wille im Spiegel von Philosophie und Psychologie«. (Fünf Anmeldungen, eine davon Freund Karl, liegen schon vor.)

Und sogar in der neuen Wohnung hatte sie selber überaus handfest mitgeholfen, Tapeten zu kleben und auszuweißeln (trotz Umzugsgeld für den neuen Referatsleiter der VHS Nordheide, Abteilung Kultur!, das Geld können wir SPAREN), riesig tüchtig sprang sie jetzt in der alten leergeräumten Bude herum, stopfte freudig den letzten Kleinkram in große Plastiktüten, zerknüllte wollüstig rücksichtslos Papiere, Briefe und Notizen: alle Gangsterblütenträume ohne Wehmut weg damit, endlich ausgeträumt, hops in den Abfall. Ab heute gibts nur noch die greifbare Wirklichkeit, das große Schützenfest der Haidekinder, semmelblondes Schunkeln in der Heimat, das Tageblatt ist immer dabei.

Doch als sie sich grade wiegt und schaukelt, schwer schleppend am vollen Müllsack, zu den inneren Klängen des schönen Liedes, ich möchte nie mehr zwanzig sein und nie verliebt, wie damals –

die Türklingel schrillt. Schockhaft fordernd in der ausgeräumten Wohnung. Wie ertappt ließ sie den Krempel fallen (hastig entwischten einige Zettel der angedrohten Vernichtung), sie eilte zur Tür, das kann doch nicht schon Richard, der hat ja auch nen Schlüss-

EIN Späh – Rücksprung!!! dann Pforten auf und Arme breit.

»FRIEDHELM«, sie quetschten sich die Rippen.

Sein spitzbübisches Feixen unterm Schnurrbart, vertraut in vielen Winkeln, und sein Baß so warm und herrscherlich wie just im

Herbst: »SO einfach kann ich dich nicht ziehen lassen, Schwesterchen. Ich muß dir wohl noch ein Dankeschön sagen, für alles, und nicht nur von mir allein.« Er entläßt sie von seiner Brust, greift hinter die Tür, Lilien, achtundzwanzig weiße Lilien. »Du weißt, achtundzwanzig, die magische Zahl des Neuanfangs.« Und grient ihr huldreich ins liebliche Erröten, erkannt, das gute alte Jüngferlein. Und in den Blumen versteckt sich ein Umschlag, ihre Leihgabe zurück, »du brauchst ja sicherlich ein bißchen Geld, so ein Umzug, da will man sich vielleicht ne neue Lampe kaufen?« Und Wein trinken, Konfekt und Kuchen schnabulieren, natürlich alles vom Besten, klaro, streckt er ihr seine Mitbringsel hin.

Irritiert faßt sie ihn näher ins Auge: Lederhose? Kaschmirpullover? »Erraten!« Schelmisch, der Lauser, legt er seinen Finger auf ihr schon panisch gespitztes Mündchen, nie sollst du mich befragen, ein Wimpernzuck, dann hatte sie ihn in die Wohnung gezogen, Tür zu.

Großartig unbekümmert schwadronierte er über ihre mäusehaften Verantwortungsfalten hinweg, »weiße Lilien, weißt du, wer mir das aufs Herz gebunden hat? Du rätst es nicht, Otto! Kommt um, vor Sehnsucht nach dir, alle kommen um ohne dich. Sie lassen dich grüßen und bitten dich dringend zum Regelbesuch. Auch um deinetwillen, damit du in Ülzen nicht vorschnell vergreisen tust. Läßt Eckehard dir bestellen.« Und neigt sich, küßt sie innig spottend auf die Halsfalte.

Leonore aber (Abgrenzung!) fast erdrückt unter dem pathetischen Strauß, spinxt zu ihm hoch, aufmerkend bleibt sie an einem breiten Goldring hängen, der seine Linke ziert, »und du?«

Ein bißchen dröhnend sein Lachen? In – stolzer? Verlegenheit, »ja, auch darin siehst du recht, wie immer. In vier Wochen heiraten wir. Wir bekommen ein Kind.«

Wir. Ein Kind. Leonore wären fast die Blumen runtergeflogen, sie hatte einiges an Gebärdungen abzuhampeln, um ihre Bestürzung zu kaschieren. »Moment, das müssen wir feiern, ich leg nur mal schnell den Strauß in die Wanne.« Sie rannte gradezu ins Badezimmer, Luft schnappen, ein Kind, o Gott, das Arme.

Im Affenzahn hatte sie alle Prämissen durchsaust, während Wasser ins Becken rauschte, ich bins doch nicht, nicht ICH bin schuld, verantwortlich ist jeder nur – für sich selbst? So ging der Satz doch gar nicht? Aber das Unglückswurm – ? Andererseits, bitte, bitte andrerseits, gibts denn nicht Kinder, die wirklich Erlöser ihrer Eltern werden? Krampfhaft bemühte sie sich nach allen Geisteskräften eine frohe Meinung zum traurigen Spiel zu fabrizieren. Interpretieren Sie das Beste aus jeder Sackgasse, sagen Sie Ja zu allem, was Sie ohnehin nicht ändern können?

Und zu ändern war sichtlich nichts mehr.

Der werdende Vater hatte am Fenster gestanden, hinausgeblickt in den Garten mit diesem süß-stillen Geschau der Schwangeren, von Gotteslust umweht. Eine neue Erde, ein neuer Himmel, und auch die Geschundenen singen Hosianna, grade die Geschundenen am lautesten.

Daß allerdings auch dieses Kind jeder menschenmöglichen Voraussicht nach doch zu den Geschundenen gehören würde – Leonore verdrehte der stolze Bericht des Vaters schmerzhaft die Augen. Sohn (unbedingt Sohn, »ich weiß, daß es ein Junge wird!« Donnerschlag gegen den Brustkorb), Sohn eines offensichtlich immer noch praktizierenden Räubers, »nur für den Anfang, bis wir uns richtig eingerichtet haben, Lore, danach such ich mir Arbeit in ner Druckerei, hab sogar schon was in Aussicht«, und – nein, nicht das Mädchen aus dem Wohnungsamt. Ihre Freundin, eine »ehemalige!« Heroinsüchtige, mit Neigung zum Selbstmord, die durch ihr Kind im Leben festgehalten werden soll. »Ich sag dir«, er verdüstert sich, »das ist ein harter Kampf gewesen, bis meine Kleine endlich bereit war, das Kind zu behalten. Dreimal war sie schon beim Arzt zum Wegmachen, jedesmal, Gott sei Dank, ist sie dann doch wieder knapp vor dem Mord geflüchtet.«

Jetzt ist sie im fünften Monat, »er wird ein Löwe, wie mein Vater«, jetzt endlich freut sie sich einfach nur noch. »Und falls ihr der Kerle am Anfang wirklich zu viel werden sollte, dann bleib eben ich zu Hause, und sie geht arbeiten.«

Denn Arbeit hat sie, Frieders Augen leuchten, Fremdsprachenkorrespondentin, »meine Kleine kann besser Englisch und Französisch als du und dein Mann zusammengenommen.« Wie überhaupt Leonore sich wundern wird, »du wirst staunen, wie gut sie dir gefällt, bestimmt! Soll ich sie holen?«

Ach was, ob leeres Gehäuse, »bevor du nach Ülzen abhaust, mußt du doch wenigstens EINmal die Mutter deines Patenkindes sehn, oder?« Küßt die Verdutzte mit Schwung, »ich hol sie jetzt, sie wartet gleich drüben im Cafe.«

Und im Wolfstrab ab durch den Garten, beklommen schaute sie ihm durchs Fenster nach, er fühlte ihre Betrübnis auf dem Buckel. Trotzig warf er die Faust in den Himmel, ihr werdet euch noch alle wundern über den Sproß meiner Lenden, das schwör ich euch, auf sicher.

Als wenige Minuten später Richard seine Frau abholen wollte, krümmte die sich keuchend auf dem verfleckten Teppichboden. Gegen die Unvernunft des Einzelnen, Atemübungen zur Harmonisierung der Welt, Abgrenzung, Selbstverantwortung; sie stöhnte.

Richard aber schüttelte unwirsch die Brille, »wirklich dringend Zeit, daß wir von hier verschwinden. Und außerdem », rüde wischte er alle mitleidigen Anwandlungen von der Stirn, »so ist das nun mal, Leonore. Wir alle werden nur aus Notdurft geboren, was soll man tun.«

Immer nur lächeln. Was ihnen jedoch beim ersten Anblick des Mädchens nicht schwer gefallen war. Im Gegenteil. Ohne Brille und Kontaktlinsen – Leonore gabs einen derartigen Ruck, Friedhelm jubilierte. Einsfünfundachtzig groß, rote Locken bis zum süßen Knackpopo, graue Augen, Silberwangen: »Ganz Katharina, nicht wahr Schwesterherz? Leibhaftig deine eigne Katharina!« Triumph und riesengroßes Staunen.

Nachher aber hatte das Bildchen dann doch nicht standgehalten. Vor allem nicht in der Küche, wo die zwei Frauen munkelnd Zahnputzbecher spülten für den Sekt, ein Becherlein für jeden.

Bist du glücklich? Nein, ist sie nicht. (Und ganz unabhängig vom Räubern, von dem sie sowieso nichts bemerken will?) Mit einer Zutraulichkeit, die Leonores anprogrammierte Grenzen sofort sprengte, verzweifelnd arglos, alle unbeantwortbaren Fragen schreiend im Kindergesicht hatte das Mädchen sein Chaos vor ihr ausgeschüttet. »Ich habe Angst vor ihm, er schlägt mich.« Oft und gerne, mit unheimlicher Lust. Und daß er sie neulich versucht hat, mit einem Kerzenleuchter zu vergewaltigen, »ich bin schwanger, schwanger bin ich!«, nur weil sie so eine fürchterliche Sorge um das Kind hat und nicht weiß, ob es nicht lieber ungeboren bleiben möchte. »Mit Gewalt will er mich ZWINGEN, ihm zu vertraun, absolut soll ich ihm vertrauen, egal, was er macht, wie Gott; das ist doch pervers, ist das denn NICHT pervers?«

Die ratlos aufgerissnen Augen, dabei die Hand immer schützend auf dem Bäuchlein in der hellblauen Latzhose: Leonore schrieb ihr hastig, bevor Friedhelm Verdacht schöpfen konnte, »er will nicht, daß ich dir davon erzähle«, die Nummer ihrer Therapeutin auf (und auch die eigene, in Ülzen, für den Notfall, immer, ja). Mit strahlend harmlosen Mienen zurück zu den Männern.

Und unter scheinheiligem Gegrinse, die leeren Grimassen hingehalten Frieders oh, wie munter plauderndem Vaterglück, da kommt Freude auf, hatten Füxles eilig den Kuchen gemampft, »wir müssen bald fahren, die Handwerker erwarten uns«, schluckten bitterlich am Sekt, wie Friedhelms Bräutchen sich mühte, trotz allem guter Hoffnung zu sein.

»Vielleicht –« und das war schon am Autofenster gewesen, als Friedhelm Richard half, die letzten Säcke zu verladen, »vielleicht wird ja doch noch alles gut, wenn erst das Kleine da ist. Seit ich nicht mehr von Wegmachen rede, ist er ganz anders.« Versonnenes Lächeln, »viel lieber, so zärtlich – ich glaub –« tröstend nickt sie Leonore in die Kummerfurchen, reckt sich (doch breite Schultern hat sie keine), »bestimmt wird alles gut.«

Da war der Bräutigam neben ihr gestanden, legte bekräftigend seine Pranke auf ihren Bauch, »UNSER Sohn wird es schon schaffen, um den mußt du dir keine Gedanken machen, Alterchen.« Grinst bübisch vertraut, »darfst nie vergessen, Leonore: ein Löwe, der kann sich nicht verloren gehn.«

Mit diesem Satz im Kofferraum waren die Füxles abgefahren (doch ohne Lilien, die welken ewig vergessen in der Badewanne), sagten nix und dachten viel, immer im Kreis, wiedelbum. Hinter dem Elbtunnel hatte Richard den Arm um seine Frau gelegt, und sie ihre Hand auf sein Knie, und während die Birkenwälder den zukünftigen Seniorenroman langsam verschluckten, memorierten sie immerzu ihren letzten Satz: Unter wunderlichen Gebärden irren wir alle dem Grabe zu.

Die Familie Gesell aber hatte am Straßenrand gestanden, winkend, langes Weiterwinken im Sonnenschein, dann hatten sie sich umgedreht, wollten davonschlendern in ihr Kindermärchen – da hatte ein Zettel auf dem Bürgersteig gelegen, rausgeweht aus dem Papiercontainer.

Frieder stutzt, schaut, bückt sich hinab, die eigne Schrift blickt ihm entgegen, ein weggeworfner Spruch für seine alte Schwester: Ich habe dir heute nichts versprochen, ich werde mein Versprechen halten.

Literarische Titel in der Edition Falter/Deuticke:

Elfriede Gerstl
Unter einem Hut
Essays und Gedichte, 224 Seiten
ISBN 3-85463-124-3

Das sind Essays einer der intelligentesten und witzigsten Schreiberinnen dieses Landes. Sie sind von größter Schärfe, aggressiv, satirisch und präzise: Elfriede Gerstl weiß, was sie sagen will. Ihre Themen sind: Autoren, Mode und die Lage der Nation
Ernst Jandl in: NEWS

Elfriede Gerstl spricht über die Opfer, denn, täte sie es nicht, wer würde es sonst tun? Ob sie nun zeigt, wer im Räderwerk umgekommen ist, wer die Räder fleißig schmiert oder wer oder was diese Räder antreibt, ihr ist eine vollkommene Unbestechlichkeit eigen, die Unbestechlichkeit dessen, der nichts zu verlieren hat, weil er ja schon alles verloren hat und damit alles gewonnen.
Elfriede Jelinek in: Profil

Stefanie Holzer
Vorstellung – Eine kleine Unkeuschheit
Roman, 218 Seiten
ISBN 3-85463-115-4

Lasso um Lasso wirft die Autorin (oder ist es die Ich-Erzählerin?) um den Leser, der sich tunlichst bemüht, den Anforderungen nach Abstraktion nachzukommen. Doch da sitzt er bereits im Riesenrad, dreht sich mit den Beziehungskisten – was beim einen gerade zu Ende geht, hat beim anderen soeben wieder angefangen. Denn jeder befindet sich mit seinem Ich an einem Punkt dieser »Vorstellung«. Und die ist immer ein wenig unkeusch. So viel Spaß muß sein.
Elfriede Oberhofer, Tiroler Tageszeitung